伊卡洛斯之翼

英国十八世纪文学伪作研究

徐晓东 著

北京大学出版社
PEKING UNIVERSITY PRESS

图书在版编目(CIP)数据

伊卡洛斯之翼:英国十八世纪文学伪作研究/徐晓东著. —北京:北京大学出版社,2014.1

(文学论丛)

ISBN 978-7-301-23485-3

Ⅰ.①伊… Ⅱ.①徐… Ⅲ.①英国文学—文学史—18世纪 Ⅳ.①I561.094

中国版本图书馆CIP数据核字(2013)第273058号

书　　　名:伊卡洛斯之翼——英国十八世纪文学伪作研究
著作责任者:徐晓东　著
责 任 编 辑:张　冰
标 准 书 号:ISBN 978-7-301-23485-3/I·2691
出 版 发 行:北京大学出版社
地　　　址:北京市海淀区成府路205号　100871
网　　　址:http://www.pup.cn　　新浪官方微博:@北京大学出版社
电 子 信 箱:zpup@pup.cn
电　　　话:邮购部 62752015　发行部 62750672　编辑部 62754149
　　　　　　出版部 62754962
印　刷　者:三河市北燕印装有限公司
经　销　者:新华书店
　　　　　　650毫米×980毫米　16开本　14印张　206千字
　　　　　　2014年1月第1版　2014年1月第1次印刷
定　　　价:35.00元

浙江省哲学社会科学后期
资助项目(10HQWW08)

教育部人文社科研究规划基金
项目成果(10YJA752035)

本书出版承蒙浙江大学董氏
文史哲研究奖励基金资助

目　录

序一

刘意青

徐晓东博士的专著《伊卡洛斯之翼:英国十八世纪文学伪作研究》出版之际,我由衷地高兴并欣然为之作序。我之所以高兴有两个原因。首先,这部专著很有特点,它既有翔实的史料和背景研究,又有独到见解;既有文学评论和文本解读,又有文化、比较文化和考据研究,而且做到了文学批评和研究不空谈理论,而是力求对当前社会认知做出贡献。其次,这部专著的出版也给为自己学术理想奋斗了十多年,经历了各种坎坷仍锲而不舍的作者的成长过程画了个阶段性的句号。此过程有艰难、辛酸,更有成功的鼓舞和启迪。因此当这部专著终于出版时,所有了解晓东奋斗过程的人都会感到欣慰,并衷心祝贺他的成功。

我认识徐晓东是在他报考北大英语系博士通过了笔试后的面试上。当时他给我的印象是年龄较大,但对自己来读博士的目的和研究内容十分明确。这在许多硕士毕业后考博的年轻人里并不多见,不少人报考博士是为了在学业上再上一层楼,希望拿个博士学位将来出路会好。至于要研究哪位作家,研究什么文学作品或范围,很多学生进校时并没有任何考虑。晓东不一样,在面试中他充满热情地讲他要研读的项目是18世纪的伪作以及为什么选择了这个议题的种种考虑。不仅如此,他已经在这个议题上做了初步探讨,花了许多功夫,还买了很多资料和书籍。也就是说,不论北大收不收他,他都要研究这个题目。他这种比较成熟的学习态度当时给我留下了深刻印象。

晓东来自浙江大学,硕士期间师从了知名教授朱炯强。进入北大后,他被分派给我指导,因为他原来要报考的沈弘教授刚刚调离北大,去了浙江大学。我研究18世纪英国文学,但重点不在诗歌,而且也没有涉猎18世纪后期的伪作问题。但是我接受了晓东,从此开始了我们约5年的师生情谊。这一过程应该说对他并非易事,尤其是在他融入北大英语系的过程中出现了较艰难的磨合。我认为主要难处来自他做论文的方法更接近中文系或比较文学方向的外国文学研究,比北大英语系传统强调文本的做法要宽泛,考据成分也比较多。然而,随着论文的一些章节在期刊杂志上发表,中国人民大学书报资料中心认识到晓东研究的价值,不断予以转载。这种社会的认可不能说不是对作者的巨大支持和鼓励。就这样,徐晓东最终顺利完成学业,他的论文就是现在这部专著的前身。

伪作问题在目前西方研究中也非热门,在中国晓东则可以说是对此研究的第一人,可能目前只此一家。在他投稿过程中,甚至有编辑分不清什么是伪作什么是剽窃,令人哭笑不得。晓东的专著花了不少篇幅阐释为什么18世纪的英国会成为伪作的摇篮,不但把它当做一个有趣的文化现象来评介,而且从哲学、历史和文学创作理念上剖析其产生的原因。我特别欣赏他在以下几个方面的独特建树:

(1) 古代伪作作者冒名是一种戏剧化人物手法,是文学创作中的一个程式性惯例,不存在真伪问题;

(2) 伪作之所以在英国18世纪成为类似剽窃的罪行,那是书籍市场出现后文学作品商品化,版权把文学和金钱连在一起之后的现象;

(3) 伪作并非剽窃,它只是模仿古代诗人作品的创作,假古人之名而已,并没有把他人作品据为己有的抄袭问题;

(4) 伪作在18世纪出现后引起的争论是作家(诗人)与批评家之间的美学分歧造成的。即:18世纪科学发展后,科学思想渗透到部分作家当中。他们推翻了文学的超然性,将其置于了商品交易的现实之中,并不顾作品本身的美学价值去单纯以假名行为的所谓不道德来进行是非度量。

因此正如晓东指出的,十八世纪英国伪作不断被炮制出来,又不断被揭露,这在一定程度上反映了这种演变过程中两种思想模式的冲突。“伪作”再不能像古代那样合法,相反要接受现代批评的挑战。但实际上,就在约翰逊等权威打压“伪作”不久之后,特别在19世纪浪漫主义时期，这种打压的错误已经被不少文人学者推翻。他们为被迫害的“伪作”作者平反，指出这些假古代作品之名发表的诗歌的巨大美学价值，以及它们对浪漫主义兴起的推动和对浪漫主义作家的启迪的作用。华兹华斯和济慈对仿古诗作的诗人查特顿的肯定和敬意，以及亨利·瓦利斯的著名油画“查特顿之死”就是为所谓伪作作者平反昭雪的极好例子。而晓东则在这部专著的第一和第二章里相当详尽和有说服力地剖析了伪作现象的来由和伪作在西方文学和文化中的影响及地位，可以说是对打压作品假名的这个历史现象的一个有力的拨乱反正。

专著的三、四章分别以《台湾历史地理见闻》和麦克弗森的伪史诗《奥西恩诗集》两个案例来进一步分析伪作在政治和诗歌创作两方面的影响。《台湾历史地理见闻》的作者萨曼纳扎声称自己是台湾土著，年轻时被耶稣会士骗到欧洲。在这一章里，晓东考据了18世纪欧洲游记泛滥，读者追求神秘东方的这种社会历史背景，进而指出该见闻如何利用欧洲和英国读者的无知虚构了中国台湾属于日本的谎言，并用史实对其进行了批驳，证明台湾自古乃中国领土。这一章不但特别有趣，而且对萨曼纳扎伪造身份和他的见闻中漏洞百出的虚假描述的揭露也十分令人信服。该论述很有学术分量，对我国学界和普通读者了解欧洲殖民史及其根源具有积极的政治意义。

讨论麦克弗森的伪史诗《奥西恩诗集》是晓东最花力气的一章。在18世纪鉴定《奥西恩诗集》第一部《片段》为伪作的人是约翰逊博士，当时成为文坛一大事件，麦克弗森遭到很大打击。但至2009年西方学者的考据已证明麦克弗森冒充他发现的古诗集基本是他自己的原创。晓东全面考量和评介了这部诗集和历代诗人对它的称赞和兴趣，其中一例就是诗人格雷创作古老凯尔特诗歌《巴德》的过程中受到的影响。如晓东指出：“格雷从而开始背离18世纪文学的理性法则，通过历史题材走入充满想象力和激情的浪漫主义殿堂。”在这一章里，我们还能读到麦克弗森深入苏格兰偏远地区采集盖尔语民谣和抄本的艰难过程，在此基础上继续创造了奥西恩系列第二部和第三部“伪作”《芬格尔》和《帖莫拉》以及对它们的评介。晓东把《奥西恩诗集》放在历史背景中查看，并通过与史诗和小说的对比探讨什么是文学的“真实”，如何看待“托名”这一创作技巧等理论问题。我很同意他的结论：“十八世纪伪作是一种过程性文学形式，起着承上启下的作用，有着历史的必然。”

但晓东并没有简单地满足于替受委屈的麦克弗森正名，他在第四章里用了三节篇幅来分析为什么当时英国文坛魁首约翰逊会那么尖锐地抵制伪作。专著在此追溯了约翰逊反伪作的时代和社会背景，并做了纵横的引申和联系。他指出约翰逊博士等人属于求真务实的批评家，他们强调文学传统和书面作品的权威价值，反对浪漫性虚构和想象，归根结底是坚持要突出文学的“真实”和“真理性”。与他们相反的一派学者则更看重文学中体现的风格和修辞美，主张感情、想象力的合理性。专著指出，事实上约翰逊博士代表的十八世纪批评家受实用主义科学影响，希望建立一套如自然科学一样系统的文学规则。同时，约翰逊反对文学面临的无政府主义的混乱状态，企望通过批评让科学统治文坛。这样来剖析约翰逊和他的行为使这部专著避免了简单化地捍卫麦克弗森的立场，从而提供给读者一个十八世纪文坛各种思潮交汇和斗争的图像。

第四章的第七节详尽考证和讨论了华兹华斯对麦克弗森及其伪作《奥西恩诗集》的前后不同态度。记得在晓东博士论文终稿时，这一部分远没有目前专著这样完整和丰满。当时他引用了有限的几个华兹华斯诗文例子来证明华氏虽曾否定麦克弗森，但实际在诗歌中体现了受其影响。我批阅晓东论文时对这部分提出了意见，即例子显单薄，不大能令人信服。但在这部三年后出版的专著中，这部分内容以惊人的充实面貌让我叹服。特别是读到专著用华氏最终承认：“我自己受益于麦克弗森颇多，他让英国公众了解到奥西恩以及他本人那个时代的传统。我不会吝啬给他以赞誉，因为他保存了许多盖尔语诗歌的片断，假如没有他的关注，这些诗歌恐怕早已消失殆尽”的表态，来与他 1815 年声言“麦克弗森丝毫没有影响这个国家的文学”进行对照时，晓东关于华兹华斯先前言不由衷的立论已得到充分的阐述。这一章的容颜大变再次让我看到晓东对学术研究的执着，对伪作这个议题的身心投入。一般博士生在获得学位后都是匆忙出版论文,以求在工作单位尽早提职称。像徐晓东这样孜孜不倦地完善论文,不急于发表的真是为数不多。

在专著的出版给他这一课题的研究画了个阶段性句号的此刻,我不禁又想到他入学面试时的热情和执着。事实上,他弃商从文,硕士毕业后不计得失、义无反顾地十多年致力这一个自己感到有兴趣和有意义的议题,不断研究和充实其论述,这种治学态度和精神令我十分感动。这部专著内容很丰富,除了我上面蜻蜓点水式地提到的内容,读者还会读到有关《奥西恩诗集》抄本的研究,以及整个欧洲对仿古作品和假名诗歌的态度和反映,包括文坛巨人彭斯、司各特、歌德等。当然,言多必有失。在这么宽泛的讨论中可能也还有需要进一步核实和辨析的地方。但作为一个打磨了十多年并在我国研究领域开了先河的著作,我为它的出版送上最衷心的祝贺,并期盼晓东在今后的研究中迈出更大的步伐。

序二

沈　弘

十九世纪初的英国浪漫主义诗歌在整个欧国文学史上都可谓是一个很大的亮点。对于在大学本科期间学过"英国文学史"的英语专业研究生们来说，彭斯、华兹华斯、雪莱、济慈等浪漫主义诗人均是一些如雷贯耳的大名。他们所具有的一个共同特点就是对于英国工业革命之后的残酷社会现实普遍表示不满，而对于传说中的中世纪文明，以及人与自然之间的和谐状态怀有强烈的好感和思念。可是谁曾想过，英国浪漫主义诗人的这种悠悠思古之情及其描绘大自然之美和回归自然的诗作异军突起，在一定程度上是受到了十八世纪在英国文坛上颇具影响力的某些诗歌伪作的启发或催化，其中最典型的要数查特顿的《罗利诗篇》和麦克弗森的《奥西恩诗集》。

查特顿与麦克弗森这两位诗歌伪作的作者也具有一些共性：首先他俩在创作上述诗歌伪作时年纪都很轻；其次他俩都具有极高的才情和想象力。查特顿出生贫寒，并未在牛津或剑桥受过良好的高等教育，而且他自杀辞世时仅17岁。然而后人为他所编纂的《查特顿作品集》却长达1265页，而且绝大部分作品都逼真地模仿了一位虚拟的古代诗人，用一般人难以辨伪的中古英语方言和古诗格律撰写而成。几乎所有当时和后世的评论者对于这位少年伪作诗人的艺术天分都唏嘘不已。麦克弗森是一位来自苏格兰的年轻诗人，在24—26岁之间便先后出版了《收集于苏格兰高地的古诗残篇》(1860)、《芬格尔》(1862)和《帖莫拉》(1863)等伪托是译自于中世纪盖尔语手抄本的古代诗篇，并随即风靡英国文坛，掀起了一股轩然大波。虽然这些作品最终被揭露是伪作，但其独特的题材和风格都给人留下了深刻的印象。而且可以毫不夸张地说，它们孕育和激发了十九世纪初英国浪漫主义诗人的创作灵感。

目前国内的学者了解十八世纪英国诗歌伪作的人并不是很多。在徐晓东发表其研究成果之前，这一领域的大陆研究成果几乎是零。所以《伊卡洛斯之翼》这部论著具有毋容置疑的前瞻性和开拓性。作者在书中首先引经据典，力图为一些已经被揭露的十八世纪英国文学伪作的文学性及其价值进行平反。他引用维柯的说法，即"诗人是占卜者或者神的代言人"，认为"代言人"就是伪作的根源。《神农本草经》的作者也是托古伪撰，但是这却丝毫不会影响它成为中医药学的一部重要文献。同时，文艺复兴时期英国诗人和评论家锡德尼在其名著《为诗一辩》中也早就论证过，由于文学的本质就是虚构，诗人并不像哲学家那样，宣称自己是在讲述真理，也不像历史学家那样，声称自己是在讲述事实，因此诗人从来就不会说谎。这正是诗人优越于哲学家和历史学家的地方。

在为上述文学伪作正名的基础之上，作者又进而对十八世纪英国文学伪作出现的原因和具体过程进行了细致的梳理和合理的评论，并在后记中以充分的理由说明了查特顿和麦克弗森这两人诗歌伪作的文学价值和它们在引领英国浪漫主义诗歌这件事上所发挥的重要作用。

我跟徐晓东认识是在十年以前，当时我还在北京大学英语系任教。他即将完成在浙江大学外语学院的硕士论文，为了想报考我的博士生而主动跟我联系，并提出想把十八世纪的英国诗歌伪作研究作为他未来博士论文的题目。正好我对这个题目也有兴趣。我记得当时他是以复试第一名的成绩考上来的。2003 年上半年我去英国布里斯托尔大学英语系和中世纪研究中心访学，那儿正好是查特顿的故乡。为此我还特地去参观了查特顿父亲曾经担任司事和查特顿宣称在那儿钟楼上发现罗利诗篇手抄本的那个教堂，并将我跟查特顿雕像合影的照片传给了徐晓东。可惜的是，2005 年我从北大英语系调到了浙江大学外语学院工作，未能完成指导徐晓东博士论文的任务。徐晓东继而转投到了专攻十八世纪英国文学的刘意青教授门下，并在后者的精心指导下最终完成了博士论文。

从北大英语系拿到博士学位之后，徐晓东又来浙江大学外语学院做在职的博士后研究，成为了"沈弘工作室"的一名重要成员。他在这儿进一步充实和完善了他的博士论文，并陆续将其相关的研究成果在国内的权威学术杂志上发表和在著名学术出版社出版。

徐晓东之所以能够完成和出版《伊卡洛斯之翼》这部论著，除了在博士生期间有幸得到了刘意青教授的精心专业指导之外，至少还得益于其他两个原因。首先他很早就开始精心收集英语文学的外文专业书籍，为此他十分关注各大图书馆的藏书情况和国外网购图书的行情。一旦遇上好书，无论是新旧，他都会不惜代价，倾囊而出。十年下来，他已经成为了一个名副其实的藏书家，家中有关中世纪、文艺复兴时期和十八世纪欧洲文学等专业外文书的收藏质量和数量已经超过了浙江大学图书馆。这也从物质层面保证了他在论著中能够做到视野宽阔，材料翔实和论证全面。徐晓东之所以能成功的第二个原因是他持之以恒的耐心和决心。他关于十八世纪诗歌伪作研究的博士论文题目在北大英语系做开题报告时并不为人所看好，论文预答辩的时候还几乎被枪毙，但是徐晓东拥有足够的自信，并没有因此气馁或中途更换论文题目，而是默默地坚持和一遍遍地修改，堪称十年磨一剑。他的博士后成果最终被教育部立项为中国博士后基金项目。这是对他十年来不懈努力的一个最好的回报。

徐晓东博士目前正在美国哈佛大学英语系访学，继续勤奋地耕耘在从中世纪到十八世纪的英国文学领域之中。相信他此趟为期一年的出国访学一定收获甚丰，回国之后还将会百尺竿头更进一步，继续活跃在国内外的英语文学研究论坛和西文专业书收藏等学术领域。

是为序。

前　言

无论在政治、文化、历史方面，伪作的影响力在英国不可小觑。早在十七世纪中叶，《圣君的偶像》(*Eikon Basilike*，1648)就曾引起过轩然大波。1649年1月30日英王查理一世走上断头台之前，该书的部分清样本已经在坊间流传开来。虽然《圣君的偶像》直到2月9日前后才正式在书店出售[①]，但是仅仅这些清样本的传播已经在社会上形成一股同情英王的势力，令克伦威尔政府在处决查理一世时，不得不在断头台四周用军队设立多重人墙，唯恐查理一世最后的遗言让围观人群听到。曾目睹行刑过程的一位旁观者说，在那一刻"我听到成千上万人发出一种嗟叹的哀鸣声，这是我从来没有听到过的声音，希望以后再也不要听见了"。[②]

这股强烈的社会同情心在一定程度上来自《圣君的偶像》这本小册子。从文字表述上，这本册子的作者是英王查理一世，它以第一人称日记方式撰写；在形式上，类似于自我的心灵传记。《圣君的偶像》以朴实、直白的语言描述了查理一世在狱中最后岁月的反思和祈祷，提及了他与英国议会的分歧，并为自己在英国内战中的行为而辩护。由于语言质朴、情感动人，该书极具煽动性。同年6月，一本名为《鹈鹕之君》(*The Princely Pellican*)[③]的书出版。该书的匿名作者宣称，自己服侍国王多年，有第一手资料可以证明查理一世撰写《圣君的偶

---

① See Philip A. Knachel, ed., *Eikon Basilike: The Portraiture of His Sacred Majesty in His Solitudes and Sufferings*, Ithaca: Cornell University Press, 1996, p. xi.

② See Godfrey Davies, ed., *The Oxford History of England: The Early Stuarts: 1603—1660*, Oxford: Clarendon Press, 1959, p. 158.

③ 鹈鹕在基督教艺术中为仁善的象征。中世纪作家但丁在《神曲》之《天堂》25章113行中有"我们的鹈鹕"一说，估计起源于拉丁文《圣经》之《诗篇》101－107内容，其中102章第6节有"我如同旷野的鹈鹕"。传说鹈鹕以自己的血抚育、治疗幼鸟，与基督有类比关系。《鹈鹕之君》的书名有将查理一世描绘成殉教圣徒的隐含意义。

像》之用意，该书的作者确为英王查理一世本人无疑。

当时英国社会政治格局动荡，虽然英国议会于 1649 年 5 月 31 日宣布禁止销售和印刷《圣君的偶像》，然而该手册仅在当年就有 35 个英国国内版本和 25 个国外版本。[①] 这一版本数据足以说明该书影响力之巨大，并且在一定程度上反映了社会民众对该手册内容的广泛认可。为了减少该书对社会的负面影响，英国政府不得不采取反制措施。英国资产阶级议会首先邀请著名法学专家约翰·塞尔顿(John Selden, 1584—1654)法官出面撰文反驳《圣君的偶像》中的内容，遭到拒绝后转而邀请了著名诗人约翰·弥尔顿(John Milton, 1608—1674)。为此，弥尔顿撰写了《偶像破坏者》(*Eikonoklastes*, 1649)一文，逐章批驳了《圣君的偶像》中的思想内容。从《偶像破坏者》这一文章中可以看出，尽管弥尔顿对《圣君的偶像》的真实作者为查理一世这一论断持怀疑态度，例如他在文中直言道："对于谁是这个自说自话的作者，不管他真是目前公认的、那位刚刚被绞死的国王，还是某个神秘枪手(对此尚有人坚持对其姓名保密)。总之，不管作者究竟何许人士，这都与公道无关。这本书的主要内容并非公理而纯属推脱之词。"[②]对这位后来创作英国文学史诗《失乐园》的文坛巨擘来说，作者是否查理一世本人并不重要，而他批驳的重点在于内容本身。从政治立场上看，弥尔顿认为一个国家的元首首先是人民的仆人，而国家的治理应该基于法律条文之上，而非个人意志；从文学传统出发，弥尔顿对隐藏在《圣君的偶像》背后的是捉刀者还是假托者并没有惊异万分，这也说明在文学传承上托名创作并不鲜见。

对当时社会上流传的论断，《圣君的偶像》的真实作者是查理一世本人，不仅弥尔顿，同时代的一些学者同样持怀疑态度。目前，学术界考证出《圣君的偶像》并非英王所作，现被列入伪作之列，其真实的作

---

① Thomas N. Corns, *A History of Seventeenth-Century English Literature*, Oxford: Blackwell Publishing, 2007, p. 309.

② John Milton, *The Works of John Milton*, vol. 5, New York: Columbia University Press, 1932, p. 72. 此处中文为笔者自译。此后出现的译文如不注明译者，均为笔者自译。

者为约翰·高登(John Gauden, 1605—1662)主教。[1] 另一个有趣的现象是,尽管弥尔顿的作品具有无可辩驳的雄壮美,但在《圣君的偶像》这部充满感伤情绪的伪作面前却败下阵来。《偶像破坏者》只有两个英语版本和1个法语版本,根本无法与一年50多个版本的《圣君的偶像》匹敌。有学者认为,后者的文学性在于其语言简洁、直白,情感丰富,是十七世纪英国散文的典范。弥尔顿的《偶像破坏者》仅仅是头脑文学,《圣君的偶像》却"说到了读者的心坎里(It speaks straight to the heart),是那个时代的代表作之一"。[2] 至少在英国弥尔顿时代之前,文学的经典性并不完全依靠权威,而是依照作品本身的内容,以及读者受众的接受程度。

《圣君的偶像》第一版卷首插图[3]

① P. A. Knachel, *Eikon Basilike: The Portraiture of His Sacred Majesty in His Solitudes and Sufferings*, Ithaca: Cornell University Press, 1996, p. xxviii.

② A. W. Ward and A. R. Waller, eds., *The Cambridge History of English Literature*, vol. 7, Cambridge: University Press, 1911, p. 162.

③ 此为头版《圣君的偶像》卷首图,该插图由当时的艺术家威廉·马歇尔(William Marshall)绘制。此后大约有47个版本的插图依照此图为蓝本进行修改。在这幅具有强烈宗教寓言的插图中,查理一世被绘制成基督教殉道者的形象。查理一世跪着祈祷,手握棘刺的头冠,上刻拉丁文*Gratia*(恩典),正下方的脚旁则是王冠,上刻拉丁文*Vanitas*(虚幻);与之相对照,位于头顶前方有一顶巨大的天堂皇冠,显示出拉丁文*Beatam* & *Æternam*(神圣与永恒),上面还刻有*GLORIA*(荣耀)。这幅卷首插图是《圣君的偶像》这部伪作家喻户晓的又一因素。具有讽刺意义的是,马歇尔早在1645年为弥尔顿的第一本《诗集》同样绘(转下页)

对于读者而言，面向公众的一部文字作品需要有两个方面相互配合。首先是作为承载工具的物理形态，也就是作品的承载物。无论是早期的抄本时代，还是后期的印刷时代，作为承载物的物理形态都有被伪造的现象。这种被人为改变物理形态的作品在西方也被认为是伪作(forgery)，但是属于广义伪作下的一个方面；中国历代称之为“伪书”，例如将纸张做旧、修改题跋、修改出版年代等。对这部分现象的研究应属于版本目录学的领域，本文不做讨论。本文研究作品的另一个形态，也就是作品内容的部分，这部分属于狭义性伪作，也就是真正意义的伪作。该部分伪作研究的范畴包括作品内容主体(body)，扉页或封面信息，以及作者身份、文本外对作品的言辞等，这些内容基本符合当代解构主义大师热拉尔·热奈特(Gerard Genette)关于内文本和外文本的定义。也就是说，本文比较关注的是著者“身份不真实的作品”。从这一定义出发，可再次剔除热奈特认为，外文本中能够说明内文本作者身份真实的内容，如剔除了贺拉斯·沃波尔(Horace Walpole, 1717—1797)的《奥特朗托堡》(*The Castle of Otranto*: *A Gothic Story*, 1764)，以及十八世纪英国小说之父塞缪尔·理查逊(Samuel Richardson, 1689—1761)的《帕梅勒》(*Pamela, or Virtue Rewarded*, 1740)和《克拉丽莎》(*Clarissa, or The History of a Young Lady*, 1748)等，这些声称自己为编辑的虚假信息仅仅限于内文本，而不涉及外文本。此部分内容在下一章节中有详细论述。

此外，借助前世或者当代名人的创作虽然也属伪作范畴，世人亦不能否定其文学贡献，但是这种伪作临摹(fake)的成分较大，如仿造特定口吻、措词和特定文体风格等，如同临摹一幅名家画作一般，而缺乏自我的独特风格，所以本研究也剔除了这部分伪作，也就是说我们

(接上页)制过卷首图。椭圆形的弥尔顿头像环绕着拉丁文“英国人，约翰·弥尔顿肖像，时年21岁”。令弥尔顿气愤的是，马歇尔绘制的弥尔顿至少有50岁，右眼肿胀，鼻子硕大，长发凌乱卷曲而且垂到肩部。由于出版时间紧迫，弥尔顿不得不使用这幅扭曲的肖像，但是让马歇尔在图下刻了四行希腊文，大意为：看到这张活生生的脸，你马上可以断定/一双笨拙的手绘制了这张图/没有丝毫我的原样，朋友们/请嘲笑这位笨拙艺人的败笔吧。由于马歇尔不懂希腊文，所以无从知晓该内容。

不去详细研究十八世纪后期威廉·艾尔兰(William Henry Ireland, 1775—1835)[1]伪造莎士比亚风格而独立创作的戏剧,也没有将类似《圣君的偶像》这类伪作纳入研究范畴。我们将注意力集中在被借助人身份不具备权威特征时,也就是说被借助人本身或身份均为虚构,如此情形之下,伪作家需要有高超的艺术技巧和独创性,其伪作才能够在一定时期内被读者接受,而这种特定时间框架内的接受在很大层面上反映了某个历史时代的文学趣味,同时又对后期的文学提供了很多启迪。本文研究的这类伪作,其真实作者与作品之间不仅有直接联系,而且作品完全属于作者本人的独特原创,只不过在外部形态上借助他人身份。这种情况又分成两类,一类是从时间上,一部分伪作属于托古创作,即托虚构的古人之名。第二类属于空间上,作者跨越地理概念,从文本内外假托异域之士进行创作。[2]

仅从《圣君的偶像》就不难断定,文学性不能简单以作者身份的真假进行判别。加拿大文学批评家诺斯罗普·弗莱(Northrop Frye,

---

① 艾尔兰于 1795 年伪造了一部历史剧《沃蒂根与罗伊娜》(*Vortigern and Rowena*),宣称是新发现的莎士比亚作品。塞缪尔·约翰逊(Samuel Johnson, 1709—1784)的传记作家詹姆斯·博斯韦尔(James Boswell, 1740—1795)专门去艾尔兰的书房,对手稿进行核查后说:“能活到现在,我可以心满意足而死。”从中可以看出,当时信以为真的人不少。十八世纪戏剧家理查德·谢立丹(Richard Brinsley Sheridan, 1751—1816)花费 300 英镑巨资购买版权并将此剧搬上伦敦的舞台。然而对这出戏真实性的怀疑始终没有间断过,一直到 1796 年 3 月,莎士比亚研究专家埃德蒙·马隆(Edmond Malone, 1741—1812) 发表了《对一系列手稿及法律文书真实性的质疑》(*An Inquiry into the Authenticity of Certain Miscellaneous Papers and Legal Instruments*)一书,以 400 页篇幅和雄辩的证据说明,这些所谓的莎士比亚手迹、剧本都是现代伪造。See Bernard Grebanier, *The Great Shakespeare Forger*, New York: W. W. Norton, 1965; and Jeffrey Kahan, *Reforging Shakespeare: The Story of a Theatrical Scandal*, Bethlehem: Lehigh University Press, 1998.

② 英国文学史中,假托异域之人的创作多数仅限于内文本,故此假托属创作策略,并非严格意义上的伪作,例如十八世纪英国文坛曾涌现大量来自东方的信札,这些书信均宣称东方人书写,针砭时弊,其中有英国作家沃波尔创作的《叔和通信》(*A Letter from Xo Ho, a Chinese Philosopher at London, to His Friend Lien Chi at Peking*, 1757),以及奥利弗·哥尔斯密(Oliver Goldsmith, 1730—1774)创作的《世界公民》(*The Citizen of the World; or, Letters of a Chinese Philosopher, Living in London, to His Friends in the East*, 1762)。另一些改扮异域之士的例子则属文化现象,没有留下完整的作品,因此也不属于本文讨论的范畴,例如 1817 年,英国丹佛出生的 26 岁女孩玛丽·贝克(Mary Baker, 1791—1864)(转下页)

1912—1991)曾经说,“奥西恩以及罗利的诗歌并非简单意义的欺骗:他们是伪经,类似于《以诺书》。与《以诺书》一样,这些诗歌采取了心理上的古雅,也就是那种神谕性的创作过程,然后将此展现成具有历史古雅感的作品”。这番论述极具意义,为了避免翻译中损失一部分内涵有必要将原文引用如下:

> The Ossian and Rowley poems are not simple hoaxes: they are pseudepigrapha, like the Book of Enoch, and like it they take what is psychologically primitive, the oracular process of composition, and project it as something historically primitive. ①

弗莱的这一论断虽语出惊人,竟然将伪作比成《圣经》部分中颇有影响的伪经,但内涵却非常深刻,发人深省。这位当代著名批评家、《圣经》研究专家的思想至少包含着以下三层含义:第一,从创作手法上看,奥西恩和罗利的诗歌作为伪作的典型代表,与伪经同属托名性或冒名性作品,也就是说创作身份不真实的文献。第二,从创作的风格上,两类作品具有历史的古雅性,都是借用古人的权威打动读者/听众。第三,伪作在文学史中的尴尬地位以及文学贡献不亚于伪经或次经与经典的复杂关系。

要深刻领会弗莱思想的内涵,首先必须掌握伪经与伪作的本质特征,进而借助对伪经的认识,类比伪作在文学史中所处的尴尬境地,了解其在文学史中发挥的积极作用。弗莱所谓的奥西恩是指轰动一时的伪作《奥西恩诗集》(*Poems of Ossian*),由詹姆士·麦克弗森(James Macpherson, 1736—1796)创作;罗利则是指托马斯·查特顿(Thomas

---

(接上页)在布里斯托尔街头假扮来自印度洋爪哇岛(Javasu)的公主卡拉布(Caraboo)。由于她操着无人知晓的语言,经过一位葡萄牙旅行家的翻译,她宣称自己被海盗劫持到英国。这名女孩奇特的生活方式,如拒绝在床上睡眠,娴熟地使用弓箭,裸体游泳,以及异域的舞蹈轰动了当时整个英国。虽然这位“东方公主”创造了所谓的爪哇语,这些爪哇书信被拿到牛津大学和东印度公司进行真实性验证,但是“卡拉布公主”没有创作完整的作品,因此仅仅属于文化现象。

① Nothrop Frye, “Towards Defining an Age of Sensibility”, *Fables of Identity: Studies in Poetic Mythology*, New York: Harcourt Brace Jovanovich, 1963, p. 136.

Chatterton，1752—1770)伪造的罗利诗篇[①]。这两者均是英国十八世纪塞缪尔·约翰逊(Samuel Johnson，1709—1784)时代两部最有争议的伪作。

弗莱谈到的伪经(pseudepigrapha)一词来自希腊语 ψευδής(虚假的)与 επιγραφή(题刻)的拼合。按照《牛津英语大辞典》的解释，伪经指"一类具有虚假题名，或者隐藏真实作者，归于用他人所著的作品或书；虚假的作品，特指在基督教早期，将其归结于人类始祖或者《旧约》先知所作的某些犹太教作品"。[②]《牛津英语大辞典》的定义抓住了伪经的本质，即"真实作者不出现，而将作品归结于他人"。同时又巧妙地避开了这种"归结"这一行为本身是作者刻意所为，还是后人有意或者无意而为之。

《牛津英语大辞典》对伪经的解释似乎仍然有些呆板，在时间和空间上界定含混。以基督教而言，《旧约》和《新约》中都有大量伪经存在。《旧约》伪经是"指古代出现的一些重要宗教文献，虽然被个别教会和宗教派别认为是正经，但得不到普遍的承认"；《新约》中的伪经更加散乱、复杂。整个《新约》中"一共有 27 卷书被定为伪经，福音书、师徒行传、书信和启示录这《新约》的四大板块无一幸免"。[③] 这些伪经与《圣经》中各个教派均无争议的"正典"或"正经"形成了对照。

上述《旧约》与《新约》中伪经的定义属于外延描述性，其中的关键概念："重要宗教文献"、"得不到普遍承认"、"无一幸免"也基本说明了一些现实问题。不难发现，前两个关键概念原本就是一对相互不容的矛盾。既然重要，何以得不到承认？"重要"是客观性存在，而"得不到

① 罗利诗篇是一个相对宽泛的概念，其核心内容指查特顿借罗利之名创作的《埃莉诺与朱伽》(*Elinoure and Juga*)、《哈斯丁战役》(*Battle of Hastings*)、《布里斯托悲剧》(*Bristowe Tragedie*)、《埃拉》(*Aella*)等几部诗歌。此外，查特顿还伪造了一些罗利诗篇的外围文化，包括貌似古老的羊皮卷手稿、插图、纹章、盾徽、书信、传记等，甚至还有一位画家的账单，这些物品总共超过 70 件。

② 本文所使用的《牛津英语大辞典》为 1991 年牛津大学出版社单卷缩印本，后文不再一一列明。伪经的释义见该辞典 1458 页。

③ 刘意青：《圣经的文学阐释——理论与实践》，北京：北京大学出版社，2004 年，第 75 页。

承认”是人的主观态度。最后一个关键概念“无一幸免”又补充说明了“重要宗教文献”的事实证据，换句话说，伪经始终伴随着正典，并且试图被纳入其中。

与伪经相似，文学伪作在英国文学历史中也面临着同样的尴尬。客观上，无论是奥西恩的诗作，还是罗利的诗歌，以及另一重要伪作《台湾历史地理见闻》(*An Historical and Geographical Description of Formosa*，1704)，这些都是一个时代重要的历史见证。这几本当时轰动一时，后来却得不到普遍承认的伪作不仅具有积极的历史意义，而且影响并推动了当时以及此后浪漫主义主流文学的进程。令人悲哀的是：学术界曾长期消极对待这些作品的内在价值。即便不是采用将头埋进沙中的鸵鸟政策，文学批评家人云亦云的现象也仍然普遍存在。

暂且不谈宗教内容本身，伪经形式上的本质特点之一就是“冒名性的作品”(books written under an assumed name)。[①] 这一言简意赅的定义同样覆盖了文学伪作的特质。当然，伪经中冒/托的“名”决定了其一定的宗教特质，而伪作中的“名”仅仅具有文学性和历史元素。如果不首先把握伪经“冒名性”这一本质，而在外围概念中兜圈子，譬如大谈伪经作家的道德情操、创作目的等，此类论断必将混淆基本概念，影响到伪经的深入研究。这一原则同样适用于文学史的伪作研究。故此，无论伪经抑或是伪作，研究者应该首先从历史传统中找出其根源性，避免过分夸大作家的道德情操，割裂历时性研究；更不宜以现代思维揣摩伪经和伪作作家以获利与否为评判的先决条件。

伦敦圣经学院(今伦敦神学院)唐纳德·格思里(Donald Guthrie，1916—1992)博士是当代著名的《圣经》研究专家，他在追溯伪经研究历史时谈到了该领域的先驱之一——鲍尔教授。这位鲍尔教授的研究态度非常奇怪，一方面他试图极力摆脱伪经与伪作干系，而且心态也显得非常急迫；另一方面，谈到归属不定的使徒书信这些《新约》伪

---

① Bruce Metzger and Michael Coogan, eds., *Oxford Companion to the Bible*, Oxford: Oxford University Press, 1993, p. 629.

经时，鲍尔教授又将这些伪经张口闭口说成是伪作。此种摇摆不定的危险做法在很大程度上是缺乏对伪作正确认识所造成。例如，另一位神学专家约翰·芬顿(John C. Fenton，1921—2008)曾狭隘地认为："伪作家以别人的署名进行创作，目的是为了自己的利益，但是伪经作家却不是。"[①]这一利益论思想不但在外围概念上兜圈子，立论不负责任，而且极其缺乏历史基础。故此，格里斯博士将其列为教条主义方法论研究。伪作与伪经均为冒名性作品，本是同根生，相煎何太急！

上世纪二十年代起，伪经研究者开始试图将伪经创作与伪作进行合并处理，以文学传统为基础，开辟了伪经研究的新起点，这也是弗莱上述论断的历史基础之一。例如德国海德堡大学马丁·迪布勒斯(Martin Dibelius，1883—1947)曾大胆提出，《新约》中的使徒行书这些伪经使用了书信体，这些书信体形式本身具有虚假性，因此捏造署名也就不足为怪。他建议将伪经视为文学作品，以文学性进行评判。米顿(C. L. Mitton)教授支持迪布勒斯的观点，但是他仍然对文学伪作心存忌惮。在他看来，"最好不要把伪经作家与任何伪造者(forger)联系起来，而称其为模仿者(imitator)，因为后者剔除了情感色彩"。[②]这些现象都进一步表明，伪作研究刻不容缓。以文学传统为基础，还原伪作的历史成因，客观评价其文学贡献是对文学史研究的一种贡献。

有学者评价认为，伪经更清晰的名称为次经(apocrypha)，指"经典之外的作品"。[③] 而伪作与文学经典之间同样具有这一关系，并且被长期排斥在文学经典之外。所谓经典，原意为"只限于基督教认定的《圣经》入典卷书及其相关宗教内容，"[④]将此概念稍作改动应用于文学

---

① 本段关于伪经研究的这些历史记述可参见 Donald Guthrie, "The Development of the Idea of Canonical Pseudepigrapha in New Testament Criticism," *Vox Evangelica*, ed. Ralph P. Martin, London: The Epworth Press, 1962, p. 52。

② Ibid., p. 50.

③ B. Metzger and M. Coogan, eds., *Oxford Companion to the Bible*, p. 629.

④ 参见刘意青，"经典"一文，选自赵一凡、张中载等：《西方文论关键词》，北京：外语教学与研究出版社，2006 年，第 280 页。

史上亦然。我们发现，基本上所有国内、以及大多数国外的十八世纪英国文学史很少提及曾引起巨大震动的这些伪作，更谈不上研究。文学作品之间是一种相互映照的关系，任何一部伟大作品的产生都是特定文学、历史和社会条件下的自然发展。对伪作这一文学现象的忽视很容易造成学界对主流文学研究认识不足，至少在全面性和根源性上缺乏深刻。这一论断试以《格列佛游记》(*Gulliver's Travels*, 1726)为例说明。乔纳森·斯威夫特(Jonathan Swift, 1607—1745)的《格列佛游记》无疑是举世公认的经典之作。整本讽刺寓言分成4卷，分别描写了格列佛在小人国、大人国、飞岛国和慧马国的见闻。这部奇特的作品从问世以来始终是学术界关注的重点，特别是在文学全球化背景的二十世纪。1984年起德国明斯特大学先后举办了5次研讨会，作为国际顶尖的斯威夫特专题研究会议，明斯特大学汇聚了国际著名学者如欧文·埃伦普莱斯(Irvin Ehrenpreis)、赫曼·里尔(Hermann Real)、克莱夫·普洛宾(Clive Probyn)以及伊恩·希金斯(Ian Higgins)等"斯学"专家。这5次会议的议题涉及斯威夫特研究的各个方面，一共出版122篇学术论文。然而令人遗憾的是，《格列佛游记》第三卷飞岛的研究只有1篇论文，而且语焉不详；研讨会主席里尔先生在1984年提交的《论格列佛游记的结构》一文中，飞岛一章虽不时提及，但始终是个影子，蜻蜓点水，并不深谈。哥伦比亚大学玛乔丽·尼科尔森(Marjorie Nicolson, 1894—1981)早在1956年就说，"在格列佛的游记中，飞岛部分最受批判，同时又是最缺乏理解的。大家的一致意见是，在趣味性和文学价值上，它远逊色于前两部分"。[①]尼科尔森教授的前半句话反映了一个学术界的客观事实，而后半句话是在这个事实基础上的必然结果，具有讽刺意义。

尼科尔森教授是文学—自然科学跨学科领域的开拓者，她将飞岛国这一部分放在十八世纪自然科学发展的大背景下分析，探讨该部分的历史学术价值。这一跨学科研究方式无疑为《格列佛游记》研究打

---

① Marjorie Nicolson, "The Scientific Background of Swift's Voyage to Laputa," *Science and Imagination*, Ithaca: Great Seal Books, 1956, p. 110.

开了一个全新的局面,其阐释方向完全正确。但是由于忽视了伪作的作用,她没有看到斯威夫特与十八世纪的另一位伪作家——乔治·萨曼纳扎(George Psalmanazar, 1679? —1763)的关系。斯威夫特在1729年的《一个小小的建议》(*A Modest Proposal*, 1729)中就已经提及过此人。可惜很多学者始终没有注意到萨曼纳扎对《格列佛游记》中"飞岛"部分的贡献,甚至5卷本明斯特会议论文集连"萨曼纳扎"这个姓名索引都没有收录。

由于被排斥在经典之外,伪作面临着另一个尴尬:由于学术界缺乏对伪作的了解,自然导致前后矛盾的结论。埃里克·罗斯坦(Eric Rothstein)的《王朝复辟及十八世纪诗歌:1660—1780》无疑是本难得的学术专著。作者当然知道罗利诗篇和《奥西恩诗集》无论如何都是避不开的伪作,同时也是一个十八世纪文学叙述的难题。罗斯坦论述道:"大约十九世纪最初的25年,克里斯托弗·斯马特(Christopher Smart, 1722—1771)的声名鹊起,麦克弗森湮没。现如今奥西恩诗歌只有好古癖的人才去读,而且都嗤之以鼻。"但两行之后,罗斯坦似乎面临着约翰·弥尔顿在《失乐园》中过度渲染撒旦一样的局面,他转而又说:"麦克弗森值得研究、尊重,即便他真的装作翻译了那些内容。"[①]暂且撇开这些矛盾之语,那么如何去研究这部伪作,进而取得人们对麦克弗森的尊重呢?罗斯坦却止步不前了。

文学史的另一种错误态度是,批评家本身对伪作缺乏研究,却在某些所谓权威语境下,在原本错误的言论基础上肆意发挥,造成以讹传讹的不良影响。这种情况并不鲜见,例如英国浪漫主义诗人威廉·华兹华斯(William Wordsworth, 1770—1850)在极特殊的个人背景下批判了麦克弗森的《奥西恩诗集》:

> 我有幸出生并成长在一农村山区。从孩提时代起我就感到,这几卷刻意托奥西恩之名描写的世界中充斥了虚假。以我亲眼所历,我认为其意象均系伪造。自然中万物皆有别,但又并非绝

① Eric Rothstein, *Restoration and Eighteenth-century Poetry: 1660—1780*, Boston: Routledge & Kegan Paul, 1981, pp. 113—114.

> 对孤立唯一。麦克弗森的作品中恰恰相反。所有事物(只要是不剽窃来的)都以这种方式处理,让它们陷入孤立、混乱、麻木状态。所有都是千篇一律。用话语替代事物时,问题就是这样。他的人物根本不存在,生活方式完全不可能,做场梦都比他描写的社会更有实质内容。以上话语就是对他的斥责,麦克弗森对此装聋作哑。①

以上武断的论述是华兹华斯在《序言补充》(Essay, Supplementary to the Preface)中的内容。当《抒情歌谣集》(*Lyrical Ballads*, 1798)于1815年再版时,华兹华斯在原本的《序言》后增加了这部分补充内容。从内容看,这篇文章中掺杂着比较离谱的叙述,与华兹华斯前后的批评理论相悖,特别是本文所引之处。长期从事《抒情歌谣集》研究的当代学者欧文集中考察过这部诗集历次版本的序言,他在探讨这篇1815年的《序言补充》中第一句话就开门见山地说,这篇文章"基本上是争吵性文献,而不是文学批评"。②

这一善意提醒告诫我们,学者需要将此文与华兹华斯的其他文学批评区别开来,谨慎对待其中话语内容的历史局限。在撰写该内容时,华氏回应的是其死敌、麦克弗森的同胞——弗朗西斯·杰弗里(Francis Jeffrey, 1773—1850)。这位《爱丁堡评论》的编辑曾言辞激烈地抨击过华氏的《漫游》(*The Excursion*, 1814)一诗。作为回应,华兹华斯希望借助批评麦克弗森的这部伪作,反击苏格兰批评家对本土的虚假之作长期视而不见,缺乏真正的文学品位。《序言补充》既有华氏树立自己诗学理论的目的,在对《奥西恩诗集》发表的观点上也存在着言不由衷的现象。

学者埃德蒙·戈斯(Edmund Gosse, 1849—1928)的粗心已经不

---

① William Wordsworth, *The Prose Works of William Wordsworth*, vol. 3, eds. W. J. B. Owen and Jane Worthington Smyser, Oxford: Oxford University Press, 1974, p. 77.

② W. J. B. Owen, ed., *Wordsworth's Literary Criticism*, London: Routledge & Kegan Paul, 1974, p. 43.

是第一次了。[1] 他似乎受到了华氏此番话语的鼓舞，在自己那本颇受欢迎的《十八世纪英国文学史》不加判断地发挥说：

> 奥西恩诗集中描写的自然现象既模糊，又没有现实基础。这一直是批驳其真实性的主要理由之一。毫无任何细节让我们清晰地理解那些武士吃些什么，穿些什么；风俗和宗教又是什么。至于描写动态的动物更是匮乏。在《奥西恩诗集》中，写点鹰和鲸鱼就绝对穷尽了仅有的鸟类和鱼类。[2]

戈斯的最后一句透露出他基本没有细读《奥西恩诗集》。麦克弗森笔下自然界属于荒漠地带，动物品种虽然并不丰富，但也超过了 20 种，绝非戈斯所言只描写鹰和鲸鱼。戈斯前面部分的论断恐怕是华兹华斯偏颇之辞的再度延伸。

伪作研究长期受到忽视，这在于冒名性这一创作手段涉及浪漫主义之后文学的道德范畴。事实上，冒名性创作是人类历史上一项悠久的传统，基督教早期的伪经并非该方式的起源，却是该传统典型而重要的阶段。自伪经出现以来，托名性创作方式不断被宗教界视为一桩心病。德国明斯特大学教会史及《新约》文本研究中心库尔特·阿兰德（Kurt Aland，1915—1994）教授认为："人们将伪经问题看成是伦理道德的范畴，质问为何一个人要以使徒保罗、彼得、雅各、约翰或者其他人的名字写呢？捧着完全属于别人的衣钵？这种道德性的质询起源于不正确的臆断，同样会导致错误的结论。"[3]伪作所面对的斥责与

---

① 早在 1884 年，戈斯编订十八世纪墓园派诗人托马斯·格雷（Thomas Gray，1716—1771）4 卷本作品集时就已犯过粗心的毛病。他自称在修订格雷书信时参考了大英博物馆的抄本原件，而学界很快发现并非如此，戈斯仅仅抄袭了前人的印刷本，出现了几乎一致的可笑谬误。See Thomas Gray，*Correspondence of Thomas Gray*，volume 1，1734—1755，edited by the late Paget Toynbee & Leonard Whibley，with correstions and additions by H. W. Starr，Oxford：Oxford University Press，1935，p. xx.

② Edmund Gosse，*A History of Eighteenth Century Literature*，New York：Macmillan Company，1929，p. 336.

③ Kurt Aland，*A History of Christianity*，Philadelphia：Fortress Press，1985，p. 136.

伪经基本一致，我们不得不承认“在基督教范围内，冒名性是一件不光彩的手法。一旦发现，该文献就被排斥；作者一旦被确认将受到斥责。然而我们还得承认，大量证据说明这一不光彩的惯例在基督教早期极度盛行”。[①]

虽然伪作与伪经之间存在一定差异，并不完全具有可比性，然而不能否认，人们更多关注的是这种创作手段的道德性，却较少去考虑作品形成后的美学价值，以及传递的“真”。假如我们以开放的思想，暂且抛开道德的束缚，恺撒的归恺撒，上帝的归上帝（Render therefore unto Caesar the things which are Caesar's; and unto God the things that are God's），将伪作的一部分交由历史学或政治学研究，一部分进行文学性阐释；把伪作和伪经放在历史的传统中看待，这将会得到更深刻的历史认识。令人欣喜的是，在伪经研究领域中，一部分伪经作品已经被正名，并且得到了越来越多的重视。格里斯博士他的那篇论文中已经使用了“经典性伪经”（canonical pseudepigrapha）这样的字眼。这一称谓正逐渐被《圣经》学术界广泛接受。而文学伪作的局面仍处于封冻状态，还有漫长的路要走。对伪作的大讨论绝非无谓之举。在文学经典修正的时代，“不论是褒还是贬，这种批评和争论都是好事，被讨论的作家不会被遗忘，并因此得到更充分的关注”。[②]

经典修正的过程在英国十八世纪的几部伪作上表现得较为明显。对作品归属、真伪的讨论在一定程度上伴随着对作品本身的细读；无论是作家还是作品都得到了充分关注。托马斯·查特顿是幸运的。这位天才少年 11 岁开始创作诗歌，在 15—16 岁时展现其惊人的才华，以古雅的文字创作出大量诗作，并假托为 300 年前的修道士托马斯·罗利（Thomas Rowley）所写，最后却因贫困潦倒，不足十八岁时服用砒霜自杀。夭折后的第 7 年，他就已经有部分诗集出版。编者托马斯·泰韦特（Thomas Tyrwhitt，1730—1786）是英国较早研究英国

---

① Lewis Donelson, *Pseudepigraphy and Ethical Argument in the Pastoral Epistles*, Tubingen: Mohr Siebeck, 1986, p. 16.

② 参见刘意青：“经典”一文。转引自《西方文论关键词》，第 282 页。

中世纪诗人杰弗里·乔叟(Geoffrey Chaucer, 1340? —1400)的专家,他在匿名的序言中总结说:"不管这些诗歌真的是古老的,还是现代的;无论它们是罗利的创作,还是查特顿的伪作,这些诗作始终会被视作最为奇特的罕见之作。"[①]此后,不仅浪漫主义旗手华兹华斯、柯尔律治、济慈以及拜伦勋爵为查特顿赋诗以示缅怀,湖畔诗人罗伯特·骚塞(Robert Southey, 1774—1843)还参与编辑了《查特顿作品集》,并且为这1803年的3卷本诗集撰写了序言,他评论道:"这些诗歌的成就早已得到广泛公认……通过编订此书,[编辑们]为能够维护其声望,并主持公道而深感欣慰。"[②]

在1885年出版的多卷本《英国诗人》中,查特顿的4首诗歌(包括长诗《民谣:仁爱的完美》)作为十八世纪诗歌经典入选。著名评论家西奥多·瓦茨(Theodore Watts)特地对这位天才的生平和诗歌做了7页的长篇介绍。[③] 唯一遗憾的是该书却没有收录麦克弗森的《奥西恩诗集》。然而时过境迁,2001年和2008年布莱克威尔集团出版了广受欢迎的《英国文学选集:1640—1789》第二、三版。书中坚定地选录了查特顿的《仁爱的完美民谣》,并盛赞此诗为"心灵的呐喊"(*cri de coeur*)。更令人鼓舞的是,该经典性选集同样收录了麦克弗森《奥西恩诗集》之《芬格尔》第四卷全部内容。[④] 这正说明,文学的经典是一个不断修正的过程,开放而科学的评价体系将会展现更加精彩纷呈的文学。

---

① Thomas Tyrwhitt, preface, *Poems Supposed to Have Been Written at Bristol by Thomas Rowley, and Others in the Fifteenth Century*, London: T. Payne and Son, 1777, p. xii.

② Robert Southey, preface, *The Works of Thomas Chatterton*, London: T. N. Longman and O. Rees, 1803.

③ Thomas Humphry Ward, ed., *The English Poets: Selections with Critical Introductions by Various Writers*, Freeport: Books for Libraries Press, 1885, pp. 400—408.

④ Robert Demaria, ed., *British Literature 1640—1789: An Anthology*, Malden: Blackwell, 2008, p. 955.

第一章

英国文学伪作研究引论

某些学者宽泛地使用 forgery 一词指代伪作，而事实上该词外延比较宽泛，无法具体说明伪作研究的空间范畴。《牛津英语大辞典》对 forgery 的定义是：something forged, counterfeited, or fabricated; a spurious production。并给出了一个例句：That... one of the most ancient writings bearing the name of Plato should be a forgery... would be a singular phenomenon in ancient literature.[1]中文意思是"一篇最古老的作品，它借用柏拉图的姓名被列为伪作，这在古文学中是个奇特的现象"。该文选自牛津大学古典学教授本杰明·乔伊特(Benjamin Jowett, 1817—1893)在 1875 年版《柏拉图对话录》第 4 卷中对柏拉图作品《法律篇》的评论。

仅从《牛津英语大辞典》定义上我们就可发现，不仅文学作品中的伪作，甚至艺术赝品、伪造文献、手稿以及各类证券等都可归类于 forgery 的范畴。而其中的类型差别非常巨大，部分伪造物如假币、赝品，通常都有与之相对应的客观物存在。这些客观物可以是真本的画作、笔迹、签名、印章、图案等，因此这些伪造品是对真品(迹)单纯意义的模仿或小幅改动。因此，英语中另一单词 fake 更加适用这一概念。

对 forgery 内涵的理解还需从词源学角度探究。英语中名词 forgery 派生于动词 forge。这个动词于 1300 年左右从古法语 *forgier* 进入英语。之前，该法语动词又起源于拉丁语 *fabricāre*(创造)，基本属于中性意义。无论在拉丁语或法语中，该词均强调从无到有、富有想象力的创造。进入英语后，此内涵仍然存在，例如 1382 年威克利夫

---

① *Oxford English Dictionary*, p. 622.

《圣经》之《出埃及记》4—11 就有这样一句："Who **forgide** the downmbe and the deef, the seer and the blynde?"[①]伴随社会发展，社会信用等意识提高，该词逐渐被用指伪造文书，如票据、遗嘱、地契等一切客体与主体脱离、无中生有的物品，因此伪造(forgery)从起源看，应具有独创性成分，并不等同对真本的简单临摹或复制。

从以上角度出发，fake 通常指对真品的摹仿，而 forgery 具有"创造"的内涵。艺术特别强调个体的风格，而风格所体现的独创性是区分不同个体的重要手段。假如一件艺术品不是使用高仿真临摹(fake)，例如某位伪造者不是去临摹达·芬奇的名画《蒙娜·丽莎》，而是以风格出发，如：用光、着色、材料、结构等，突出同等或近似的原创性，他另创作了一幅画，并刻意用达·芬奇的名义创作，这就可以定义为伪造(forgery)。鉴别伪造与真迹的一个重要手段就是拿出真迹与伪造的创作风格比较，判断出风格的差异，例如将达·芬奇的画作风格与该伪造画作进行鉴别。但是问题来了，伪造中还存在一种极端的例子，即现实中根本就没有所谓的"达·芬奇"，也就是说这个风格所有人是虚构的，或者是某个时代的影子而已，如假托是文艺复兴时代意大利某位虚构的人物。那么这种独创性的风格就属于伪造者本人所有，他(她)没有侵害现实的"达·芬奇"或者其后人，这种情况需要特别对待。

这些思想应用于文学作品亦然，故伪作(literary forgery)就是"刻意创作，并冒用他人姓名、以假乱真的作品"(literary works deliberately fabricated to appear to be what it is not, and attributed to others)。在此定义中，作者主观性"刻意(deliberately)"成为伪作鉴定的关键因素。由于历史原因或者人类认识不足(如姓名雷同造成的混淆等)造成错误地归结到他人身上的作品则不算伪作，例如古罗马流传下来的文艺学作品《论崇高》(*On the Sublime*)被后人认为是朗吉努斯(Longinus)所写，而事实上，该文归属存疑。《论崇高》不可算作伪作，因为这是后人认识不足造成了，而非作者刻意如此。伪作按照形成方式又可区分为两类："机械性伪作"(forgery of manufacture)

① *Oxford English Dictionary*, p. 622. 该引文的黑体字为本书作者所加。

或称“伪书”，与“冒名性伪作”(forgery of misrepresentation)；在少数情况下，这两种形式可能出现交叉。

伪书指利用物理手段以残本充全本，或单刻本；往往增删作品年代，改动序跋等，以假乱真。这样的例子为数甚多，如二十世纪中期英国的怀斯伪作案。托马斯·怀斯(Thomas James Wise, 1859—1937)本是一家精油公司的职员，从小喜爱书籍收藏和研究，后凭借对文学和书籍的特殊专长担任了英国版本学会主席。他曾敏感地意识到发行量甚小的头版书具有巨大的增值空间。在担任主席期间，怀斯伪造英国作家雪莱、华兹华斯、康拉德等文学名流的作品版本，将这些伪书渲染成最早版本；他还伪造了据称是私印和内部传阅的小手册，如《雪莱诗集》。这些手册由于品种多、数量巨大而引起学术界怀疑。1933年起，约翰·卡特(John Carter, 1905—1975)与格雷厄姆·波拉德(Graham Pollard, 1903—1976)两位职业书商对此展开调查。他们首先从勃朗宁夫人的《葡萄牙十四行诗集》(*Sonnets from the Portuguese*)入手。长期以来，学术界普遍认为这些十四行诗最早收录在第二版两卷本《诗集》中，于1850年出版。然而，市场上竟在出售一种更早的版本，据称为勃朗宁夫妇1847年在意大利度蜜月时私印。卡特等人对这一版本的纸张进行采样检测，结果证明该版本采用了纸浆纸和西班牙西茎针茅(esparto grass)纸两种，而这两种纸张直到十九世纪七八十年代才首次面市，晚于该版本宣称的印刷时间几十年。此外，排字方式也能够确定书籍的印刷时间，由于字模制造在英国仅限于几家公司，所以非常容易查找源头。该版本宣称的印刷时间是十九世纪中期，而当时的印刷字体普遍使用卡斯隆设计的铅字，英文字母中“j”和“f”都有出格部分(kerns)，这种字模直到十九世纪八十年代中，由于出格部分制作时容易破碎才逐渐被淘汰。然而这一号称1847年出版的作品却使用了很新的铅字模，该新字模只有一家名为克雷父子的印刷厂在使用。综合各种证据，卡特等人在1934年发表了《对一些十九世纪小手册性质的调查报告》(*An Enquiry into the Nature of Certain Nineteenth Century Pamphlets*, 1934)，认为这些作品的真实性十分可疑，并且矛头直指这位版本学会主席。此后在学术界的不断努力下，发现怀斯一生伪造的作品版本高达二百多种。[①] 这种伪作多数为书商行为，且多为伪造版本，目的是攫取高额商业利益，故不属本文研究范畴。

本书研究的冒名性伪作是狭义上的真正伪作，即作者身份不真实的作品，这一类伪作具有非常重要的研究价值。首先，这类伪作的真实作者与作品之间有直接联系，作品属于作者本人的原创，只不过在外部形态上借助他人身份。尤其当被借助人身份不具备权威特征时，也就是说被借助人或身份均为虚构，伪作家需要有高超的艺术技巧和独创性，他的作品才能够被读者接受。但是尽管如此，当代学者对于冒名性作品是否都属于伪作仍存在异议。问题的关键就是如何看待“刻意”，判别刻意事实上是一种主观性强烈、后知后觉的揣测。学术界很难界定某些作家的冒名性创作行为是属于“刻意”，还是依照“传统”，或者属于“无意”。此外，著名伪作研究专家鲁思文教授在其专著《伪创文学》一书中就提醒我们：“揣摩作者的创作意图，在传记作家看来具有重要意义，但这与特定社会机制为何接受伪作的文化研究毫不相关。”[②]过分看重作者的创作本意起源于十九世纪浪漫主义文学批评，此时起作者的社会身份发生了根本性改变，文学作品不再被视为权属归于社会大众的公共产品，取而代之的是由天才个体创作的独立性产品，由此激发出社会对天才意图的好奇和探索，不断推测天才作家进行创作的本质动因。这一批评方式应用于十八世纪伪作研究属于年代误植。

法国结构主义学者热拉尔·热奈特对印刷文化中的书和书稿提出了一些新颖理论，这些思想对伪作研究也有一定借鉴意义。他认为诗学研究不应该局限于文学文本，而是要超越文本，跨文本地探究与其他文本的联结性关系，为此他引入了泛文本(paratext)的概念。他认为，文学作品是有意义的、系列性文字陈述文本，但是如此的文本很少以赤裸状态展现给读者，必定会有作者姓名、书名、前言和插图等次

---

① 详细内容可以参见 William B. Todd, ed., *Thomas J. Wise: Centenary Studies*, Austin: University of Texas Press, 1959 以及 John Whitehead, *This Solemn Mockery: The Art of Literary Forgery*, London: Arlington Books Ltd., 1973, pp. 121—155。

② K. K. Ruthven, *Faking Literature*, Cambridge: Cambridge University Press, 2001, p. 39.

级信息符号。同时,作者本人和出版商也会以不同方式介入,或评论相关书籍。因此这些内容就构成了印刷文化中的“泛文本”。简单地说,就印刷而言的泛文本包含了内文本(peritext)和外文本(epitext)两个密不可分的部分,前者指书名、作者姓名、前言、章节标题或注释等;而后者是书籍之外的,且又围绕书籍的物质和社会要素。“它们为内文本提供信息上的、更宽泛的语境,例如书信、采访等,可以是书面形式,也可以是非书面形式。”①

如果这种理论成立,而且冒称他人所作也仅仅是出现在作品的内文本中,那么我们可以将其当作是附着于作品文本,属于文学作品的一个部分。那么无论是匿名、冒名,还是作者将自己降格为编者或者译者,这一切均隶属于文本内部,应完全属于作者的创作策略。在外文本中,作者不仅是文学作品的真实创作者,而且作为真实的个人,以其传记、访谈等方式保证作品的真实性。如果外文本能够做到这些,那就是一件真实的作品;反之,倘若不能做到,该作品就是伪作。例如十八世纪作家贺拉斯·沃波尔在其原创作品《奥特朗托堡》头版扉页上注明:奥特朗托堡:由绅士威廉·马歇尔翻译的故事,译自奥特朗托圣尼古拉教堂教士奥奴费里奥·莫拉脱的意大利语原稿。(The Castle of Otranto: A Story Translated by William Marshal, Gent. from the Original Italian of Onuphrio Muralto, Canon of the Church of St. Nicholas at Otranto.)不仅如此,当时的沃波尔似乎想极力摆脱与此作品的干系,在所谓的译者《前言》里再次强调:

> 这部小说是在英格兰北部一个古老天主教家庭的书房里发现的,1529年在那不勒斯黑体印行,至于写作年代则无从考证。主要故事发生在通常所说的黑暗时代,但语言行为则绝无野蛮迹象,行文是纯粹意大利风格。假如该书写于所叙述故事发生不久,那么它大约成书于第一次十字军出征的1095年至最后一次

① Gérard Genette, *Paratexts: Thresholds of Interpretation*, translated by Jane Lewin, Cambridge: Cambridge University Press, 1997, pp. 1, 5, 344.

的1243年之间，或稍后一点。[①]

沃波尔的以上表述与十八世纪伪作家麦克弗森有着惊人的相似性。后者在1765年《奥西恩诗集》的扉页上同样注明："芬格尔之子奥西恩诗集，2卷本，由詹姆士·麦克弗森译自盖尔语。"同时，他在译者序言中说明："谈到这些诗歌的诗意，有待公众进行评判。关于翻译，可以申明的仅是一切都是意译，但也考虑到了古朴性，尽量模仿原作中的辞藻结构，同时也照顾到词序倒装的风格。"[②]

早在《奥特朗托堡》出版前4年，麦克弗森就已经使用了这种匿名方式，出版《搜集于苏格兰高地的古诗片段，译自苏格兰盖尔语》一书。关于此书的真伪逐渐演变成文学界的热门话题，而且贺拉斯·沃波尔同样是参与热烈讨论的批评家之一。这不得不让人揣测，麦克弗森的伪作创作方式有可能对沃波尔创作《奥特朗托堡》的方式产生了一定影响。

伪作这种托名的结构特征早已为许多早期英国小说共享。以丹尼尔·笛福(Daniel Defoe, 1660? —1731)为例，这位一辈子都没有出过海的生意人在《鲁滨逊漂流记》(1719)中，"未署真名，读者都以为是历险者的自述。小说一问世就引起轰动，它在英国影响之大，流传之广，可以与《圣经》媲美，真可说是家喻户晓"。[③] 笛福在序言中写道："编者相信，本书所记述的一切都是事实，没有任何虚构的痕迹。"[④]从这段"宣言"中可以看出，笛福明确否认作者身份，强调自己仅仅是"编者"，这一点完全符合"刻意制作"与"伪造身份"的内文本伪作标准。不过在热奈特看来，内文本的作伪算不上真正意义上的伪作形式。托名作伪的文学事例在十八世纪的英国不胜枚举。1684—1687年间，英国女作家阿芙拉·

① Horace Walpole, *The Castle of Otranto: A Gothic Story*, ed. W. S. Lewis, Oxford: Oxford University Press, 1982, p. 3. 译者为韩加明教授。见刘意青主编:《英国十八世纪文学史》, 增补版,北京:外语教学与研究出版社,2006年, 第253页。

② James Macpherson, "*The Poems of Ossian*" *and Related Works*, ed. Howard Gaskill, Edinburgh: Edinburgh University Press, 1996, pp. 39, 52.

③ 刘意青:《英国十八世纪文学史》,第175页。

④ Daniel Defoe, *Robinson Crusoe: An Authoritative Text, Contexts, Criticism*, ed. Michael Shinagel, New York: Norton, 1994, p. 3.

贝恩(Aphra Behn,1640—1689)冒名男性,伪造了《一个贵族与他弟媳的情书》(*Love Letters between a Nobleman and His Sister*)。该小说以细腻的笔触展露出女性的情感世界。此后,理查逊也假托"编者"身份,创作了书信体小说《帕梅勒》并取得巨大成功。热奈特的泛文本概念因此就帮助我们在这类托名小说和真正伪作之间划出了界限。

按照热奈特的思想,所有这些假托他人姓名的创作都属于内文本范畴,但是可否都纳入伪作范畴还需要同时看待外文本的真实性。也就是说,在其后的转机或者相关评论中,是否仍能够保持这种真实性。贺拉斯·沃波尔在《奥特朗托堡》次年再版时,又写了一篇匿名序言。开篇就否定了他在初版时的译者身份,转而承认自己是作者:"这本小作受到公众的欢迎,要求作者阐释他构思的背景。但是在说明意图前,作者有必要请读者原谅,之前他借用了译者的身份来展现这部作品。"(The favourable manner in which this little piece has been received by the public, calls upon the author to explain the grounds on which he composed it. But before he opens those motives, it is fit that he should ask pardon of his readers for having offered his work to them under the borrowed personage of a translator.)[①]因此,从外文本来看,《奥特朗托堡》的托名译者身份,以及理查逊声称自己只是在编辑《帕梅勒》和《克拉丽莎》等人书信的编辑身份仅仅限于内文本,应该属于作者的创作策略,故不归列为伪作范畴。

热奈特的"内文本"和"外文本"概念是对伪作研究的重要里程碑。然而我们仍然需要注意热奈特的不足之处。首先,其理论仅仅局限于印刷文化的伪作,而中世纪前后抄本文化中存在的大量伪作,由于缺乏外文本支持,故对此无法区别。其次,他对外文本的概念仍然没有确定的指导思想,例如对于外文本是否有时间和空间的界定?热奈特对此没有明确说明。第三,作者在外文本中要达到如何的明确程度才能确定为伪作?细心的读者会发现,贺拉斯·沃波尔在二版序言中的表述仍然犹抱琵琶半遮面。首先谓语 calls upon 的主语是 the

① H. Walpole, *The Castle of Otranto*: *A Gothic Story*, p.7.

favourable manner，也就是说并不是作者主动要求，或者主动希望的，而是由受欢迎的现实需要他阐释构思背景，也就是说：是有条件的。其次，第一句后部的关系从句的谓语使用了歧义的 composed，既可以表示“创作、虚构、构思”，也可以表示“借助材料编写”。如果按照后一种意思理解，这与原来的所谓“翻译”只有五十步与百步的区分。二版序言靠近结尾处，沃波尔仍为原先的译者身份申辩。他引用了法国作家伏尔泰（Voltaire，1694—1778）在小说《浪子》（*L'Enfant prodigue*，1735）中以编者身份撰写序言的事例来为自己开脱：“我意识到我所引用序言中的段落，并不是以伏尔泰先生自己的名字出现，而是以编者之名，但是谁会怀疑作者和编者实际就是同一个人呢？”[①]沃波尔很明显借用伏尔泰的例子，为自己的创作模式开脱，并将可能发生的误读推到了读者身上。

以上的文学事例使我们不得不联想到另一位伪作家。这位法国流浪汉假扮台湾土著居民，撰写并出版了《台湾历史地理见闻》一书，[②]很快被翻译成法、德等多种文字，甚至骗过了英国作家乔纳森·斯威夫特。[③] 这位自称萨曼纳扎（George Psalmanazar，1679？—1763）[④]的人不仅在牛津大学讲授所谓台湾语言，而且成名后潜心学问，参与编写了 23 卷本《通史》（*An Universal History from the Earliest Account of*

---

① H. Walpole, *The Castle of Otranto*：*A Gothic Story*, p. 10.

② 学术界虽然普遍认为萨曼纳扎是法国人，但这仅仅是种推测。考虑到其后半生长期居住于英国，其伪作《台湾历史地理见闻》的创作也在英国，且第一版为英语版并在英国发行，故将其归结为英国文学的范畴讨论。

③ 斯威夫特在讽刺散文《一个小小的建议》（*A Modest Proposal*）中说：受了那个出了名的台湾岛人萨曼纳扎的启发。约在二十年前，那个人从他本土来到伦敦，在交谈中对我那朋友说，在他本国，如有青年人被处死刑，刽子手就把犯人尸体当作一种珍馐美味卖给王公贵人；还说，当时有一个十五岁少女因为图谋毒死皇帝而被处磔刑。她那肥胖的身体挂在刑架上，肉给一片一片割下来，卖给万岁爷的宰相和其他宫廷大员，一共卖了四百克郎（刘炳善译文）。从斯威夫特原话“the famous *Salmanazor*, a Native of the Island *Formosa*”中可以领会到这位冒牌货的“成就”。

④ 该姓名第一次出现在 1704 年的《台湾历史地理见闻》时为 George Psalmanaazaar，1764 年出版的《回忆录》英文标题为：*Memoirs of* ****. *Commonly Known by the Name of George Psalmanazar*；*a Reputed Native of Formosa*，斯威夫特估计按读音拼写，不算标准。

Time to the Present, 1736—1765),其成就获得了约翰逊博士的尊重。[①]而萨曼纳扎在身前撰写、去世后出版的《自传》中间接承认了自己根本就不是所谓的台湾人。在传统意义上,该作品始终被学术界当作伪作看待,热奈特对此现象却没有提及。

本书的研究一方面考虑到了热奈特的"泛文本"理论,揭示伪作家的创作思想和伪作意图,同时也尊崇传统文学史的观念。虽然本书仅仅研究十八世纪约翰逊时代两位影响深远的伪作家——萨曼纳扎和麦克弗森,但通过他们影响力的辐射作用探讨伪作对主流文学的借鉴与启发意义,展现这一议题进一步扩展的可能。在本书最后一部份中,笔者也提及了另一位天才少年查特顿以及其伪作罗利诗篇。通过对这两位作家的研究,特别是对麦克弗森《奥西恩诗集》的影响力探索,不难发现,伪作具有深远的历史传承。同时,读者的心理特征与阅读期待也是造成伪作成功一时的重要因素,例如十八世纪英国社会对本国中世纪文学的好奇、崇古热情,以及对民谣作品的追捧等都是伪作巨大影响力的温床。研究伪作与这些因素的关系对辅助了解时代特征及文学潮流具有积极意义。更有一些研究十八世纪历史的学者指出:大多数伪作的案例都属于"创建性"的:这些"全新的"作品或出自著名艺术家,或出自充满想象力的创作者。这些具有"原创性"的伪作极具重要意义,甚至具有"颠覆性"(most subversive)[②]。

1. 伪作曾经不是罪

伪作的存在历史非常悠久,始终伴随着主流文化。世界上各种文化大多都有这种创作现象出现,属于人类所共有。中国古代典籍浩瀚

① 博斯韦尔在《约翰逊传》中说,约翰逊博士"最想与乔治·萨曼纳扎为伴"(sought after George Psalmanazar the most)。See George Birkbeck Hill, *Boswell's "Life of Johnson,"* revised and enlarged by L. P. Powell, vol. 3, Oxford: Clarendon Press, 1934, p. 443.

② Ian Haywood, *Faking It: Art and the Politics of Forgery*, New York: St. Martin's Press, 1987, p. 10.

如烟海，其中不乏相当数量的广义伪作。根据近代学者张心澂《伪书通考》一书，中国古代伪书大约有 1100 多种。邓瑞全主编的《中国伪书综考》将华夏文化的第一本伪书更是上推到夏朝的《连山易》。[①] 作为对英国文化影响深远的古希腊文明，伪作在公元前六世纪就已经出现。雅典僭主庇西特拉图(Pisistratus, 561—527 BC)或政治家梭伦(Solon, 630—560 BC)就曾经为提高雅典地位篡改荷马史诗《奥德赛》。他们假托荷马的名义，擅自在第二卷插入了现在的 258 行，以期让雅典合法取得萨拉米斯岛（Salamis）。[②]虽然迄今尚无令人信服的统计说明英国伪作的具体数量，然而有一点可以肯定，英国历史上曾有两个伪作的繁盛时期，分别为中世纪和十八世纪。

许多中世纪专家推断，英国伪作的黄金时期是从 1066 年诺曼征服到亨利二世时期。这个时期伪作大量蔓延的重要原因在于：诺曼征服之后英国社会正处于文化大变革的年代。早期口头文学和记忆材料逐渐被文字所取代；因为大量文化传承需要以书面文字的形式显示其权威与真实。然而由于战乱和自然灾害等，一些早期历史记载，如地契，特许，遗嘱等需要补齐，促使大量伪作的出现和发展。不仅如此，按照中世纪伪作研究专家海亚特博士的看法，“中世纪的许多伪作家散布于社会文化的中心地带，不仅在寺院还有大学或法院”。[③] 我们没有早期口头文学的确凿资料，对口头内容真实性的考证非常艰难，仅以公文为例就能够初步了解该时期伪作的数量。从盎格鲁-萨克逊时代到 1066 年诺曼征服为止，英国一共流传下来不到 2000 件诏书和特许令，这里既有一些文学素材，也有历史文献，其中混杂大量伪作。以“忏悔者”爱德华为名的诏书留有 164 件，“其中大约 44 件是假的，

---

① 《连山易》早佚，旧时以为三皇时代伏羲所作，但是大多数学者认为该书成于夏朝(2070—1600 BC)。

② See John Edwin Sandys, *A History of Classical Scholarship*, vol. 1, New York: Hafner Publishing Company, 1967, p. 22; and Bruce M. Metzger, "Literary Forgeries and Canonical Pseudepigrapha," *Journal of Biblical Literature*, vol. 91, No. 1 (Mar., 1972), p. 11.

③ See Alfred Hiatt, *The Making of Medieval Forgeries: False Documents in Fifteenth-century England*, Toronto: University of Toronto Press, 2004, p. 19.

另有56件尚有疑问。绝大多数伪作属于诺曼征服之后所作”。[①] 如此数量众多的伪作并非用“中世纪知识阶层道德堕落”能够解释的。不能否认,在一些最神圣的地方,如寺院,都有众多伪作存在。这肯定会震惊现代社会的道德观念。即便我们不能立刻打消这种责难的话,也需要修正一些看法。“在如今,学术的公正性情操被认为是道德生活的基石,不过这只是最近的产物。在一个古旧时代,此绝非通则。早期基督教对于证据的态度往往认为,某一叙述形式的精确性远没有内容上宗教思想和道德内容来得重要。”[②]

在这种宗教思想左右下,一些著名寺院或大学出于宗教需要,或者为了取得学术声誉和权利,会不惜一切伪造文件、宗教作品(特别是大量的伪经)、宗教诗歌,甚至还有国王的特许状。正因为如此,伪作的发展并非现代人所想象的那么罪恶,在本源上应属于学术的范畴,“一些中世纪的伪作几乎没有欺骗的意图,而许多伪造的文献中却包含了大部分准确的事实。在这一基础上,对于伪作的研究将能够还原一部分社会的真实”。[③]

文学史专家保罗在二十世纪初出版的《文学伦理》一书中,将盗版、抄袭与伪作一并列入文学的罪恶(literary crimes)。他毫不犹豫地断言:“文学窃贼绝非稀罕之物(rare bird);伪作是相对常见的一种。”保罗认为既然是常见的,理应放在文学罪恶之首:“伪作很自然是罪恶之首。伪作家当然欺骗了读者,而且伤害了被托名作者的名誉。”(It seemed natural to place forgery first as the most heinous. The forgery certainly deceives the public and injures the reputation of the author whose name he had appropriated.)[④]保罗的道德论述过于武

① M. T. Clanchy, *From Memory to Written Record: England 1066—1307*, Cambridge: Harvard University Press, 1979, p. 28.

② Edmund K. Chambers, *The History and Motives of Literary Forgery*, New York: Burt Franklin, 1970, p. 13.

③ T. F. Tout, *Mediaeval Forgers and Forgeries*, London: Longmans, Green & Co., 1920, p. 11.

④ H. M. Paul, *Literary Ethics: A Study in the Growth of the Literary Conscience*, New York: E. P. Dutton & Co., Inc., 1929, pp. 19, 13.

断。不仅缺乏历时性与文学多样性观点，更无法解释颇有影响力的十八世纪伪作。在很大程度上，在处理伪作家和所谓“被托名”作家之间的关系方面，批评界使用了具有时代误置性的现代法律或道德概念，将伪作家视为对“被托名”作家的侵权。被托名的作家有两种情况，一是作为个体现实存在，二是根本就不存在，纯属杜撰。第一种情况我们在下一节会有详细论述，而第二种情况是十八世纪伪作的普遍现象，也就是说，这个“被托名”作家是虚的，仅仅是个影子。既然是虚构的，而名誉是附着于具体的个人或组织上，“皮之不存，毛将安傅？”何来名誉的伤害？

在保罗看来，与伪作产生联想的是抄袭与盗版。事实上，伪作与后两者却属完全不同的概念。首先，抄袭是伪作的相反过程，既没有原创意义，抄袭者与作品本身也无直接创作关系。而冒名性伪作不同，虽然部分保守人士从传统思维出发，断言冒名性伪作的展现方式有悖于传统道德，甚至认为其中渗透了“欺骗(*dolus malus*)”、“恶意”等因素。事实上，伪作是伪作家按照自己的思想意图创造而成，仅仅是冒用了他人姓名或者虚构姓名而已。主流创作中有高雅和低俗之分，从作品本身出发，伪作同样会产生严肃作品。不承认这点，文学史将不会健康发展，批评界将成为名利场。二十世纪，曾有学者旧话重提，再次大胆假设莎士比亚的戏剧作品实为现代科学的奠基人弗朗西斯·培根(Francis Bacon，1561—1626)创作。培根杜撰了莎士比亚这个姓名，继而掩盖自己的真实作者身份。① 假如这种假设成立，那么我们能够仅仅因为这种冒名性创作方式，而否定这些作品本身的文学价值吗？正如英国布里斯托尔大学尼克·格鲁姆教授所认为：“伪作案例非常复杂，无法用单一的批评理论作指导，我们阅读的是文学，应该

① 培根就是莎士比亚的猜测从十六世纪起就已存在。十九世纪末，一些人重又提及，如 William Henry Smith，Constance Mary Fearon Pott 等。1908 年和 1910 年，Granville George Greenwood 与 Sir Edwin Durning-Lawrence 分别出版了 *The Shakespeare Problem Restated* 以及 *Bacon Is Shakespeare* 两部作品，再次引起学术界的争论。

基于美学原则做出评判，是好还是不好，具有影响力还是无足轻重？”[1]

抄袭（plagiary）一词来源于拉丁语 *plagium*，意义为“绑架，将自由民卖作奴隶”[2]。在文艺复兴前后，摹仿是文学创作的金科玉律，文本之间相互引涉非常普遍。作家之间的项目借鉴并不需要说明出处，也完全可以在别人作品的基础上进行改编，“1500—1625 年间，不仅英国人没有现代人所谓抄袭的感受，而且一直到了那个时期末才拥有抄袭这个词”。[3] 直到十七世纪后期，伴随着著作权的逐渐清晰，抄袭才取得现在的意义。

盗版（piracy）与抄袭的区别在于后者混淆著作权，而盗版无此意图。这种现象仅仅以营利为目的，未取得授权就盗用或复制（reproduce）别人的发明或作品，违反专有权或版权。[4] 机械性伪作虽同属以营利为目的，但其关键在于“改动”，而非“复制”作品。1557 年伦敦书籍印刷出版经销同业公会成立前后，版权的概念已经初露端倪。第一次使用版权（copyright）这个词是在 1701 年 5 月 31 日，而英国第一部版权法案直到 1710 年 4 月 10 日才正式施行。[5]

2. 冒名是一种戏剧化人物手法

从本质上看，伪作仅仅是一种古老的创作技巧，起源于对神性文学的图腾膜拜。无论在古希腊、罗马文化传统还是基督教文化，托名创作的技巧曾经长期存在，从一定程度上看，这是伪作创作的文化根源。

早在公元前八世纪，古希腊诗人赫西奥德（Hesiod）在《神谱》

---

① Nick Groom, *The Forger's Shadow: How Forgery Changed the Course of Literature*, London: Picador, 2002, p. 56.

② Charlton T. Lewis, ed., *Latin Dictionary Founded on Andrews' Edition of Freund's "Latin Dictionary"*, Oxford: Clarendon Press, 1879, p. 1383.

③ Harold Ogden White, *Plagiarism and Imitation during the English Renaissance*, Cambridge: Harvard University Press, 1935, p. 202.

④ *Oxford English Dictionary*, p. 1349.

⑤ H. White, *Plagiarism and Imitation during the English Renaissance*, p. 47, 58.

(*Theogony*)中叙述说,自己在神圣的赫利孔山(Helicon)放牧时,文艺众女神缪斯曾教会了他唱甜美的诗曲;从盛放的月桂树上折下一枝条,交由他,然后在他嘴中吹入仙气,赋予他神圣的话语去歌颂过去和未来。赫西奥德虽未明确标榜自己为先知,但其前后叙述可以推断出,他事实上起了神的代言人作用。古希腊城邦文化中,诗人作为一种专门的职业逐渐确立起来。根据哈佛大学希腊中心格雷戈里·纳吉的研究,在泛希腊文化早期,诗人也就是先知,两者原本没有区别。随着社会分工的出现,诗人成为一种职业。职业诗人或歌手被称为*aoidos*,与医生、木匠都属于地区艺匠(*dēmiourgoi*)之列。这些艺匠属于社会流动阶层,可以任意从一个地区流动到另一个区域,以其服务取得一些报酬。在公元前五世纪前后的古典时期,创作世俗诗歌的诗人(*poiētēs*)进入社会阶层,这就是现代诗人(poet)的前身;而神谕性的诗歌仍然属于歌手(*aoidos*)的范畴。①

中世纪拉丁教父圣伊西多尔(Isidore of Seville, 560? —636)编撰的《词源学》是中世纪欧洲最为重要的百科全书之一。《词源学》总结并吸收了早期著作中的大量内容,这些内容不仅包括基督教思想,还有大量异教文化。自中世纪以来一直到文艺复兴中期,该书成为欧洲人受教育的基础读物,在很大程度上影响了西方对文化与自然的了解以及思考自然的方式。《词源学》第 8 卷第 7 章认为,诗人作为预言者这一概念起源于古罗马学者瓦罗(Varro, 116—27 BC)。诗人之所以被称为瓦泰斯(*vates*,即预言者)是因为他们拥有思想的神力或者能够编唱歌曲,"诗人的作品具有预言作用,因为他们创作是受某种神力的启发,似乎进入到疯癫状态"。② 意大利文艺复兴早期,诗人、政治家默萨托(Albertion Mussato,1261—1329)就曾考证过诗歌的起源,认为它是来自天堂的科学,起源于神。诗歌是哲学也是神学,这是因为

---

① Gregory Nagy, "Early Greek Views of Poets and Poetry," *The Cambridge History of Literary Criticism: Classical Criticism*, ed. George Kennedy, Cambridge: Cambridge University Press, 1989, p. 23.

② Isidore of Seville, *The Etymologies*, tanslated by Stephen A. Barney, Cambridge: Cambridge University Press, 2006, p. 180.

“古老的诗人都是神的代言者”。[1]

文艺复兴时期，意大利哲学家维柯（Giambattista Vico，1668—1744）再次提醒世人：“从占卜者的角度来看，诗人过去被称为神性的，这个词来自于 *divinari*，也就是占卜或预言。诗人的技巧就是冥思（Muse），按照荷马的定义就是关于善恶的知识，也就是预言……而冥思首先是根据飞鸟行为的占卜技巧……冥思之神（缪斯）中的乌拉尼亚（Urania）这个名字就来自 *ouranos*，也就是天的意思，表示她审视天，以此来占卜。乌拉尼亚和其他八位缪斯女神被认为是主神朱庇特的女儿，她们吟唱（sing）诗歌，按照拉丁语动词就是 *camere* 或者 *cantare*，意思就是预言。”[2]这已经不难做出以下判断：诗人是占卜者或者神的代言人，而**“代言人”就是伪作的根源**。[3]

维柯的思想并不新颖，而是对欧洲古典传统诗学的一个总结。在英国文艺复兴时期，一向尊重传统创作的菲利普·锡德尼（Philip Sidney，1554—1586）在《诗辩》（*An Apology for Poetry*，1595）中就已经追溯了诗人的历史，他说：

> 因为我们大部分科学的作者都是罗马人，而更早于他们的是希腊人，让我们多少依靠一点古罗马和古希腊人的权威吧，看看他们到底给了眼下被人鄙视的技艺什么称呼。在罗马人中，诗人被称为瓦泰斯（*vates*），等同于先知、占卜者、神谕者之意；其组合而成的词原来的意义是“预言（*vaticinium*）”和“占卜（*vaticinari*）”，这已经很清楚了。这个卓越的民族给了这令人陶醉的艺术如此崇高的名称，而且古希腊罗马人被如此深深地带进

① 具体可参见 Ernst Robert Curtius, *European Literature and the Latin Middle Ages*, trans. Willard R. Trask, New York: Pantheon Books, 1953, p. 216；以及 Francis X. Newman, “*Somnium: Medieval Theories of Dreaming and the Form of Vision Poetry*,” diss., Princeton University, 1962, pp. 205—212。

② 转引自 Harold Bloom, *The Anxiety of Influence*, Oxford: Oxford University Press, 1973, p. 60。也可参阅 GiambattistaVico, *New Science*, trans. David Marsh, London: Penguin Books, 2001, p. 137。

③ 着重点为笔者所加。

了对诗歌的钦佩，以至于偶尔遇到的诗句中，他们都认为隐含着以后重大命运的预知。[①]

既然诗人自己的作用仅仅是代言人，那么诗人就不可能拥有作品思想的本原性，更谈不上有十八世纪出现的版权。从创作形式来看，假托他人的手法经历了从神到假（笔）名的降格过程，因此，我们不妨将此传统看成是一种戏剧化人物手法（dramatic personae），[②]这种手法经历了以下演变：

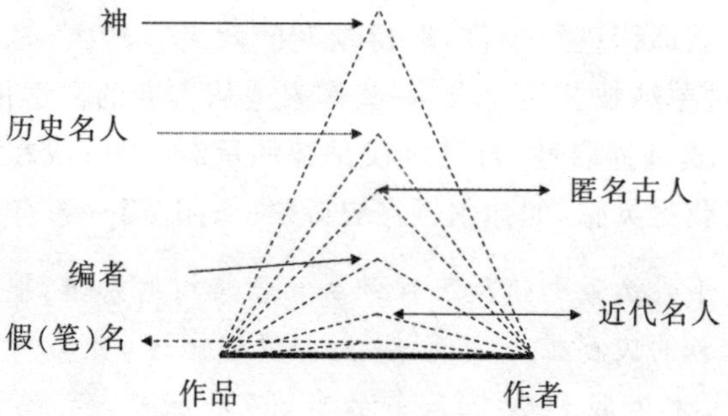

伪作演变图示

该图示中，作品与作者之间是实线，表示两者之间有内在联系（抄袭则不存在这种联系）。但是在历史演变过程中，作品与作者之间实际需要借助第三者表现，这个被借助者最初是神，然后是历史名人，例如古希腊早期作品有冒称亚里士多德所写。在这一降格过程中，假托神或匿名古人往往出于厚古薄今的思想。中国古代《神农本草经》据传为神农氏所撰，神农氏乃传说中农业与医药的发明者，那个时代尚无文字，"故而该书为两晋或南北朝时代人托古伪撰无疑"。[③] 尽管《神农本草经》属于伪作范畴，却丝毫不影响其成为我国中医药学的重要文献之一。上图中，伪作初始阶段表现于宗教性伪作，而当这一方式

---

① Sir Philip Sidney, *An Apology for Poetry*, ed. Geoffrey Shepherd, revised by R. W. Maslen, Manchester: Manchester University Press, 2002, p. 83.

② 这一思想得益于 Metzger，"Literary Forgeries and Canonical Pseudepigrapha"。

③ 俞兆鹏：《中国伪书大观》，南昌：江西教育出版社，1998 年，第 4 页。

退化到假托近代名人(如1983年的希特勒日记案)时,该作品则已失去部分文学与历史研究的价值。

需要注意的是,上面的图示仅仅是作家身份从神性到人性的大致转变过程,降格的次序会有所变化,但可以肯定的是作家和作品之间直接关系的确立发生在十八世纪。从纳吉教授的分析其实可以看出,在十八世纪前作家(或诗人)是一个不稳定的文学概念,包含着两种不同的内涵。首先,诗人曾是一种职业,即便作家不是职业诗人,但是他身上仍然承载着社会对这个职业的要求:按照传统的韵律、节奏、修辞和受到的诗歌训练进行创作,取得预期的效果。其次,为了取得更好的效果,超过单纯技艺的要求,一些作家遵从古老的文学传统,或将自己的作品看成是神启性,自己仅仅是神的承载工具;或在文中呼唤女神缪斯以期获得灵感,如弥尔顿在史诗《失乐园》第一卷有:

> 关于人类最初违反天神命令偷尝禁树的果子,把死亡和其他各种各色的灾祸带来人间,并失去伊甸乐园,直等到一个更伟大的人来,才为我们恢复乐土的事,请歌咏吧,天庭的诗神缪斯呀!……[①]

十八世纪文学中呼唤缪斯的激情仍然存在,如亨利·菲尔丁(Henry Fielding,1707—1754)在《弃儿汤姆·琼斯》(*The History of Tom Jones, A Foundling*, 1749)第四卷第八章中所言:“哦,汝缪斯之属呵,不问是谁,凡喜歌咏战争者,特别是您,……,即请汝在此一次重要场合中,助我描绘战迹可也。”[②]在十八世纪英国文学中,倘若不效仿弥尔顿或菲尔丁呼唤缪斯,也有可能退而求其次,借助古人或其他人进行创作。诗人(作家)作为艺匠和作为神启者原本在自主性上是相互对立的概念,然而这两个概念却始终共存并相互发展,一直延续到浪漫主义时期。

---

① 朱维之译文。见弥尔顿:《弥尔顿诗选》,朱维之译,北京:人民文学出版社,1998年,第162页。

② 张谷若译文。见亨利·菲尔丁:《弃儿汤姆·琼斯史》,张谷若译,上海:上海译文出版社,1993年,第231—232页。

无论诗人、作家作为希腊早期文学中的神启者还是后来发展成的艺匠，从文艺复兴到十八世纪新古典主义时期，诗人或作家就是一种承载工具。作为艺匠，他必须要娴熟地使用前人的创作策略，按照目标读者或听众的需求进行表述；而作为神启者，诗人同样是外部力量的媒介，他要将作品归结于他人或神。这既是文学传统，也是一种很难撼动的心理情结。因此在约翰逊时代之前，作家作为独立个人的概念与社会创作习俗相比显得如此渺小。当然，我们在十八世纪，特别是中后期还可以感受到另一种创作趋势：神启性要素内部化。也就是说，作家在有意识地减少受技巧性要素约束的同时，缩小外在地、公开地使用托名或受神明启发的表述，而将神启性灵感表现在作品内部，这里的内部既包含了文本内容本身，还表现在创作方式的创新上。对这些作家来说，艺术是灯，它投射出的形象并非源于外部，而是来自作家自我，这就为以后文学界呼吁的天才性作品（works of original genius）开辟了道路。

对天才性作品的呼吁预示着作品个人化的要求，作品的归属以及最后利益将归结于作家个人，作品从此失去神性化内涵而取得人性化。这种文学神性文化到人性化的演变经历了漫长的过程，而十八世纪英国伪作不断被炮制出来，又不断被揭露，这在一定程度上反映了这种演变过程中两种创作思想的冲突。与此同时，揭露伪作需要严密的思维，科学的方法，以及对历史的了解。缺乏科学的思想和手段，没有怀疑论思想的泛滥，这不可能做到。科学求真，而文学不遗余力的目的是求美，求善。诗人（作家）有这个诗性权利，他可以为了这个目标而不择手段，这也是文学传统所赋予。十八世纪伪作见证了这种文学和科学的冲突。

3. 伪作考证的积极意义

通过伪作的兴盛反观其社会文化，更能够了解时代脉搏，探究主流文化的发源。英国历史的两个伪作时期都处于文化大跨越时代，中世纪是英国文化从口头到书面的转变时期，大量流传的口头文学在这个时期被抄录下来，如一些古老的民谣，相当数量的历史文献，正是这样一个文化和历史的转型过程为伪作创造提供了丰厚的土壤。中世纪各种伪作的研究依然是伪作研究领域的热门话题，目前涌现出一大批优秀研究成果，对全面了解欧洲中世纪文化提供了巨大帮助。这些成果中最为著名的是德国中世纪史学者霍斯特·福尔曼(Horst Fuhrmann，1926—2011)为主编，于1988年在德国汉诺威出版的5卷本《中世纪伪作》(*Falschungen im Mittelalter*)，该论文集收录了权威专家的中世纪伪作研究论文多达159篇。在此之前，1927年哈斯金斯教授出版了一本《十二世纪文艺复兴》的论著，书中详细记录了1050—1250年间英国社会在经济、文化、教育等各方面的巨大变化，彻底推翻了关于中世纪是黑暗世纪 (Dark Age) 的论断，将这个世纪定性为"文艺复兴"。①

十八世纪的社会变革力度与中世纪基本相似。十七世纪末，坦普尔爵士(Sir William Temple，1628—1699)以《论古典与现代学问》(*An Essay upon the Ancient and Modern Learning*，1690)表达了居于主导地位的文学思想。这些古典主义学者认为，"在睿智、学术和才气上，古人完全处于优势地位，现代人只能够摹仿"。② 古今思潮交锋的背景下涌动着逆流，其中的核心问题是：文学创作是否需要固守亚里士多德所提倡的摹仿？作品的功用是否考虑传统的道德性。摹仿必然削弱诗歌的想象力，而不摹仿出路在何方？一些新的思想和创作模式试图突破樊笼。一方面，人们的创作形式仍然保留着固有传统；另一方面，在内容上却以丰富的幻想极大推动了英国的民族情绪和浪漫主义思想。天才少年查特顿和苏格兰诗人麦克弗森等人打破言必谈希腊、罗马文学的创作观念，他们对英伦远古时代的向往为文学本土化、个性化开辟出一条新路。

伪作是一定历史条件下的产物，与学术相伴而生，竞争而发展，推

① See Charles Homer Haskins, *The Renaissance of the Twelfth Century*, Cambridge: Harvard University Press, 1927.

② Joseph Levine, *The Battle of the Books: History and Literature in the Augustan Age*, Ithaca, N. Y.: Cornell University Press, 1991, p. 19.

动了学术的繁荣。比如，伪作通考可以还原历史的真实，在考证中得到更清晰和批判性的细节。文艺复兴时期新教人士对中世纪教会的所有教条、习俗进行考问，首先从教会原始资料入手，特别是那些假托圣经人物创作的伪经。此外，曾经最具权威性的《君士坦丁的诏令》(*Constitutum Constantini*)受到置疑。该文分为两部分，分别为“誓愿”和“馈赠”。后一部分讲述君士坦丁(280？—337)自幼患麻风病，为了医治此病，罗马祭司打算用婴儿的血为其沐浴。动手之前，君士坦丁却下令将孩子送回各家。当天夜里，他梦见基督的使徒圣彼得和圣保罗。在两人的指点下，他找到了罗马主教西尔维斯特。主教为君士坦丁进行了洗礼，治愈了令人恐惧的麻风病。皈依基督教后，君士坦丁赠予西尔维斯特教皇称号，并赠送了皇冠、皇袍以及节杖等物；并且迁都君士坦丁堡，将罗马帝国的统治权转交教皇。《君士坦丁的诏令》(*The Donation of Constantine*)实际写作时间不详，被收录在编写于847—853年间的《伪伊西多尔教令》(*Pseudo-Isidorian Decretals*)中。早在1152年就有一位叫魏茨(Wetzel)的人致信德意志腓特烈一世(Emperor Frederic I, 1123—1190)，对第二部分的《馈赠》一文提出疑义。[①] 1440年意大利人文主义者劳伦佐·瓦拉(Lorenzo Valla, 1407—1457)写下了《君士坦丁的馈赠考证》(*De Falso Credita et Ementita Constantini Donatione*)，并于1534年译成英文。他从历史考证出发，认为如此重大事件在公元四世纪的圣哲罗姆(Saint Jerome, 340？—420)、圣奥古斯丁(Saint Augustine, 354—430)等人的文献中均未提及，[②]更无其他旁证；古代社会发表重要公告往往铸刻在金属和石头上，但是《馈赠》却写在纸草和羊皮卷上。难能可贵的是，瓦拉利用了语言作为内证，指出拉丁语的 *satrap* (总督)，*synlitus* (元老院) 等外来词汇在公元八世纪才出现，不可能出现在君士坦丁四世纪的文章中；更为荒谬的是一位皇帝只有一根权杖(*sceptrum*)，

① Christopher Bush Coleman, *Constantine The Great and Christianity*, New York: The Columbia University Press, 1914, p. 186.

② Lorenzo Valla, *On the Donation of Constantine*, translated by G. W. Bowersock, Cambridge: Harvard University Press, 2007, p. 121.

而整篇文章却使用了复数名词(*sceptra*)。[①]

综上所述,伪作研究跨越了文学、史学、版本学、印刷史等多学科,对还原文学、文化、历史等具有一定的借鉴作用。我们研究伪作不仅仅研究伪作本身,如文学模式,思想内涵和主题,更应了解它对主流文学的启发和推动作用,同时还要把作者、作品、社会文化环境以及读者四个方面结合起来。伪作在一定时期内的成功决非单一因素决定,而正是在多方位聚焦中取得的细节才能让我们透辟把握文学发展的进程。

4. 伪作研究的理论和历史基础

从卡尔·荣格(Carl Gustav Jung,1875—1961)到加拿大批评家弗莱,他们提出了一个文化原型的概念。荣格指出,原型这个词就是柏拉图哲学中的形式,指集体无意识中一种先天倾向,是心理测验的一种先在决定因素,是一切心理反应所具有的普遍一致的、先验形式,它使个体按照其原本祖先面临的类似情境所表现的方式去行动。原型尽管归属于集体无意识,但是却能够体验为一种印象式意象。在每一种集体无意识中存在着大量的原型。同一原型可能在细部或名称方面有些变化,但其核心意义基本相同,符合人类的某种普通心理要求。譬如,英雄、大地母亲、智慧老人、魔鬼等原型在作品中屡屡出现,其个体的内在意义仍相对统一。荣格对于原型的界定一直采取了诗性的态度,他认为,自远古时代就存在某种普遍意象,原型作为一种"种族的记忆"保留下来,使每个作为个体的人先天就获得一系列意象和模式。荣格揭示了原型与神话;神话与艺术之间的关系。他说:"原型的另一种突出表现存在于神话和童话中,我们也研究具有特定烙印的艺术形式,这些艺术形式经过人类漫长的时间逐渐流传下来。'原

① 参见吕大年:《瓦拉和"君士坦丁赠礼"》,《国外文学》2002年第4期,以及米辰峰:《瓦拉批驳"君士坦丁赠礼"的学术得失》,《史学月刊》2006年第3期。

型'这一术语可以间接地在'集体表象'中应用。"[①]虽然荣格的理论主要用于阐释一些是关于作品的母题,但是我们感觉"具有特定烙印的艺术形式"完全可以应用于作者与作品联系的环节上,即著作权(authorship)的研究层面。这一点还可以在荣格的《集体无意识的概念》一文中找到说明,他认为:

> 原型有多种形式,正如生活中有许多典型情景。无数次的重复已经将这些经验铭刻在我们的心理构造中。这种重复不是以充满内容的形象方式,而首先是以"无内容的形式"来展现某类行为和感知的可能性。当相应于某一特定原型的情况发生时,那种原型就被激活,成为强制性冲动。就像本能冲动一样,这种强制性冲动对抗理性和意愿,为自己开辟道路。[②]

我们认为,作为个体的作家具有一种原型创作的情愫,这种原型不仅存在于文学主题内容中,还表现在托名这一创作技巧上。这种托名的创作技巧在欧洲文学史上具有悠久历史,作为特定烙印的艺术形式保存在种族记忆中。弗莱也进一步认为,文学起源于神话,这一原理赋予文学以力量。人类文明虽经历千百年来的意识形态变化,但是文学仍具有生生不息的传播力量。这种结构原理当然受社会和历史因素制约,并且不会超越这两个制约因素,但是结构原理始终保持一种足以说明文学总体本质的形式持续性,这一形式持续性有别于它为适应社会环境而产生的变化。因此,我们反观托名创作历史,从基督教传统看,《圣经》是上帝的默示,而《摩西五经》被视为先知摩西创作。十八世纪前后,有不少批评家已经开始怀疑这一曾经根深蒂固的论断,这些受到自然哲学影响的哲学家中不仅有英国思想家托马斯·霍布斯(Thomas Hobbes,1588—1679),还有荷兰学者斯宾诺莎(Baruch de Spinoza, 1632—1677)等。在基督教中,存在大量托先知和使徒名义创作的作品,这是一个无可辩驳的事实。其次,从古希腊、罗马层面

① C. G. Jung, *The Collected Works of C. G. Jung*, vol. 9, Princeton: Princeton University Press, 1968, p. 5.

② Ibid., p. 48.

上看。古代诗人出于对文学和诗歌的崇敬，不敢(愿)将自己的作品公开称为自我创作，而将作品的起源让渡给神明，或说成是来自神的启示，诗人仅仅是神明的代言人，进而矮化自己，神圣化作品，让读者或听众更加关注作品的内容和思想本身。

西方的古典诗人不断呼唤缪斯，以期将神性狂热注入他们体内，来帮助自己完成作品。作为缪斯的仆人，诗人需要依托外部力量，而非本人的能力去表达思想，所以诗人自己是“隐身”的。正如古希腊悲剧作家索福克勒斯(Sophocles, 496? —406 BC)认为，其前辈埃斯库罗斯的悲剧作品，真正的作者是酒，而不是埃斯库罗斯本人。西方文学传统无论将真正的作者归于酒抑或缪斯，作为人的作者始终是隐形的，无足轻重的。这些传统让我们清晰地得到这样的结论：无论是影响英国文学的基督教思想，还是古希腊文化，淡化创作者个体是一种集体无意识的创作原型和冲动。在这样一种情结之下，诗人有可能刻意使用这种集体无意识的变体形式，故意假托其他人进行创作。

从人类文明发展史看，詹巴蒂斯塔·维柯(Giambattista Vico, 1668—1744)在《新科学》一书中将人类历史分为三个时期：神的时期、英雄时期和凡人时期。同样，人类文字的发展也存在三个阶段：神性文字(通常称为象形文字)、英雄文字和凡人文字。在《伟大的代码：圣经与文学》一书中，加拿大学者弗莱在维柯的基础上做了进一步阐释。[1] 对于神性文字，他说：“在柏拉图以前的大多数希腊文学(特别是荷马的作品)中，近东地区《圣经》之前的文化中，以及《旧约》的许多部分，我认为我们可以体会到一种诗义的或者说象形文字的概念。在一定意义上，这不是一种符号书写，而是在于将文字作为特别符号。在这个时期人们几乎不强调主体和客体的明晰区分。”[2]也就是说神性文字等于一种暗喻(metaphor)，在这种象征性的文字中，文字等同于表

① 弗莱在维柯的基础上将文字发展分成四种，以适合《圣经》研究的需要。两人对前三种文字的思想基本一致，只不过弗莱增加了第四种：福音布道文字(kerygma)。弗莱感到圣经无法归类到前三种，这些内容不属于本文考虑的范围，故略去不表。

② Northrop Frye, *The Great Code: The Bible and Literature*, London: Routledge & Kegan Paul, 1982, p. 6.

达的事物本身；文字不仅是神圣的，而且具有魔力和力量。法国思想家卢梭曾提到波斯国王大流士领兵攻打锡西厄时，锡西厄国王派使者送来的四样东西：一只青蛙、一只鸟、一只老鼠和五支箭。看到这封奇特的战书，大流士迅速退兵。[①] 锡西厄国王借助神性文字的直接对应属性，不战而屈人之兵。这种实物与文字的对等关联，按弗莱的话说是“此即是彼”。弗莱将第二种文字定义为“僧侣性文字”(hieratic)，他认为，“随着柏拉图，我们进入到语言的不同时期，即僧侣性文字。部分意义上讲，它是由文化精英所写，……在第二个阶段，语言越来越个性化，文字基本上成为内部思想或概念的外部表现；主体和客体之间逐渐分离”。[②] 这个时期中，人们抽象思维的能力不断提高，文字已经脱离物质世界，并且高于物质世界。第三个阶段大致起于十六世纪。在英国文学中，理论上大致从弗兰西斯·培根开始，实际上从经验主义哲学家约翰·洛克(John Locke, 1632—1704)开始加速，弗莱认为，这时主体与客体之间已经有了明确的区分。

文字的主体与客体之间产生分离，不禁令人们产生了文字能够在多大程度上反映现实的疑问。早期的人们相信，文字与文学具有神性，对于文字本身怀有深深的敬意。寺院中的僧侣毕恭毕敬地抄写着代表神性语言的手稿。那时候尚无著作权一说，一切语言表达的思想均来自神启，人在文字上显得那么渺小，创作或者抄录的作品要么假托于神，要么假托于圣人。英国社会从口口相授的传统进入到书面记载是从诺曼征服开始兴盛起来的。1066 年之后，英国政府产生了土地清算的想法，并于 1085—1086 年间制定《最终税册》，史称 *Doomsday Book*。之后，文字的书面证明日益重要。在口头语言或者以实物表达意思真实性转变到以书面材料为证的过程中，人们时常固守着口语传统，矛盾不断出现。英国吉斯地区有一位叫沃尔特(1290—1305)的人曾编过一本《编年史》，记录了英国在诺曼征服之后的社会风貌，文中

---

① John H. Moran, ed., *On the Origin of Language*, trans. with afterwords by John H. Moran and Alexander Gode, Chicago: University of Chicago Press, 1986, p. 7.

② N. Frye, *The Great Code: The Bible and Literature*, p. 7.

有一段写道：

> 国王通过他的法官想知道一些大地主是否有证据（*quo warranto*）证明他们合法拥有土地，假如缺乏有说服力的证明，他将立刻把土地收回。这让一些大地主非常不安。在这些人当中，沃瑞郡长被传唤到国王的法官面前。当问及他是否有凭证时，他抽出一把生了锈的旧剑说："看看这把剑吧，先生们。这就是我的凭证，我的祖先们用这把剑与威廉那个杂种一道征服了这片土地，我就要用这把宝剑来保卫这片土地，任何人都休想夺走它。"①

沃瑞并不是真的想用这把锈迹斑斑的破剑来保卫自己的土地。这里涉及文字凭证（*quo warranto*）与实物证据哪一个更加真实的问题。一把曾经在诺曼征服时骑士用过的宝剑直接代表了战争，以及通过战争得到的特权，对骑士来说是最重要的证明。然而，客观实物在书面文字面前也略显无奈。

主观与客观的分离使文字变得越来越灵活，随之发生的是著作权从神性到人性的变化。在英国中世纪，伪作并不是现代人们所描绘的那样，成为一种罪恶。在提到中世纪伪作的实质时，海亚特认为："一些伪作的本质就说明，他们的创作不含恶意；从更广阔的意义上谈，甚至根本没有欺骗的意图。作者也许仅仅希望如实地记录事实，记录那些从来没有进入到文字形式的事实，或者说弥补那些文字材料已经缺失或毁坏的内容。"②英国著名历史学家克里斯托弗·布鲁克解释道："当时的伪作编订纯粹是一项受人尊敬的工作。中世纪远没有形成现代社会的巨大图书市场，文学还处于庇护人的制度下。而能够进行书写的往往是寺院僧人或者是贵族。同时僧侣有神职人员豁免权，因此

① M. T. Clanchy, *From Memory to Written Record: England 1066—1307*, p. 36.

② A. Hiatt, *The Making of Medieval Forgeries: False Documents in Fifteenth-century England*, p. 5.

造伪的人几乎不会受到惩罚。”[①]

伪作的形成和发展与人们早期的历史观和著作权密不可分，两者相互交织影响。历史就是真实，与虚假保持着明显的界限，这一点人们从来没有怀疑过，可是中世纪以来如何在文学实践中确立“真实”(Truth)却是另一回事。有学者认为：“中世纪基督教认为“真实”只有在信仰的条件下才谈得上，尽管这些信条可能是真的，也可能是假的，但却是无害的，甚至对人有益。”[②]另一方面，历史和文学相互交叉，人们远没有科学历史观的概念，写历史的实际在虚构，而虚构者很可能在写历史，“对十二世纪（甚至更早以及以后）的作家来讲，‘史’(*historia*)也就是‘事’(story)，并非现代意义上的历史性(historical)。史本身没有真假的对立，对立是在于‘史’(*historia*)与‘故事’(*fabula*)之间的，这些 *fabula* 有些值得信，有些不值得信”。[③] 英国蒙默思郡的杰弗里(Geoffrey of Monmouth, 1100? —1154)，一直以来被称之为历史学家，靠着杂陈的素材于 1135 年写了《不列颠列王史》(*Historia Regum Britanniae*)。这本“野史”在源自法国的传奇故事中注入了英国本土的“新酿”，在原本是凯尔特或威尔士民间传说的基础上孕育出许多亚瑟王传奇故事，同时把英国的本土历史与特洛伊战争联系起来；从埃涅阿斯的曾孙布鲁图斯开始，一直讲到公元七世纪的卡瓦罗德国王。他在《不列颠列王史》中谈到了写这本史书的起源：

> 牛津的领班神父沃尔特不仅精通雄辩术，而且非常了解异域历史。有一次，他交给我一本极其珍贵的古书，为英语所写。上面记载了历代国王的事迹，按顺序排列，从不列颠第一位国王布

---

① benefit of clergy：法庭事先在纸上用难懂的古雅黑体书写一段拉丁文，内容往往是《圣经·诗篇》51 篇的内容，假如死刑犯能够读出，死罪可免，所以这种诗篇也叫保命诗(neck verse)。法庭往往根据犯人的表现来判断合法或违法。如果违法，他将被处以绞刑；如果不违法，将被遣回教会法庭。教会法庭是没有死刑的。另见 Christopher Brooke, *Medieval Church and Society: Collected Essays*, New York: New York University Press, 1971, p. 101。

② William Nelson, *Fact or Fiction: The Dilemma of the Renaissance Storyteller*, Cambridge, Massachusetts: Harvard University Press, 1973, p. 28.

③ R. N. Swanson, *The Twelfth-century Renaissance*, Manchester: Manchester University Press, 1999, p. 55.

鲁图斯，一直到卡瓦罗的儿子卡瓦罗德。这些故事讲得妙极了。于是我在沃尔特的要求下将此书翻译成拉丁语。①

可惜的是这本所谓珍贵的古书在“他使用后就再也没有出现过”。② 因此我们可以推测，这本书也许根本就不存在，完全由作者杜撰而成。当然，这并非说杰弗里在欺骗读者，他在寻找一个权威的话语结构以体现其真实性，正如布鲁克所说：“他们似乎并非有意欺骗同时代的人，但是却难倒了许多现代批评家。”③

这种发现古书或者古民谣而进行创作的借口与十八世纪伪作一脉相承。1760 年 6 月 20 日，剑桥大学教授、著名诗人托马斯·格雷(Thomas Gray，1716—1771)在给友人的信中谈到麦克弗森的伪作《搜集于苏格兰高地的古诗片断》：

> 我对这些诗歌非常着迷，据说是从古苏格兰高地语翻译过来的译本(用散文体意译而成)，由一位生活在高地的年轻牧师麦克弗森翻译，他打算把这些古老的作品以集子的方式出版。④

十八世纪最有争议的伪作家、浪漫主义先驱查特顿声称，他在一个教堂中找到了大量羊皮卷，希望能够有出版社能够帮助出版。查特顿在 1768 年 12 月 21 日写给出版社的信中说：

> 先生：
>
> 我通过写信这种方式与您联系是因为我可以搞到几篇古老的诗歌，还有一段幕间插曲，这可能是目前保存最古老的剧目了，由一位曾住在布里斯托尔的牧师所写。这位叫罗利的先生大约

---

① Geoffrey of Monmouth, *History of the Kings of Britain*, the Sebastian Evans translation revised by Charles W. Dunn, New York: E. P. Dutton, 1958, p. 3.

② Derek Pearsall, “Forging Truth in Medieval England,” *Cultures of Forgery: Making Nations, Making Selves*, eds. Judith Ryan and Alfred Thomas,

③ 原文是：It seems rarely to have been intended to deceive contemporaries as it has often deceived modern critics。See Christopher Brooke, “Geoffrey of Monmouth as a Historian,” *Church and Government in the Middle Ages*, eds. Christopher Brooke, David Luscombe et al., Cambridge: Cambridge University Press, 1976, pp. 77—91.

④ T. Gray, *Correspondence of Thomas Gray*, vol. 2, 1756—1765, p. 679.

生活在亨利六世和爱德华四世时期。假如这些东西对您有用，只要您招呼一声，我就可以将这些抄本寄送给您。

您恭顺的仆人：D. B.[①]

综观上述案例，伪作有一个共同的特点，真实的作者却声称找到了某一个或几个古抄本，然后经过自己翻译，或者誊抄献给世人。在他们看来，借用古人的名字比真实更加权威。历史学家将这种从杰弗里起源的托词称之为“惯用修辞”（topos），在大部分文案中，这种 topos 的突出特点是：表面看来十分真实的陈述往往是虚假的，按照现代史书的标准来看，《不列颠列王史》实在算得上地道的伪作，然而“杰弗里同时代的人却对此历史毫不怀疑，他们喜爱这本书，不仅写得棒，而且充满了奇幻的故事，给英国人以及那些会说英语的人提供了一个光荣的过去和血统。由于该书深入人心，它对英国历史的影响一直延续到十六世纪”。[②] 准确地说，布赖萨克教授谈到这部伪作的影响时，指的仅仅是杰弗里创造的素材，而这种假托别人的“惯用修辞手法”恐怕要再朝后推 200 年，不仅影响了十八世纪的诗人，而且影响到同时代著名的小说家。

从口头文学到书面创作的很长时间中，没有人承认自己的作品是虚构（invention），所有的作家都坚持自己在写真实的历史。英国印刷商、翻译家威廉·卡克斯顿（William Caxton，1422？—1491）就分不清编年史和传奇故事的区别，他印刷的散文体《亚瑟王之死》（*Morte Darthur*）中有相当多的内容令我们怀疑其真实性，可是他本人却对亚瑟王的历史真实笃信不疑，甚至对该书的这种典范价值极为强调，并且赫然印在每一本编年史的第一页上。[③] 从培根开始，历史逐渐与文学脱离开来，培根将知识分为三种：诗，历史，哲学；而与之相对应的

---

① See E. H. W, Meyerstein, *A Life of Thomas Chatterton*, New York: Russell & Russell, 1972, p. 250. 其中 D. B. 是查特顿编造的名字。

② Ernst Breisach, *Historiography Ancient*, *Medieval*, & *Modern*, Chicago: University of Chicago Press, 1983, p. 112.

③ C. S. Lewis, *The Discarded Image*: *An Introduction to Medieval and Renaissance Literature*, Cambridge: Cambridge University Press, 1964, p. 179.

是三种能力：想象力，记忆力和理解力。[①] 到底什么是文艺中的真实？文艺复兴诗人英国诗人菲利普·锡德尼在《为诗辩护》中提到了文学的“真实”，他说：

> 在天底下所有作家中，诗人是最不可能撒谎的，尽管他作为个人会撒谎，但是作为诗人，他不会的……作为诗人，他不去肯定任何事情，因此也谈不上撒谎，因为我这样认为，所谓的谎言应该是将那些虚假的内容说成是真实的。至于其他的艺术家，特别是历史学家因为承认了许多事，在人类了解不深时，他们难免不说谎。[②]

十八世纪哲学家大卫·休谟(David Hume，1711—1776)在《人性论》中分析了远古历史的传承，认为从口头文学到书面文学，历史的真实是变化的，而一个民族的历史很可能会丢失：

> 很显然，我们无法完全确定远古历史，惟有靠千万次的因果关系过程，靠无休止的争论。当“事实”这一知识传递到第一个历史学家之前，“事实”肯定经过了多次口口相传；而当他动笔写作时，每个新的版本都是一个新的目标，该目标与以前的联系只有通过经历和观察才能确定。从眼下的推理来讲，或许我们可以得出结论，伴随着“因由”这条链不断增长，而且会不遗余力地继续下去，我们已经遗失了远古历史留下的痕迹，或者说很快就要遗失。[③]

---

① R. G. Collingwood, *The Idea of History*, Oxford: Clarendon Press, 1946, p. 58.

② 原文是：I think truly: that of all writers under the Sunne, the *Poet* is the least lyer: and though he wold, as a *Poet* can scarcely be a lyer... Now for the *Poet*, he nothing affirmeth, and therefore never lieth: for as I take it, to lie, is to affirmeth that to bee true, which is false. So as the other *Artistes*, and especially the *Historian*, affirming manie things, can in the clowdie knowledge of mankinde, hardly escape form manie lies. See Philip Sidney, *The Defence of Poesie*: *Political Discourses*; *Correspondence*; *Translation*, edited by Albert Feuillerat, Cambridge: Cambridge University Press, 1968, pp. 28—29.

③ David Hume, *A Treatise of Human Nature*, edited by David Fate Norton, Mary J. Norton; editor's introduction by David Fate Norton, Oxford: Oxford University Press, 2000, p. 98.

5. 著作权本质上是收益权

文学中的 authorship 表面上是作品源或作者身份，也就是作家在作品中所展现的所有属性，但是追寻这些属性的初始目的是什么？本书认为这个“作品源”实际是一个动态的文化构建，其本质是在作品上署名之后取得的独占权。这种独占权不仅确立了作家成为一种职业，更重要的是当手稿文化转变成印刷文化，书籍成为商品后，创作可以给作品署名人带来一定的利益，作品源成为了著作权，他可以通过出售作品取得相应的利益。在特定社会中，如果作品不能够直接或间接带来经济利益和回报，谁会去关心作品的属性呢？正如维柯所说，早期的文字属于神性文字，作为个体的人没有著作权，作者的权威往往来自于神，诗人不过是神的代言人(agent)。在古希腊，无论是诗人还是哲学家都不断呼唤缪斯或者其他神，“作为他们讲授传说或者进行阐释时真实性的见证”。①

伪作发展也遇到了著作权发展中产生的矛盾。口头文学是代代口口相传，没有著作权利的思想。早期文学中大量引用过去的作品，并非出于感谢或者认可，而是为了加强自己的权威。法国学者米歇尔·福柯(Michel Foucault, 1926—1984)在《何为作家》(What Is an Author)一文中指出：

> 曾经有一时期那些我们现在称之为“文学”的文本如故事、传说、史诗以及悲剧被广泛接受，流传开来并且受到评价，人们根本不去关注作家确切身份的问题。有没有作者名并不重要，他们真实的或者说特定的时代足以证明作者的权威性。在中世纪，另一种我们称为“科学”的文本(谈论宇宙、天体、医学或者病理、自然科学或者地理)只有明确显示作者姓名时才被人们认为内容是真实的。“希波克拉底说……”或者是“普林尼告诉我们说……”，这

① John Marincola, *Authority and Tradition in Ancient Historiography*, Cambridge: Cambridge University Press, 1997, p. 4.

> 些言论不仅仅是立论在权威上的固定模式，而且是表明经过验证的著述。但是在十七、十八世纪出现了一种全新的理念，科学的文本要被接受必须基于自身的成就，被放置在一个不署名的、条理清晰的概念体系内，这个体系需要有确定的真理和证明的方式……与此同时，文学文本必须要显示作家姓名才可以被接受，每一个诗歌、小说的文本必须要说明作家姓名、出版日期、地点和写作环境。作品的意义和价值就依靠这些信息。假如一个文本有意、无意地以匿名形式出现，人们会急尽可能去查找作者。①

福柯追溯了西方作家署名的历史变迁。在古希腊、罗马时代，无论是悲剧还是史诗，在探寻作者姓名和作品思想内容的选择中，观众更倾向于作品本身；欧洲进入中世纪之后，仅仅在有“科学”思想的文献才署作者姓名，文学作品依旧按照古典传统。现代科学的启蒙时期，作者为了显示客观和中立，一般的科学文献多数情况下作者并不署名，而文学作品则恰恰相反，文学类出版物不仅需要署名，而且还要注明出版时间和地点等详细版本信息。

中世纪作家向来重视古籍，在英语中作者（author），权威（authority）和真实（authentic）都出于同一拉丁语词根 *auctor*（“扩充者、制作者”的拉丁主格名词）。人们对真实的理解都依靠远古的作家，英国当代中世纪文学专家约翰·伯罗（J. A. Burrow）引用了十三世纪彼得·隆巴德在《命题》一书中的一段话，对中世纪作者的功能做出了一定意义的说明：“有时一个人兼写别人和他自己的字，但还是以别人的字为主，自己增添的字只是为了阐明问题，他就不能被称为作家，而只是评论者（*commentator*）。有时一个人兼写自己和别人的字，而用别人的字来作为证据，他就应该被称为作者（*auctor*）。”不难看出，中世纪作者写的东西原本就是个大杂烩，文本中既有别人的东西，也有自己的想象。伯罗进一步阐释说：“［中世纪］作家本人往往是通过

① Michel Foucault, "What Is an Author," *Language, Counter-memory, Practice: Selected Essays and Interviews*, translated by Donald Bouchard, Ithaca: Cornell University Press, 1977, pp. 125—126.

充当翻译者或汇编者的角色来怂恿这种虚幻的依赖性，而实际上他'主要'是在写自己的字。作者向读者隐瞒其创作活动，似乎是为了保护作品或为它辩护。”[①]不难看出，欧洲文学传统的大背景之下，早期文学创作中的“作家”概念，远没有包含现代意义的独创性、利益排他性特质，这些真正的文本创作者往往是“隐形”的。以此类比，十八世纪英国文学伪作家基本依照了这一传统，特别是查特顿。

伪作的发展从中世纪开始到十八世纪经历的就是这样一个过程，中世纪文学匿名或者言必谈古人的思想为伪作发展提供了滋生的土壤。“真实”一词在希腊语意为“权威者”或“某人亲手制作”。尽管真实（或者叫本真性）是西方哲学中的一个重要概念，但这个概念直到二十世纪 60 年代才进入文化研究的领域，彼时学界正开始对正典形构(canon formation)进行批评性反思。随后的民俗学、文化人类学和相关学科的学术转向表明，本真性不仅成为建构民俗和作为民俗中一个类别的民间叙事的基本要素，而且，对“真正”、“真实”、“完整”等的追寻，成为十八世纪起，社会、经济、政治巨变的驱动力。这些变革引发了“传统与现代性”之争，提供了考察社会生活的新视角。通常与“传统”相关联的本真性概念，在这一论争中充当了相当重要的角色。但是，伪作发展到十八世纪遭遇到了新历史观和著作权发展的瓶颈。由于文学创作所带来的收益和利益排他性，著作权逐渐集中在某一个人身上，假托古人并不占有多少优势，而如莎士比亚的作品那样经过多人之手修改的现象，在十八世纪中后期基本无法想象，“十八世纪作者的概念在逐渐演变，这是因为面对面的文学庇护人和宫廷庇护制度逐渐转变成书刊销售与印刷的新型商业环境”。[②] 另一方面，在“新”与“旧”的冲突中，一些伪作家被批评家斥责，科学的文本批评在十八世纪已经完全确立起来，而其他一些作家由于反映了时代的“新”受到追捧。

---

① J. A. Burrow, *Medieval Writers and Their Work: Middle English Literature 1100—1500*, Oxford: Oxford University Press, 2008, pp. 31, 34. 沈弘教授译文。

② Susan Stewart, *Crimes of Writing: Problems in the Containment of Representation*, New York: Oxford University Press, 1991, p. 4.

这种新旧的冲突深刻地反映在乔纳森·斯威夫特的《书战》(*The Battle of the Books*, 1704)中,该文记录了十八世纪初,理查德·本特利博士(Richard Bentley, 1662—1742)和学者威廉·沃顿(William Wotton, 1666—1726)博士[1]与古典派的论战。作为古典文学与学术的捍卫者,坦普尔爵士以及牛津大学基督堂学院学者始终坚守着古典作品具有权威性这片阵地。

英国社会在十八世纪发生了急剧的思想革命。培根以来重实证的科学思想与求美与幻想的文学之间产生了激烈冲突,坦普尔最为推崇的古典作品《伊索寓言》(*Fables of Aesop*)、《法拉利斯书信集》(*Epistles of Phalaris*)被本特利博士在1697年用科学证据证明为伪作。文学面对的是基于科学基础之上刚刚建立起来的文本批评,以及机械的批判规则,但古典文学派却仍然推崇着文学的社会功用,例如牛津大学查尔斯·博伊尔(Charles Boyle, 1676—1731)反驳机械的文学批评,说:"那些伟大天才的作品是高于低俗规律的。"[2]通过"古"、"今"这场论战,古典不再具有权威的绝对优势,文学创作需要逐渐探寻一条新的出路。再次,十八世纪经济、商业发展促使了著作权的确立,作家逐渐变得越来越职业化。如英国经验主义哲学家约翰·洛克所倡导的那样,作品成为个人的智慧财产。需要强调的是,一些伪作家在创作过程中具有保守和突破的两面性。保守性使他们在思想上没有意识到这场"时间革命",他们在创作形式上似乎固守着中世纪以来的文学传统,或者深受其影响,需要借助托名的古老方式来取得所谓的文学权威;而突破性是指创作的题材与表达在一定程度上有别于英国十八世纪的文学主流,这些伪作家越来越关注本民族的内容,让想象力驰骋在黄金的领域。

为什么唯独十八世纪伪作在历史长河中显得那么突出呢?我们

---

① 沃顿本人受到古典文学熏陶,他6岁掌握拉丁语、希腊语和希伯来语,不到10岁进入剑桥大学,13岁毕业,是当时剑桥大学历史上年龄最小的文学学士,毕业时已经掌握12门语言。1705年他出版了第三版《对古典和现代学术的反思》。

② Charles Boyle, "*Dr. Bentley's Dissertations on the Epistles of Phalaris and the Fables of Aesop*" *Examin'd*, London: Tho. Bennet, 1698, p. 1.

认为整个十八世纪是个历史转型时代，英国社会的经济基础发生了重大变化，作者作为知识产权的受用者，以个体经济利益走上历史舞台。作者的权威地位不复存在，作家仅仅是一种社会职业，作品已经完全属于一种社会消费品，这正反映了作者的一种普遍焦虑。英国文学在题材上和创作方式上都似乎被穷尽，人们试图去寻求一种突破，正如前面所说的伪作家具有保守和突破的两面性，他们一方面借用托名这一传统，又在内容上做出了一定突破，打个比喻，他们就像古罗马的门神 Janus，一张脸看着过去，一张脸面向未来。

无论是查特顿对英国历史的重建，还是萨曼纳扎对东方文化的歪曲，亦或是麦克弗森对远古的召唤，这一切都预示了浪漫主义的到来。

第二章

书战背后

十八世纪英国伪作的兴盛是一种文化历史现象，是不同哲学思想、历史和文学创作理念冲突的产物。由伪作引起的争议在一定程度上是作家(诗人)与批评家之间的美学分歧造成。从传统上讲，作家是古代文艺女神缪斯的奴仆、是权威的化身，他对作品“美”的追求此前很少受到质疑，而在十八世纪的一些学者看来，“美完全受想象力支配”，[①]根本靠不住。一些英国作家，特别是十八世纪后半叶的前浪漫主义作家强调美和想象力，正如浪漫主义诗人约翰·济慈(John Keats，1795—1821)总结的那样，美即是真，真就是美。但是受培根实验主义思想的推动，英国自然科学发展迅速，文学批评、创作理念深受影响。文学批评从一开始登上历史舞台，就以科学的面孔看待文学创作，与古典诗艺逐渐分道扬镳(见本章后部)；在十七世纪广泛的怀疑论思想左右下，现代文学批评追求“真理”。这些批评思想强调实用主义和证据，挑战文学的权威，反对所谓虚幻的想象力。在语言学、语法学和新历史学武装下，文学批评与追求美为目标的文学创作发生了激烈冲突。这种冲突的起源在于现代与古典文学思想之间的一场书战，这场古今之争在十八世纪初从法国波及到英国。从“书战”中可以隐约看出一个明晰的逻辑关系：从现代科学与文学之争开始，到批评成为一门科学，到最终引发科学批评与文学创作之争。

欧洲文艺复兴中后期，现代科技进步已经令人惊叹。如果说波兰天文学家尼古拉·哥白尼(Nicolaus Copernicus，1473—1543)提出日

---

① Samuel Johnson, *Essays from the "Rambler, Adventurer, and Idler"*, ed. W. J. Bate, New Haven: Yale University Press, 1968, p. 156.

心说震惊宗教界的话，那么英国医生威廉·哈维(William Harvey，1578—1657)的血液循环理论则令僧俗两界瞠目，泽及万世。女王御医威廉·吉尔伯特(William Gilbert，1544—1603)更是语出惊人，他指出地球本是大磁场。该论断载于1600年《地磁说》(*De Magnete*)一书，吉尔伯特前后实验了18年才撰成该书，此前欧洲无人能解释指南针的原理。1660年，伦敦皇家学会成立，两年后获英国皇家特许，旨在推动实验科学和"自然知识"。①

不信权威而重实证的思想初战告捷。随着世人对古希腊、罗马典籍、自我以及所处时代的重新评估，革命者逐步站在新的高度怀疑过去一切，甚至反对古希腊、罗马神话崇拜，以期从意识形态根基上拔除古希腊、罗马文明对英国的影响。在古希腊神话中，众神的生活道德似乎是阿喀琉斯之踵，最容易被诟病的一环，托马斯·布劳特(Sir Thomas Pope Blount，1649—1697)曾认为，对古典众神的崇拜等同尊重世上最丑陋的罪恶，古希腊神学教唆希腊人玷污和败坏社会道德。贪婪的神职人员不断催促人们进贡，而他们自己吃得大腹便便。与众神的丑恶本性相比，神职人员这些罪恶只能算是小巫见大巫；布劳特进一步引证说："战神马尔斯(Mars)是个急性子，酒神巴克斯(Bacchus)纯粹是酒鬼，众神的信使墨丘利(Mercury)实则是个大骗子，而主神朱庇特(Jupiter)的罪行每一条都足够让他掉一次脑袋。"②在反崇古的大旗下，人类进步思想逐渐渗透到知识阶层之中。③ 在此之前，长期统治社会思想的各类宗教均宣扬社会在不断退步，人类已逐渐堕落。而被现代思想武装起来的学者认为，人的心智具有恒定性。随着时代发展，人类知识可以不断积累，进而促进社会发展。一些人甚至反对抽象思维，强调实用，反对虚幻想象，例如"培根不仅瞧

① Paul Baines, *The Long 18th Century*, London: Arnold, 2004, p. 18.

② Howard D. Weinbrot, *Britannia's Issue: The Rise of British Literature from Dryden to Ossian*, Cambridge: Cambridge University Press, 1993, p. 50.

③ 进步(progress)的思想涵盖非常丰富，这是十八世纪具有特色的哲学思想史概念。关于进步思想可以参见 J. B. Bury, *The Idea of Progress: An Inquiry into Its Origin and Growth*, New York: Dover Publications, Inc., 1987 一书。

不起演绎推理，也轻视数学，大概以为数学的经验性差”。[①]《地磁说》的作者威廉·吉尔伯特则更加旗帜鲜明，“我绝不会使用单调、冗长的推测或想象。对此，我不予理会，我自己的论证仅仅建立在经验、理性和证明之上，这些才是学问的基础”；他还进一步强调，“通向真理的道路只有一条，那就是实验和观察，抬出古希腊作家无法证明我们，因为真理不是靠引用希腊论据或使用希腊文字就能取得的”。[②] 现代物理学奠基人伽利略曾经盛赞《地磁学》的伟大到了令人嫉妒的程度，这位伟大的作家抛弃了引用古希腊文献突出自己权威的做法；《地磁说》共六卷，书中的所有结论都是建立在观察与实验基础上的。

不难看出，这场古今交锋中包含着几个主要原则：(1)怀疑论、否定权威。实证主义者以怀疑一切的思想，将人类从先入为主的概念中解放出来，并对他们这些陈旧的文化内容，尤其是古希腊、罗马典籍的真理性持批评态度；这里所谓的真理性不仅仅是内容的真实，还包括用实证方法考证古典作品中作者身份，以及作品本身的真实性。(2)强调观察与实践，依靠培根的实验主义哲学方法掌握充足而可靠的证据进行验证。从文艺复兴开始，人们对自然科学与文学作品均积聚了相当的认识，在这一基础之上总结出一定的规律。(3)以归纳推论的方式使用已获得的数据，进一步提出或者修正规律。

当这些原本属于自然科学的原则应用于文学批评时，对整个文学产生了巨大影响。首先，对古典文学的考问证明出一些冒名性伪作，如下文谈到本特利博士对《伊索寓言》以及《法拉利斯书信集》等伪作的定性，而经过不断考证，许多作品归属错误被揭露出来，这又进一步推动了反对古典崇拜的思想。1668 年，教区长约瑟夫·格兰维尔(Joseph Glanvill, 1636—1680) 曾断言，学术界已经掌握充分证据说明，“众多作品虽署名亚里士多德，其实并非其本人撰写。由于年代久远、认识不足、疏忽意外或者另有图谋，那些最有可能号称真迹的作品

---

① 罗素：《西方哲学史》，马元德译，北京：商务印书馆，2004 年，第 64 页。

② Richard Foster Jones, *Ancients and Moderns: A Study of the Background of the "Battle of the Books"*, St. Louis: Washington University Studies, 1936, pp. 15, 19.

早就面目全非，或遭肆意篡改或掺杂讹误。亚里士多德抹杀了那些最值得尊重的圣贤，破坏了古代智慧，他把持着不公正的帝国，控制着人民生来的自由思想”。① 其次，在反古的大旗下，传统的文学创作形式受到质疑，其中的核心问题是：文学创作是否需要固守亚里士多德所提倡的摹仿？作品的功用是否考虑传统的道德性原则等等。摹仿必然削弱诗歌的想象力，而不摹仿出路在何方？十七世纪末至十八世纪中，这种冲突达到空前的程度，争论从法国很快蔓延到英国，借用英国十八世纪讽刺作家斯威夫特作品《书战》的题名，我们不妨将此古今之争的现象也称为“书战”。

从表面上看，书战是文人间的笔战，仿佛是茶壶里的风波，实际上其背后却折射着深刻的思想革命。作为文学源流中的一枝，十八世纪的一些伪作也不无例外地受到社会思想的影响；在自然科学和文学批评家的双重压力下呈现出独特的发展方向。在否定古典文学影响的基础上，非主流作家（包括伪作家）的目光开始集中在英国本土传统之上，不再从古希腊、罗马的神话传说中寻找灵感，他们或注重本国历史传说，或收集土著民谣，或想象遥远的东方国度。英国本土诗人乔叟的中世纪语言不仅成为英国批评界研究的对象，同时也萦绕在一些作家脑海；英国文艺复兴戏剧家威廉·莎士比亚越来越成为英国人的骄傲，真正的英国文学在民族激情中逐渐显现出来；而十八世纪的伪作繁荣正是这个大潮中推动英国文学发展的一股力量。

1. 科学与文学之争

威廉·坦普尔爵士（Sir William Temple，1628—1699）算不上文学大师，却是这场英国书战的发起人。这位英国外交官阅读面很广，却不深，主要集中在文学上，可算是位绅士和有品鉴之人（man of

---

① Joseph Glanvill, *Plus Ultra, or The Progress and Advancement of Knowledge since the Days of Aristotle*, 1668, Florida: Scholars' Facsimiles & Reprints, 1958, pp. 124—125.

taste)。[①] 坦普尔对东方和中华文化推崇备至，他在《论英雄美德》(*Of Heroic Virtue*)中盛赞孔子学说："中国的学问首先反映在对自己语言的研究上，其次才是学习、研究并施行孔子以及其四大门徒的学说。每个人在这两方面知识的增长，对孔子景仰之心日盛，进而推动其学说的扩大。仅仅读孔子还不够，还需牢记其准则于心，且身体力行。"[②] 坦普尔的思想和品位在一定程度上依旧代表了十七世纪末很大一部分知识阶层的文学倾向性，具有不可忽视的影响力。沃顿博士虽反驳其言论，却不得不坦言道："威廉·坦普尔爵士发表的思想受到众多学人的赞赏"。[③]坦普尔于1690年出版了《论古典与现代学问》(*An Essay upon the Ancient and Modern Learning*)(以下简称《学问》)一文。这篇散文表达了在面对科技进步的大背景下，坦普尔爵士对道德哲学的担忧，特别是在几年前，法国学界以献媚的方式，盛赞法国路易十四的当代文学超越了古人。[④]

《学问》旨在寄希望于全社会重视古典文学的内容与传统，进而削弱当代人对功利和物质利益的过度追求。坦普尔爵士认为科学与艺术在世界的几个地方显得尤为兴盛且自有特色。科学与艺术的发展轨迹是从东方到西方，具体说就是起源于迦勒底和埃及，然后传入希腊，再从希腊传入罗马。在罗马帝国衰落后，科学与艺术一度沉寂，过了许多年，又在意大利和欧洲西部的许多地区发展起来。坦普尔开宗明义地指出：

> 徜徉于古籍中的人，新书很难讨他们的欢心。闲暇之人多喜

---

① See Levine, *The Battle of the Books*, p. 14. Levine 多处提到坦普尔爵士是趣味高雅，具有品鉴力之人，既非哲学家更非学者；另见 Clara Marburg, *Sir William Temple: A Seventeenth Century "Libertin"*, New Haven: Yale University Press, 1932, p. xv。

② William Temple, *Five Miscellaneous Essays*, edited with an introduction by Samuel Holt Monk, Ann Arbor: University of Michigan Press, 1963, p. 116.

③ William Wotton, *Reflections upon Ancient and Modern Learning*, 1694, Hildesheim: Georg Olms Verlagsbuchhandlung, 1968, p. 5.

④ 书战的起源在法国，而坦普尔爵士将此火种引入英国，关于法国的古今论战可以参见 Hippolyte Rigault, *Histoire de la Querelle des Anciens et des Modernes*, 1856, Elibron Classics, 2007。

> 读古籍，虽说古籍自有欠缺，但却相当的优美。那些描写以及对事实的讲述无论在形式还是实质上均有其价值；不同事件无论如何讲述无不意义深远或令人兴趣盎然。新书却很少值得尊崇，除了从其他作家那获取的睿智、学识和才气，在精彩方面却难以与前人匹敌，因为他们只是沿着古人开辟的道路行进。[①]

作为“古典派”（The Ancient）代表，坦普尔反对“现代派”（The Modern）的华而不实。他主要从自然科学和文学两个方面批驳了颂扬现代学问高于古代的思想，反映了坦普尔对自然科学与现代技术的抵触情绪。他认为人类文明发展属循环往复运动，知识和学术并不能积累。坦普尔还特别强调，现代科学技术并没有超越古代文明，例如现代印刷技术使书的数量急剧增加，但是增加的仅仅是“册”（copy）而已，而并没有增添新内容。不仅如此，现代学者禁锢在本国的大学中求学，很少有人走出去，像古人那样向邻国请教。虽然印刷书籍对学术和知识有帮助作用，使知识广为传播并普及开来，但坦普尔仍然怀疑这是否属于必要手段，他写道：“书籍像印有铅字的手，只能给您指示道路上的直线，却无法告诉你下一个拐弯处在哪里。”[②]坦普尔转而赞赏中国的孔子，其贡献在于孔子将人们从徒劳而没完没了的自然思辩中解脱出来，让人们去关注道德原则。

当时英国实验科学的中心是位于伦敦的格雷欣学院（Gresham College）。由于宗教原因，一些著名大学如牛津与剑桥大学忽视自然科学研究时，格雷欣学院很快聚集了一批优秀学者，其中还包括一些文人和政治家，如作家约翰·伊夫林（John Evelyn, 1620—1706），约翰·德莱顿（John Dryden, 1631—1700），塞缪尔·佩皮斯（Samuel Pepys, 1633—1703）。这些成员常每周举行聚会，1651年前基本集中在经济学家威廉·佩迪（William Petty, 1623—1687）的寓所。1651年佩迪去爱尔兰之后，聚会在约翰·威尔金斯（John Wilkins, 1614—1672）位于牛津的家中举行。每周三，建筑学家、天文学教授克里斯托

① W. Temple, *Five Miscellaneous Essays*, p. 37.
② Ibid., p. 41.

弗·雷恩(Christopher Wren, 1632—1723)等12人便组织研讨,会议安排主要是"活动",而非"空谈",特别是安排一些化学和机械实验。成员每周都事先提议几个特定实验,于下一周实施,并且预先进行谈论。[①] 这些惯例后来演变成为伦敦皇家学会的条例之一,正是这一非正式的组织成为伦敦皇家学会的前身。此后人们曾一度将格雷欣学院等同于伦敦皇家学会。

1660年11月28日,威尔金斯等人在格雷欣学院讨论成立英国皇家学会。[②] 学会宗旨在于实验与实际应用,并且明确指出在大学中应该探讨的学科。政治分歧(形而上学、神学、道德),以及严格意义上的文学(语法、修辞和逻辑)都不能进入学会的领域。皇家学会将研究重心集中在推动有用的技术、制造、机械和发明。[③] 格雷欣学院物理教授、博物学家约翰·伍德沃德(John Woodward, 1665—1728)曾非常自豪地宣称,"学院的名声已经蜚声海内外,那个时代最重要的发现均来自格雷欣学院,无论是哲学、自然科学还是解剖"。[④]

坦普尔却不关心实用主义的探索。他认为当代一切研究均没有超越古典学问,并蔑视地反问道:"难道格雷欣学院的研究、作品以及发明超越或者掩映了柏拉图创立的吕克昂学派?亚里士多德学说?芝诺的柱廊派?伊壁鸠鲁的哲学?"[⑤]对于古典文学,坦普尔则满怀信心:"我们可以进一步得出有利于古人的论断,我们最古老的书在本质上是最优秀的。最古老的散文体著作是由两位非基督教作者所写,他们是《伊索寓言》和《法拉利斯书信集》,两人生活的年代大约是居鲁士

---

① Thomas Sprat, *The History of the Royal Society of London for the Improving of Natural Knowledge*, 1722, Adamant Media Corporation, 2005, pp. 56, 95.

② Barbara Shapiro, *John Willkins: An Intellectual Biography*, Berkeley: University of California Press, 1969, p. 191.

③ 伦敦皇家学会的活动可参见 Robert Mandrou, *From Humanism to Science*: 1480—1700, Middlesex: Penguin, 1978, p. 268,以及 Douglas Bush, *English Literature in the Earlier Seventeenth Century*, Oxford: Oxford University Press, 1962, pp. 283—284。

④ Christopher Hill, *Intellectual Origins of the English Revolution Revisited*, Oxford: Clarendon Press, 1997, p. 56.

⑤ W. Temple, *Five Miscellaneous Essays*, p. 62.

或毕达哥拉斯时期……我认为《法拉利斯书信集》比我读到的古往今来任何一本书都具有更多的气质、活力、睿智和才气。”《学问》最后还总结说，人的生活中追求的应该是“品陈酒，聊故友，读古籍”。[①] 而正是坦普尔提到的这两本书被现代派抓住了重要把柄。

《学问》发表之后引起了知识阶层的反思，拥护者人数众多，其中不乏法国古典派理论家尼古拉·布瓦洛（Nicholas Boileau，1636—1711）和剧作家让·拉辛（Jean Racine，1639—1699）这样的大人物。正是在这一思想鼓舞下，牛津大学基督堂学院院长亨利·奥尔德里奇（Henry Aldrich，1647—1710）博士安排一名学生查尔斯·博伊尔（Charles Boyle，1676—1731）重新编辑了《法拉利斯书信集》，该书于1695年出版。早在1666年起，基督堂学院就开始鼓励优秀学生编辑古典文学文本。这些文学作品经过编辑出版后，作为新年礼物分发给各位学生，以鼓励学生扩大知识面，推动学生钻研进取的精神，该传统一直延续到1715年。基督堂学院的教学出发点无可厚非，然而编辑古典文学作品需要丰厚的学术知识和文化背景，而让年仅17岁[②]的学生承担如此艰巨的任务却值得商榷。为了取得《法拉利斯书信集》的希腊文抄本，博伊尔曾通过中间人向行将上任的皇家圣詹姆士图书馆管理员理查德·本特利博士借阅，然而，其中打交道的过程颇不愉快。新书出版时，博伊尔在前言中将其中经过做了一番叙述。1696年1月，本特利博士看到该前言后立刻去信，要求对方删除该部分内容，却遭博伊尔拒绝。

期间，皇家学会一直在寻找合适的人选反驳古典派，而威廉·沃顿博士最具反驳实力。这位天才从小受古典文学熏陶，6岁便能阅读拉丁、希腊和希伯来文典籍；不足10岁进入剑桥大学学习，21岁成为皇家学会会员。1694年，沃顿经过精心思索，以《对古典和现代学问的反思》（*Reflections upon Ancient and Modern Learning*）（以下称《反思》）做出回应。沃顿在该书中以29章的巨大篇幅列举了诗歌、语法、

① W. Temple, *Five Miscellaneous Essays*, p. 71.

② 博伊尔从1693年开始着手准备编订该书。

哲学、历史、自然科学，化学、解剖学、植物史、音乐等学科领域的例子进行古今对比。威廉·沃顿坦言，由于时间的距离冲淡了嫉妒，古人的作品使我们从孩提时代起就耳熟能详，故此对古人产生了敬畏之心；哪怕是今天，一些创作大师仍需从古人那里获得指导，并且需要精确地摹仿他们；有足够的理由相信，在艺术领域古人超越了现代人。[①]

沃顿承认古人在诗学与雄辩术方面具有优势，这种优势在很大程度上属客观因素所造成；而在自然科学领域，现代学术毫无疑问地远远超过了古人。坦普尔的《学问》一文曾以古代中国在自然科学上具有优势作为证据，沃顿认为这一说法不足为信，卫匡国（Martinus Martini，1614—1661）和金尼阁（Nicolas Trigault，1577—1628）两人曾长期居住在中国，沃顿引用了这两位传教士对中国的描述，并说，“不久前在《哲学学报》上发表了署名 F. Verbrist[②] 的一封信，讲述他传授给中国皇帝在夜间如何通过恒星和天文星盘确定时间的方法，然后得到皇帝的赏识。这足以说明中国人并不擅长天文，如果这些常识都不知道，中国人不可能将思辩提升到很高的水平”。[③] 此外，沃顿认为《学问》对中国的描写有夸大成分，并且以 1682 年安德烈·克雷耶（Andrew Cleyer，1634—1698）出版的《中医要览》（*Specimen Medicinae Sinicae*）一书为依据。该书据说是卜弥格（Michael Boym，1612—1659）直接从《王叔和脉诀》翻译而成。按该书说法，中国最古老的自然科学书籍是《内经》（*Nuy Kim*）。认为躯体可分三部分：一为

① 沃顿博士认为：如此局面为多种原因造成。首先希腊语具有语言优势，希腊语单词长而且多变，使得长、短音节和谐地结合起来，中间音节又有许多单元音和复合元音，因此具有圆润感（smoothness）；此外，派生语言原本就比母语言更加悦耳，相比之下，母系语希伯来和腓尼基就比较粗糙。古希腊人利用语言优势将哲学和神学思想通过诗歌的方式传达，这既寓教于乐，又便于记忆。一些诗人的作品被尊崇为后世的典范，亚里士多德从荷马处提出史诗的规则。阿里斯托芬、米南德、索福克勒斯和欧里庇得斯被尊为诗剧大师。但是语言天生的缺陷是无法克服的。后来的诗人即便有他们一样的才华，以更勤恳的方式都会被抛在古人后面。具体可参见 W. Wotton，*Reflections upon Ancient and Modern Learning*，pp. 22—23。

② 估计这里是沃顿的笔误，应该是天主教传教士南怀仁（Ferdinand Verbiest，1623—1688）。他与汤若望在北京参加历法修订工作。

③ W. Wotton，*Reflections upon Ancient and Modern Learning*，p. 146.

头到膈，二为膈到脐，该部含胃，脾、肝和胆；三为脐到足，含膀胱、肾、输尿管和肠。手各显三脉，上脉由燥热所控，流遍全身，是最主要的；下脉为湿浊下注，沉于其他，如根与枝的关系；中脉为中，兼具热和湿，对应躯干中部，其余两脉均各对应身体上下部位……身体左侧疾病显于左手脉象，右侧则右手脉象。[①] 在沃顿眼中，这些配有解剖图的医学内容均为玩笑之词(banter)，绝对不符合现代科学的思想。

一些历史学家并没有看清这场"书战"的本质，十九世纪的历史学家托马斯·麦考利(Thomas Macaulay，1800—1859)就是其中的一位。他承认坦普尔这篇《学问》风格甚佳，但内容滑稽可笑到无以复加的地步，将历史与虚构的事实罗列在一起，"仿佛在为中学编词典；坦普尔活该为自己的虚荣与愚蠢遭殃"。[②]

细观《学问》与《反思》两篇文章，它们在许多方面深刻地反映出作者之间的巨大差异。首先在话语内容中，坦普尔在文中所表达的显然是文学熏陶下的道德关怀。古典文学以培养政治家和功名为主线，提倡人们过一种有道德的生活，认为生活道德与艺术的光辉典范存于古典时期，现代人应该模仿这种生活。《学问》充满了作者对道德沦丧的担忧，道德的缺失在很大程度上是世人过度追求物质、科学的自然结果。此外，坦普尔还认为现代派超越古人的思想极其危险，例如现代派甚至否定古人和现代人之间具有相同的潜在成就，而这种态度本身就是一种傲慢和狂妄。科学技术的进步让一些人无比自豪，认为自己站在巨人的肩膀上可以比巨人看得更远。[③] 坦普尔在《学问》中驳斥道：

---

① W. Wotton, *Reflections upon Ancient and Modern Learning*, pp. 152—153.

② Lord Macaulay, *Critical and Historical Essays*, vol. 2, Boston and New York: Houghton Mifflin Company, 1900, pp. 590, 592.

③ 站在巨人肩膀上的思想在中世纪就已经出现，参见 M. T. Clanchy, *Abelard: A Medieval Life*, Oxford: Blackwell, 1999, pp. 31—34。此后法国文学家、哲学家丰特奈尔(Fontenelle, 1657—1757)旧话重提，并且该比喻在 17 世纪后非常流行。伦敦皇家学会会员、物理学家牛顿在 1765(6?)年 2 月 5 日给 Hooke 的信中曾经说：如果说我看得更远的话，那是因为我站在巨人的肩膀上。

> 既然我们可以从古人那里取得知识,我不清楚为何我们能得出这样的结论——古人不能从他们的古人那里取得同样的知识优势!如果我们是侏儒,我们即便是站在巨人的肩膀上,我们仍然还是侏儒。如果我们天生是近视,站在上面我们也不会比巨人看得远。[①]

坦普尔一直沉醉于伊壁鸠鲁哲学,宣扬人生目的就是追求幸福。文学和艺术是手段,诗歌以及绘画、建筑、雄辩术都能够体现人生的欢愉。沃顿同样受到过古典文学熏陶,但是强调科学发展、进步的不可阻挡性。作为皇家学会会员,沃顿受到重实证的经验主义思想影响颇深。

《反思》与《学问》的显著差异还表现在整体结构上。沃顿重实际,他以分析与逻辑为主线,以点带面,步步为营,体现了科学的归纳原则。他既不否定古典文学的成就,同时又突出现代科学的进步,一切都以具体事实为依据。当然,由于自身局限性,沃顿提出的证据同样有商榷余地。坦普尔与沃顿有明显不同,坦普尔断言多而证明少,在一些主要证据上闪烁其词,既缺乏系统性,又建立在虚幻而不确定的基础之上。但这不能否定其思想内涵以及对十八世纪作家的影响。坦普尔有学问并能够放眼世界,但不具有学术批评的思维方式;他不精确,然而文学毕竟不同于自然科学。坦普尔对这些重大问题的回答,实质上是"道德哲学在文学领域的自然延伸"。[②]

在今天的记忆中,这场持续近百年的论争最出采的莫过于斯威夫特。作为坦普尔的私人秘书,这位讽刺作家在《书战》一文中以寓言方式记述了"古典派"和"现代派"的交锋,同时表达了对坦普尔的支持。该书从一则寓言开始:圣詹姆士图书馆发生了一场口角,现代图书要求原先占据诗坛圣地帕纳塞斯(Parnassus)山头的古典图书从高处搬下来,只有他们现代派才有资格占领高地。双方口角正酣,只听墙角边的蜘蛛与闯进蛛网的蜜蜂在对话,蜘蛛讽刺说:

---

① W. Temple, *Five Miscellaneous Essays*, p. 62.

② C. Marburg, *Sir William Temple: A Seventeenth Century "Libertin"*, p. 72.

> 我是自给自足的动物，靠自身的材料，用自己的双手建造了如此庞大的城堡，这足以证明我在数学上的进步，而建材又都是我自身体内提炼而出。蜜蜂驳斥道：我很高兴，你知道我是靠自己的翅膀和声音来到这里，对于你以及你在建筑和其他数学运算上的能力，我仅保持缄默。我当然清楚，在建造城堡时，你或许花费了一定力气，想尽了办法。可依据我们两人的经验，非常清楚的是，你的材料无足轻重。希望你能够从此听我所劝，在考虑牢固和材料之外，还要考虑方式与艺术。你吹嘘不依靠任何生物，完全从自己体内抽丝纺线。那么我们可以说，从你那吐丝的腔囊中所分泌的液体判断，你腹腔中积有大量龌龊和毒液。我无意贬低或驳斥你真正拥有这些东西，可我认为二者中任何一种的聚集，都是外部力量的作用。你内在的龌龊全部都是下面扬起的尘土，同时每只昆虫都提供给你一份毒液去摧毁另外的昆虫。如此一来，简单地说我们回到了问题的关键：我们俩谁最高尚呢？一个是在方寸4英尺之地懒散地谋划，带着骄横自我喂食、自我繁育，排泄出的是粪便和毒液，没有任何产出，只有蝇毒和一张蛛网；另一个涉猎广泛，广为采集，仔细研究，认真判断，细致区分，为千家万户带来蜜与蜡。①

寓言本是斯威夫特进行讽刺的惯用手法，而在这里寓言被运用得如此淋漓尽致，所表达的思想令人过目不忘。斯威夫特借助古典文学传统中的昆虫象征，含蓄而犀利地讽刺了当代西方科学造就了蜘蛛这样的科学怪物。蜘蛛意象的起源对通晓古典文学之人并不陌生：吕底亚妇女阿拉克尼（Arachne）工织善绣，竟然自以为是地向智慧与手工艺的庇护神雅典娜提出挑战。奥维德在《变形记》第6章中记载说，她虽然在技艺上最终战胜了雅典娜，却傲慢地绣绘了主神宙斯化为公牛诱劫公主欧罗巴，以及追求提坦女神之一的阿斯忒里亚，逼其投入爱琴海等多个不雅场景，这令雅典娜异常愤怒，用梭敲打阿拉克尼的前

① Jonathan Swift, "*A Tale of a Tub*" *and Other Works*, ed. Marcus Walsh, Cambridge: Cambridge University Press, 2010, p. 150.

额，羞愧难当的女孩上吊自杀。雅典娜同情她的才能，后将她点化成蜘蛛。[①]

《牛津古典文学词典》认为，这个神话是警告人们不知天高地厚(presumption)带来的可怕后果。[②] 诚然，蜘蛛阿拉克尼并非一无是处，其精湛的技艺令智慧女神面红，而问题的关键是高超技能带来了恃才傲物的错误。这一思想内涵后被文艺复兴诗人埃德蒙·斯宾塞(Edmund Spenser，1552—1599)所发展。在《蝴蝶的命运》(*Muiopotmos*，1591)中，斯宾塞描写了阿拉克尼的儿子——蜘蛛阿拉戈诺(Aragnoll)，这个"邪恶的家伙，美丽的死敌，混乱的始作俑者最近刚在花园中建造了可怕的宫殿"，当蝴蝶克拉瑞恩(Clarion)在花园的橄榄树丛中翩翩起舞时，阿拉戈诺"腹腔内涨满了灼热的毒液，任何皮肤都无法抵挡"[③]。

与其他文人稍有不同的是，斯威夫特并非完全否定自然科学，而是嘲弄经验主义者进行的许多荒谬实验。同样，他也深恶痛绝文学批评中死扣条文的做法，并将这些批评家称为学究(pedants)。当实验科学成为社会热门话题时，培根很早就抨击过没有任何意义和作用的经院主义哲学，以及数学和任何抽象思维。在《学识的推进》(1605)一文中有这样的一番话："如神思索于创世一般，倘若人的心智放在物质实体上那么就应该按照素材思索，避免无限度地发展；如果仅仅是为了思索而思索，正如蜘蛛结网一般，那么这将会发展得漫无边际，只能带来蛛网般的学问，看起来织得精细，做得考究，却没有任何实质和利益。"[④]无论是奥维德的阿拉克尼，还是斯宾塞的阿拉戈诺，它们都是高超技能的化身，而技能的成就带来了傲视一切的资本。斯威夫特仅仅

---

① See Ovid, *Metamorphoses*, translated by Frank Justus Miller, Cambridge: Harvard University Press, 1977, pp. 289—299.

② Simon Hornblower and Antony Spawforth, *The Oxford Classical Dictionary*, 3rd edition, Oxford: Oxford University Press, 2003, p. 135.

③ Edmund Spenser, *The Works of Edmund Spenser: A Variorum Edition*, vol. 8, edited by Edwin Greenlaw, Charles Osgood et al., Baltimore: The John Hopkins Press, 1947, pp. 167—168.

④ Francis Bacon, *The Major Works*, edited by Brian Vickers, Oxford: Oxford University Press, 2002, p. 140.

做了进一步延伸，认为蜘蛛精湛的建筑艺术是建立在数学等现代科学基础上，这些现代科学不需要前人的帮助，完全是自己内省之物。

与蜘蛛相反，蜜蜂一直代表了华美的古典文学或文学创作。民间传说认为主神朱庇特靠蜂蜜养育。同样，古希腊诗人品达(Pindar, 518? —438? BC)也是靠蜂蜜而非奶长大。[①] 不仅如此，在古典主义者心目中蜜蜂代表着人类发展的黄金时代，任何人只要读过奥维德《变形记》第1章都会记得，人类历史分为"黄金时代"，"白银时代"，"青铜时代"和"黑铁时代"四个阶段。1593年意大利艺术家利帕(Cesare Ripa, 1560—1623)绘制了《圣像图》(*Iconologia*)[②]。在其中，人类历史的这四个时代分别由不同女性形象代表。黄金时代的女神特别惹人注目，被描绘成头戴花冠的崇高模样，旁边还绘制了蜂房以及橄榄枝。蜜蜂以及蜂蜜成为人类最崇高时代的象征。此后的十七、十八世纪欧洲，这蜜蜂所代表的崇高意象更加深入人心。[③]

培根较早地抽象出蜜蜂的品质，认为蜜蜂在"庭园里和田野里从花朵中采集材料，用自己的能力加以变化和消化"，而"蚂蚁只会采集和使用"；那些抽象的"推论家像蜘蛛，只凭自己的材料来织成丝网"。[④] 此后将蜜蜂作为神圣之物的风气逐渐在英国盛行。不仅如此，蜜蜂还被认为是智慧与诗歌之神缪斯的精灵。[⑤] 蜜蜂作为新古典主义文学的象征并非偶然，它始终代表了勤劳、有序和道德意识。在其劳动成果

① Ivor H. Evans, *Brewer's Dictionary of Phrase and Fable*, 14th edition, London: Cassell Publishers Ltd., 1990, p. 96.

② 目前可以参考的版本是 Cesare Ripa, *Baroque and Rococo: Pictorial Imagery*, ed. A. Maser, New York: Dover Publications, Inc., 1971。

③ James Hall, ed., *Dictionary of Subjects and Symbols in Art*, London: John Murray, 1984, p. 10.

④ Thomas Fowler, ed., *Bacon's "Novum Organum"*, 2nd edition, Oxford: Clarendon Press, 1889, p. 300.

⑤ 早在1609年，英国蜜蜂养殖之父查尔斯·巴特勒(Charles Butler, 1560—1647)专门考证过蜜蜂的生活习性，纠正了过去错误的观点，认为蜂群的主宰并非蜂王，而是蜂后。不仅如此，他还用乐谱记录蜜蜂的音乐，写成《雌性君主制》一书，该书此后经三次修改并翻译成拉丁文。该书开篇前言中认为：在所有昆虫中，蜜蜂最值得崇拜。他在"致读者"中赋诗一首，其中有：再无比此更欢欣/能解其中之奥秘/那圣洁的蜂，缪斯之精灵。当然，(转下页)

中，蜂蜡带给人类的是光明，而蜂蜜则赐予我们甜蜜，这完全符合新古典主义所提倡文学应该寓教于乐的创作理念。

坦普尔在《论诗歌》一文中将诗人比作蜜蜂，认为，"他们必须徜徉于田野、花园，选择自己喜爱的花朵，通过花的特性与芬芳区别类型；他们用令人仰慕的技艺建造安乐窝，凭借着无穷的劳作酿取蜂蜜"。[①]这一意象意义早已在十八世纪新古典主义读者心目中确立无疑。

蜜蜂之所以代表华美的古典文学或文学创作，有专家认为至少有两个原因：(1)继承与尊重古希腊、罗马的权威。(2)强调个人在观察事物中的理性。[②]在此基础上，斯威夫特借蜜蜂之口表达古典主义文学的崇高生活意义，"感谢上苍给予我飞翔和音乐之能力，若非为了最崇高的目的，上帝是不会赐予我这两项本领的。我遍访田野、花园中的蓓蕾，采集花粉来丰富自己，却不伤及它们的美丽、芬芳和甜美"。[③]对于古典主义者，文学的真谛在于广泛采集，以甄别为基础而丰富自己的内涵，同时又不伤及被采集的美丽和甜美，这是一种不伤害别人而提高自己的崇高文学理想。

在盛赞古典文学的同时，斯威夫特对科学的讽刺同样体现在《格列佛游记》第3部分"飞岛"，他讽刺了本特利博士冗长和枯燥的科学性文字考证：

> 我把这个岛叫飞岛或者浮岛，实际上它原来叫 Laputa，对于

(接上页)将蜜蜂称之为 Muses' Birds 并非十七世纪才有。古罗马学者马库斯·瓦罗(Marcus Terentius Varro, 116—27BC)在《论农业》第3章中有此说法，而巴特勒仅仅重复了此古典主义文学意象。《雌性君主制》第7章20节介绍了蜜蜂的众多天敌，蜘蛛是其中最大的天敌之一，"蜘蛛和飞蛾一样时常驻留在蜂巢间，通常它会储藏1—2只蜜蜂以备食用，对这样一张嘴，蜜蜂不是什么好食品。有时候蜘蛛会在蜂巢下面结网，这对满载而归，身体疲惫的蜜蜂来说轻易构成威胁" 原文是 Now what delight can greater be/Then secrets for to knowne, /Of Sacred Bees, the Muses Birds, 见 Charles Butler, "To the Reader", *The Feminine Monarchie*, Oxford: Joseph Barnes, 1609。

① W. Temple, *Five Miscellaneous Essays*, p. 182.

② See James W. Johnson, "That Neo-Classical Bee," *Journal of the History of Ideas*, vol. 22, No. 2. (April-June, 1961): p. 263.

③ J. Swift, "*A Tale of a Tub*" *and Other Works*, p. 150.

这个词的真正词源还真不知道。Lap 在落伍的死语言中代表“高傲”，而 untuth 是“教师”的意思，也许是误传的缘故，把 Lapuntuth 说成了 Laputa。[①]

斯威夫特不接受本特利艰深的学术，认为这纯属浮躁之举，这类人属于傲慢无礼之士。就在这个浮岛控制下的殖民地，高傲的学者进行着种种可笑的科学实验。当然，斯威夫特不会停步不前，与文字考证一起被讽刺的还有那些从黄瓜中提炼阳光、从冰块中制造火药的科学实践，而这个国家科学院的一间房子中：

> 墙壁和天花板到处挂满了蜘蛛网……只要利用蜘蛛就可以省去对丝绸染色的麻烦。我对此深信不疑，那里有许多色彩艳丽的蝴蝶用来喂养蜘蛛，蛛网就可以从蝴蝶身上取得那些鲜艳的色彩……，同样只要在蜘蛛的食物中添加油料或者胶一类的黏性物质就可以提高丝的强度。[②]

不难看出，蜘蛛对斯威夫特来说是代表了科学这一骄傲的怪物。蜜蜂和蜘蛛在《书战》中是两个突出的意象，通过这两个意象的对话现实地反映出十八世纪英国文学和科学间的紧张关系。文学界希望固守着崇高的传统阵地，通过文学的启迪作用丰富生活，教化世人，给人以美和道德光明。同时，文人、作家期望在宽松的环境下保持自由创作的权利。自然科学的发展给现代派提供了无穷底气和动力，在怀疑论的大背景下现代科学的触角已经伸到了神圣的文学殿堂。我们不能说现代派都是科学家，不过从现代派的构成看，自然科学以及技术、科技思想却已经渗透到部分作家队伍中。被科学同化的一部分作家对文学本源性非常熟知，一旦被科学武装起来，这些人首先挑战的就是文学作品本身和作家内部。虽然这些人尚不敢公开表达，但是已经有很多作家和学者不再相信文学的神性，这为揭露文学中的种种虚假

---

① See Jonathan Swift, *Gulliver's Travels*, edited with an introduction by Claude Rawson, Oxford: Oxford University Press, 2005, p. 148.

② Ibid., p. 179.

性提供了现实可能。因此，伪作再不能像从前那样高枕无忧，它将面临现代批评的挑战。

2. 批评成为科学

十八世纪之前的英国社会中，批评既非一门“学科”，也非现代意义的“科学”。英语的 critic 以及 criticism 最早使用记录分别是 1583 年和 1607 年。即便 Fulke 在 1583 年的《英语圣经辩》(*Defence of English Bible*)使用了 The prince of the Critici 的说法，但这仍无法与文学批评联系起来。1605 年，培根在《学术的推进》一文中将批评首次与人类知识联系起来。他认为知识传播的途径有两种：批评性的(Critical)和传授性的(Pedantical)。也就是说，所有知识要么通过教师传授，要么通过个人努力获得。在批评性学习中需要注意五种情况，第一种是对作品真正的校勘和编辑，但是这种校勘因匆忙下定论有时会带来谬误，因为一些校勘者(critics)认为自己看不懂的就是写错的。[①]

英语中的批评(critic)从拉丁语 *criticus*(判断、挑错)演化而来，该意义又影响了另一个同源词 criticism。根据《牛津英语大辞典》的释义，criticism 初始意义为：对任何事物的性质与优点进行判断，特别是下不利的判断，进行纠错、责难。[②] Critic 的意义演变包括两个方面，首先指基于文本之上的“校勘”或者“文本批评”(确定文本真实性和作家意图)。在文艺复兴时期，部分文法学家使用语言手段验证古典文本的真实性，这种语言性文本分析(*ars critica*)成为《圣经》注释的重要手段。从长期旅居于法国的学者斯卡利杰(Joseph Scaliger, 1540—1609)开始，现代文本批评思想逐渐形成，与中世纪文法的区别进一步拉大。[③]

① See F. Bacon, *The Major Works*, p. 241.

② 《牛津英语大辞典》，第 364 页。

③ Rudolf Pfeiffer, *History of Classical Scholarship from* 1300 *to* 1850, Oxford: Clarendon Press, 1976, p. 116.

在批评发展的初期，“批评”和“文法”会被相互混淆，如 1694 年，查尔斯·吉尔顿（Charles Gildon，1665—1724）曾经说：荷马、品达、索福克勒斯和欧里庇得斯的作品只要被理解，他们就可以一直被认为是优秀的诗人；而那个著作等身的斯塔吉拉人亚里士多德已经从那哲学家的光环中退隐出来，仅仅成为一个好的批评家**或者说是一个文法学家**。[①]第二个阶段从十八世纪初起，critic 以及衍生词迅速成为高频词。在文本的基础上，进而形成了对文本个体的科学批评。一些出身并不算高贵的学者成为有别于作家的职业批评家，或者说这些人的批评思想远比其纯文学作品更加重要。英国十八世纪初，约翰·德莱顿与托马斯·赖默（Thomas Rymer，1641—1713）都是文学批评中的关键人物。德莱顿在文学史上集戏剧家、诗人和批评家于一身，然而除了《押沙龙和叶希多弗》以及《麦克·弗莱柯诺》两首诗作外，其最大文学贡献恐怕在于文学批评，特别是以对话体写成的《论戏剧诗》一文。当代文学批评家雷纳·韦勒克就认为，德莱顿是第一个使用新“批评”概念的作家，其中的证据在于德莱顿在 1677 年《纯真状态》一文的序言中说：“批评由亚里士多德创立，是睿智评判之道。”[②]

现代文学批评在十八世纪刚一抬头，学者将批评的起源上推至亚里士多德时代，造成人们对批评定义的含混，例如，错误地将文论家等同于批评家，这一点应该引起我们的注意。学者詹姆士·哈里斯（James Harris，1709—1780）在《语文探讨》（*Philological Inquiries*，1780）中曾经将批评分成哲学性、历史性和纠正性批评（纠正性批评再细分为权威性和猜测性）三类。[③] 而事实上，其所谓哲学性批评实际就是亚里士多德传统下的诗学（文学理论）。“诗学”（poetics）与“批评”

---

① 此处黑体强调为笔者所加。原文是 tho the *Stagyrite* with all his Volumes, is now shrunk from his Ostentatious Totle of the Philosopher, to that of a good *Critic*, or *Grammarian*. See Willard Higley Durham, *Critical Essays of the Eighteenth Century 1700—1725*, New Haven: Yale University Press, 1915, p. 15.

② See René Wellek, *Concepts of Criticism*, New Haven: Yale University Press, 1963, p. 28.

③ See James Harris, *The Works of James Harris*, 1801, vol. 2, Bristol: Thoemmes Press. 2003, pp. 278—299.

虽有一定关联性，该书却认为两者之间存在本质差别。(1)基础不同。诗学是在文法和修辞等语言基础之上建立起来的理论；而批评是以语言学、道德和美学为基础的评估体系。(2)目的性不同，诗学是以理论(theory)指导作品，而批评重视以作品为基础寻求对作品的结论(assertion)。(3)针对性不同，诗学针对以类别为单位的文学整体，而批评集中在个体(一本或几本)和个别作家。(4)方法论不同，通常情况下，诗学是演绎性强，具有居高临下的专制性，而批评的基础往往是分析、归纳，具有科学的自由性和民主性。

整个十八世纪中，修·布莱尔(Hugh Blair, 1718—1800)对批评的理解值得称道，他在《修辞学与纯文学演讲录》(1783)中指出："真正的批评是将鉴赏力与敏锐的感受应用于几类高度复杂的艺术中。批评的目标是区分每一作品的优美和瑕疵；从特定的例证上升为普遍性原则，然后对天才作品中的种种美形成结论和提炼出规律。"[①]当然，从具体上升到普遍原则首先要看批评的目的性，目的决定了整个批评过程朝哪个方向发展。到底是求"真"，还是求"美"，得出的结论不尽相同，也就是说批评与所有其他科学门类一样是把双刃剑。

作为特定历史环境的需求和产物，critic 的引入体现了平等、自由的学术气氛中凸显出的实用主义思想与怀疑论精神，其原动力在于对知识的掌控以及追求，最突出的特点是批评具有分析性。例如二十世纪诗人、文艺理论家托马斯·艾略特(Thomas S. Eliot, 1888—1965)在《德莱顿时代》一文中将十八世纪批评家约翰·德莱顿与文艺复兴戏剧家本·琼森进行比较后，认为德莱顿的批评具有真正的分析性(really analytical)。[②] 英国十八世纪开始的 criticism 实际上是基于文本之上的社会话语，与重权威的古典诗学分道扬镳，可以看作是"科学批评"。新古典主义学者托马斯·赖默(Thomas Rymer, 1643—1713)在 1674 年指出，"正如英格兰找不到狼一样，以前英国一直没有

---

① Hugh Blair, *Lectures on Rhetoric and Belles Lettres*, Carbondale: Southern Illinois University Press, 2005, p. 21.

② T. S. Eliot, "The Age of Dryden," *The Use of Poetry and the Use of Criticism*, London: Faber and Faber Limited, 1959, p. 55.

批评家,所以一本无伤大雅、用意良好的书都可以高枕无忧”。[①] 虽然我们不能依此就完全断定,英国真正意义的文学批评始于1674年,但是作为那个时代的敏锐观察和经历者,托马斯·赖默本人已经感受到,一种新的、科学的批评方式正在进入历史舞台,这是与过去完全不同的文学评价方式。

诗学与批评之间有一定的因承关系。在古罗马,诗歌的传授需要通过对文本进行朗诵和解释(*praelectio*),教师确定作品的风格,解释诗人的生平和社会背景,然后再分析诗歌的形式;当然“除了语法、风格和修辞手段之外,再没有更宽广的美学思想元素”。[②] 中世纪,大学教育中前三门人文基础(*trivium*)包括了文法、修辞和逻辑,而批评思想交叉地隐含在文法(*grammatica*)或修辞学 (Rhetoric) 中。中古时期,拉丁语的文法并非现代意义上的语法,而具有广泛的外延,当代学者马丁·欧文认为,中世纪文法(*grammatica*)由两部分组成:阐释的科学(*Scientia interpretandi*)以及说、写规则(*Ratio recte scribendi et loquendi*);前者又细分为 *Lectio*, *Enarratio*, *Emendatio* 以及 *Iudicium* 四个部分,其中 *Emendation* 和 *Iudicium* (Judgment) 分别属于文本校勘和对作品的诗艺、道德以及思想性进行评析几个方面。[③] 在权威话语的大环境下,与自称“缪斯仆人”的诗人相比,“批评思想”曾经是侏儒,显得微不足道;只有在科学思想和怀疑论指导下,特别是培根倡导的科学归纳法指引下,批评才逐渐脱离出文法和修辞的影响,成为一门独立的科学。

---

① 原文是:and till of late years *England* was as free from *Criticks* as it is from *Wolves*, that a harmless well-meaning Book might pass without any danger. 引自 Curt Zimansky, ed., *The Critical Works of Thomas Rymer*, New Haven, Yale University Press, 1956, p. 2。

② George Kennedy, *The Cambridge History of Literary Criticism: Classical Criticism*, Cambridge: Cambridge University Press, 1989, p. 221.

③ See Martin Irvine, *The Making of Textual Culture: Grammatica and Literary Theory*, 350—1100, Cambridge: Cambridge University Press, 1994, p. 6.

比较文学专家雷纳·韦勒克认为诗学就是文学理论，诗学寻求文学中的规律和恒量。[①] 一些现代书籍冠以“文艺复兴文学批评”这样的题目具有误导性，因为十六世纪都是在诗学和修辞的名下探讨这些问题的。[②] 然而，韦勒克在八卷本《现代批评史》(*A History of Modern Criticism*)中小心翼翼地添加了“现代”的字样，认为现代批评始于1750年。《现代批评史》这样的提法显得非常狡猾，留下了一些遐想的空间。1988年，德国学者伯格汉比韦勒克更大胆地迈出了一步，他认为现代意义的文学批评起于1730年：这个时期对品味的争论真正意义上将文学批评从古典权威的影响下解放出来，并将此权利让渡于公众。[③]马克思主义理论家伊格尔顿从文化批评的角度也认为：“真正意义上的科学批评是从十八世纪初期起，这个时候英国《旁观者》、《闲聊者》一类的报刊以及贵族沙龙文化兴起，‘批评’成为指导公众品味和道德的话语，与贵族精英式不同。”[④]

正如前面所说，在“权威”文学中，客观的批评非常艰难，可能仅仅是一种“批评思想”或者“批评意识”，而相对独立的表现主义、个体化批评是在英国十八世纪才逐渐确立起来。正如实验对于自然科学意义重大，十八世纪初报刊文学以及沙龙文化兴起也成为科学批评的实验室。上世纪九十年代后期，哥伦比亚古典文学研究者 Yun Lee Too 在牛津大学出版了一本古典文学批评的专著，为了以示区别，她谨慎地使用了“批评思想”作为书名(*The Idea of Ancient Literary Criticism*，1998)。

虽然赖默是坚定且刻板的古典派，他却是科学批评的发起人、启

---

① René Wellek, *The Attack on Literature and Other Essays*, Chapel Hill: University of North Carolina Press, 1982, p. 33.

② R. Wellek, Concepts of Criticism, p. 24.

③ Klaus L. Berghahn, "From Classicist to Classical Literary Criticism, 1730—1806," *A History of German Literary Criticism*: 1730—1980, edited by Peter Uwe Hohendahl, Nebraska: The University of Nebraska University, 1988, p. 15.

④ Terry Eagleton, *The Function of Criticism*, London: Verso, 2005, pp. 10—22.

蒙者。[①] 由于批评针对个体，方向性非常明确，古典诗艺与批评之间的区别可以从诗人、剧作家艾狄生（Joseph Addison，1672—1719）对当时文学批评的强烈抨击中反映出来。艾狄生对古希腊亚里士多德或朗吉努斯这类真正的批评家[②]充满崇敬，但是他同时也认为：

> 那些自称为职业批评家的人居然混迹在我们中间，实为人间之不幸。古批评家对他们同时代作品赞赏有加，他们能发现凡人不易察觉的美，不仅对大作家出现的小疏漏进行掩饰，而且给出掩饰的理由。与之相反，如今大部分对批评一知半解的人以诋毁刚取得好评的新作为能事，公然把作品富有想象力贬低为作品的缺陷，用冗长的证据说明那些杰出作品中的美是缺点或者谬误。[③]

这一思想恰恰深刻反映出当时文学创作，尤其是伪作面临的严峻形势，而“冗长的证据”已经属于科学范畴，由科学所要求的细致求证所决定。优秀作品中体现出的美，如想象力和道德观不再具有绝对优势。借助虚构手段进行的文学活动受到批评家的抨击，求真的批评家首先需要考证作家与作品之间是否有联系。伦敦皇家学会就曾组织

---

① 对于赖默在文学批评中的作用，斯平加恩评论说：赖默在《戏剧诗论》的前言中如实地以具体例证和比较的方式向英国引入了诗歌研究。事实突显出，在1674年前，没有一行诗歌的引用是为了批评分析与讨论的目的——可以说，没有任何语言中的一行诗被用来证明语言或者韵律法则，而是仅仅用作修饰或者争论的例子；比如在《为收场白辩》中，德莱顿引用过前人的诗，但是仅仅是为了挑他们的语法错误，或者是讥讽其中的双关……赖默是第一个使用这一手段的英国人，用固定的题材去证明具有想象力的伟大作品的诗歌性质。具体参见 J. E. Spingarn, ed., *Critical Essays of the Seventeenth Century*, vol. 2, Oxford: Clarendon Press, 1908, p. lxv。

② 这里可以看出，十八世纪学者对“批评”概念的误解，正如前文所讲，“现代文学批评在十八世纪刚一抬头时，学者将批评的起源上推至亚里士多德时代，造成人们对批评定义的含混”。亚里士多德或朗吉努斯的思想应该定义为诗学，而非现代批评。沙夫茨伯里三世（Anthony Ashley Cooper, 3rd Earl of Shaftesbury, 1671—1713）在1710年曾指出，批评家在起源上是“智者”或者“诡辩家”（sophists），但这一思想仍然无法与现代意义联系起来。参见 Third Earl of Shaftesbury, *Characteristicks of Men, Manners, Opinions, Times*, vol. 1, Indianapolis: Liberty Fund, 2001, p. 148。

③ W. H. Durham, ed., *Critical Essays of the Eighteenth Century 1700—1725*, pp. 317—318.

人员对萨曼纳扎自称的台湾人身份进行过仔细盘问,他们拿出在康熙时期任职的法国传教士洪若翰(Jean de Fontaney, 1643—1710)等人书信与其陈述进行比对,尤其对其白皙的肤色怀有疑问。萨曼纳扎巧妙地利用了学术界当时认识不足的领域,多次成功地躲过了考证。此后他潜心学问,深刻反省,受到文学巨擘约翰逊的尊重。查特顿被过早地扼杀在文学创作的摇篮中,其中的主要原因是批评界对十五世纪之前的英语语言特征以及创作风格已经有一定的了解,特别是英国中世纪现实主义诗人杰弗里·乔叟的语言。不仅英国学术界编订了更为科学完备的乔叟作品选集,而且基本掌握了乔叟时代的语言特点,这为揭穿查特顿的伪中世纪诗歌提供了科学保障。麦克弗森的《奥西恩诗集》更加复杂,然而质疑最为激烈的人基本上是身兼凯尔特语言和历史学者的批评家,他们有一个共同点,就是将作品放在“显微镜”下查找缺点和疏漏,这也是科学的使命所在。

在书战中,坦普尔与沃顿均为受到古典文化熏陶的学者,这是他们的共同点,而在古今之战中出现如此重大分歧,其根源在于文艺复兴所倡导的人文主义思想本身。古今之战并非仅是自然科学家与文学家之间的较量,更重要的是文学家和自由思想家内部的角逐。在皇家学会中,并非所有会员都是自然科学工作者,其中诗人和神职人员占了很高比例。[①] 起初,人文主义者致力于发掘、整理古典文献,并刻意进行摹仿。随着大量资料的聚集,词典、评论以及考古资料越加丰富。在经验主义的思想指引下,一部分古典主义者选择了科学的学术道路,他们将古典文本置于现代背景之下,但同时认为重建过去的历史异常艰难。古代的历史和清规戒律与现代所面临的实际没有任何相关性,这些人文主义者重考证,善思考,存疑惑,成为现代派。历史学家彼德·盖伊曾精辟地认为:“这些人文主义者利用古典学问将自己从基督教传统中摆脱出来;而当他们对付完古典作家之后,他们将

① 最初的皇家学会研究员中,自然科学工作者在1665年大约占30%,1690年为20%,1700年更是只有15%。See Pat Rogers, ed., *The Eighteenth Century*, New York: Holmes & Meier Publishers, Inc., 1978, p. 155.

面孔转向了现代的世界。"[1]另一部分人文主义者要求单纯地复兴古典主义文学，重视作品思想内容的社会功用，强调文学作品对培养绅士道德以及对社会的贡献，如坦普尔、斯威夫特等一大批人。两种不同思想道路在书战中产生了激烈冲突，新古典主义逐渐发展成两种不同的类型。这也反映在对待伪作的不同看法上，例如《奥西恩诗集》系列就有支持其所谓真实性的布莱尔教授，而质疑派以约翰逊博士、苏格兰历史学家马尔科姆·莱恩（Malcolm Laing，1762—1818）和盖尔语词典编撰家威廉·肖（William Shaw，1749—1831）为代表。

在约翰·洛克之前，"发现和重新编订古典手稿的英雄时代就已经过去，而对文献批评性研读的方法完全确定了下来"。[2] 因此古典与现代的焦点问题便开始集中在作品的真伪重要？还是美学价值取向重要的话题上。这原本是两种纯粹不同的话语方式。坦普尔说《法拉利斯书信集》是最古老的，时间可追溯到居鲁士或毕达哥拉斯时期（约公元前 6 世纪），比古往今来任何一本书都具有更多的气质、活力、睿智和才气，然后由此推断出古人的学问高于现代学者。其目的在于不加批判地复活、接受古典文学作品中的思想内容。本特利博士虽然被动地加入到了书战中，但是他的回答似乎答非所问，他始终没有回答古典与现代谁最优秀的问题，而是强调《法拉利斯书信集》以及《伊索寓言》是伪作，也非最古老的作品，从而刻意避开了作品内容本身的作用。

另外一个典型的例证就是约翰逊博士对《奥西恩诗集》这部伪作的批评态度。在约翰逊编撰的《英语词典》中，"真"（truth）就是美德，就是诚实，只有在"真"的基础上，才可以谈文学其它的话题。在约翰逊博士眼里，美是次要的，这是因为在目前人类知识状态下，作品的美既无法通过证据印证唤起，也无法体现，因此美完全受想象力的支配，而想象力的美根本靠不住。

---

① Peter Gay, *The Enlightenment: The Rise of Modern Paganism*, New York: W. W. Norton, 1995, p. 8.

② Ibid., p. 84.

这就是当时对于文学作品批评特别是伪作批评的症结所在。在原来的人文主义中，学术与文学统一的理想国已经从本特利开始出现了分化和断裂。本特利的文本批评以及约翰逊博士的批评思想列属于科学“求真”的范畴。话语模式的不对称体现出文学代表的美、善与科学代表的真之间的又一分歧。科学追求的是事实，即便事实结果是残酷的，是与传统道德相悖的，但也是真理性的。坦普尔并非不清楚《法拉利斯书信集》以及《伊索寓言》这两篇伪作的问题。事实上，人们在十五世纪就已经怀疑两部作品的真实性，而坦普尔在赞赏作品气质的同时也承认：“我知道几位有学问的人（或者说自以为有学问的人，在批评家的外衣下）一直都不承认它们是真的，波利齐亚诺（Politian，1454—1494）[①]还有其他几位认为，这两部作品是卢奇安（120—180）所写。”这个事实对于一位谨慎的学者来说，应该是足够引起警觉的大问题。法拉利斯是生活在公元前六世纪的西西里，而卢奇安是公元二世纪的作家。这里存在着近800年的巨大差距。但是在坦普尔等文学家看来，真实性在文学传统上并不重要，而重要的却是传递的“美”和“文采”。坦普尔看不起这些早期校勘者，认为他们是在自以为是地卖弄学问，他倔强地认为作品就是真的，理由竟然连珠炮似的：

> 如此多变的激情，描写如此多变的场景以及社会统治和生活的细节；思想如此豪放；表达如此慷慨激昂；对他的友人如此大度，而对敌人如此蔑视；学者如此的尊严，对善良如此的敬重，对生活如此的了解，而对死亡却如此的漠视，带着如此狂暴的性格和如此强烈的复仇欲望——所有这些只有具有如此品性的人才能够表达出来。我相信卢奇安既写不出，也做不到法拉利斯那样的内容。一部作品中反映的是学者或者诡辩家，而另一部却能看出是霸主、统帅。[②]

不同的话语特点清楚地反映出两种不同思想的界线。坦普尔看

---

① 波利齐亚诺是意大利著名诗人、人文主义者，翻译有《伊利亚特》。

② W. Temple, *Five Miscellaneous Essays*, p. 64.

重作品本身所揭示的主观思想性，激情所带来的美感。正如布莱尔赞赏伪作《奥西恩诗集》那样，这位爱丁堡大学修辞学教授在《论〈奥西恩诗集〉》(*A Critical Dissertation on the "Poems of Ossian, the Son of Fingal"*)一文中认为，这些荒蛮时代的作品虽然粗糙不规则，但是充满了火一般的热情和激情，这就是诗歌的灵魂。而本特利博士、波利齐亚诺却借助科学的方式寻找作者与作品之间的真实联系，对这些学者而言，作品内容所反映的社会功用是其次的。本特利曾强硬地宣称，"我宁愿花费毕生时间寻找真理，也不愿消磨三天工夫死咬着一个谬误"。①

当沃顿撰写《对古典和现代学问的反思》时，本特利就已经告诉他，坦普尔所颂扬的《法拉利斯书信集》以及《伊索寓言》两篇文章均是后人的伪作。② 1697年《反思》第二版时，沃顿请求好友本特利博士做出详细的论证并加在自己的书后，这就是《论法拉利斯、地米斯托克利、苏格拉底、欧里庇得斯等几人书信，兼谈伊索寓言》(*A Dissertation upon the Epistles of Phalaris, Themistocles, Socrates, Euripides, and others; and the Fables of Aesop*, 1697)(以下简称《论》)。此后为了反驳博伊尔，本特利博士在1699年版本中增加了一个前言，并利用博伊尔在编订《法拉利斯书信集》中多人帮助，却只出现一个人姓名的事实，一语双关地讽刺说，《法拉利斯书信集》中博伊尔不是编辑者(editor)，真正的编者另有他人，而且不止一个，该书的性质与他修订的作品一样同属伪作。

《论》从历史编年史，作品内容本身，语言等多个方面对古典文学进行考证。这是历史上第一次大规模、综合性、以科学批评方式考证

---

① Richard Bentley, *The Works of Richard Bentley, D. D*, 1836, collected and edited by Alexander Dyce, vol. 1, New York: AMS Press, Inc. 1966, p. lxix.

② 本特利认为，伊索是否真的留下寓言，这件事情本身就不确定。第一次历史记载是Demetrius Phalereus搜集的《伊索寓言》，但是这本书绝对不是我们现存于世的《伊索寓言》，后者的年代属于现代的。公元136年的《伊索寓言》在1610年出版时，编者已经注意到，将该作品归属于伊索所作是错误的。本特利怀疑该作品是卢奇安所写，托了伊索的名字。See R. Bentley, *The Works of Richard Bentley, D. D*, vol. 2, p. 228.

文学作品的巨著。当代学者安·伯林盖姆认为:“毫无疑问,这本书是现代古典学术批评的奠基之作,为以后尼布尔和沃尔夫的著作指明了道路。”[①]而本特利的传记作家詹姆士·蒙克认为,本特利坚实而牢不可破的学术造诣奠定了“批评学派”(a school of criticism),自他之后那些最伟大的学者都可以骄傲地视自己为该派的一员。[②]

本特利从前人大量的考古、钱币学、历史文献中总结规律,多角度对作品进行了考据和批评。其批评包括四个方面:(1)历史谬误。本特利考证出法拉利斯执政大约是在68届奥林匹亚竞技会之时。[③]《法拉利斯书信集》最后一封(编号148)是寄给西西里一个叫Enna的城市,信中提到从西西里的Phintienses人处借钱。大约在公元前60—30年进行创作的西西里历史学家狄奥德罗斯(Diodorus)对这一地区非常熟悉,在其留下的残卷中提出,Phintienses人居住城市的缔造者为Phintias,而这座城市的建立时间约为125届奥林匹亚竞技会。也就是说这位僭主在其死后近300年向别人借钱。再以第62封信为例,法拉利斯谈到诗人Stesichorus在Aluntium与Alaesa两个地区筹款、招募士兵反抗他。依据狄奥德罗斯的记载,Alaesa是由西西里人Archonides于94届奥林匹亚竞技会后两年创立,即便是法拉利斯的最后年代,两者也差140年。(2)套语与引语中的时代错误。51封信中引用了一句古希腊箴言,大意为“凡人死后,愤怒随之埋葬”;本特利认为,亚里士多德在《修辞学》中也曾经引用过这一短长格引语。尽管亚里士多德在作品中没有说明该箴言出处,但很有可能来自戏剧舞台,因此肯定比法拉利斯的时代晚很多。亚里士多德曾经说悲剧的格律从四音步转化成为短长格,人们起初使用四音步,因为与短长格相

---

① Anne Burlingame, *"The Battle of the Books" in Its Historical Setting*, 1920, New York: Biblo and Tannen, 1969, p. 124. 其中提到的尼布尔(Barthold George Niebuhr, 1776—1831)是德国历史学家,所著《罗马史》3卷运用原始资料鉴定法开创以批评的科学方法研究历史的先河。沃尔夫(Friedrich Wolf, 1758—1824)为德国古典学家,著有《罗马文学史》等。

② James Henry Monk, *The Life of Richard Bentley, D. D.* 1833, vol. 2, Osnabruck: Biblio Verlag, 1969, pp. 418—419.

③ 古希腊历法以奥林匹克竞技会为依据。

比，长短格更加适合于舞蹈。法拉利斯的时代不可能有这样的诗体形式，因为那个时候根本就没有用书面体记录下来的剧本。(3)语言本身的问题。如果说其他手段不能证明的话，语言则完全暴露出该作品是伪作。书中使用的语言是诡辩家最擅长的雅典—阿提卡方言，他们经常使用该方言进行操练，相互竞赛。或许他们忘记了，书信的创作地点并非雅典，而是西西里；那里的作家和文人则使用多利斯方言交流和写作。(4)古钱币考证。书信集中多次提到古希腊钱币单位塔兰特(talent)，例如第 85 封信中有一处提到 100 个塔兰特；第 118 封信也两处提到，分别是 5 和 10 个塔兰特。奇怪的是第 70 封信是法拉利斯写给一位医好自己疾病的医生，这个医生叫 Polyclitus。作为报答，法拉利斯赐予他许多礼物，而其中的货币却变成了 50000 雅典德拉克马，这根本不是西西里的货币。在西西里和其他国家一样，货币价值、名称以及计算方式都非常特殊。假如以古罗马迪纳里厄斯 (denares) 为中间单位，西西里塔兰特仅仅约值 3 个迪纳里厄斯，或者 3 个雅典德拉克马；而雅典塔兰特是 6000 迪纳里厄斯，这一差别十分巨大。作为僭主，法拉利斯居然连本国的货币都不清楚。①

本特利在《论》中体现的科学引证以及严谨的文学批评令人叹为观止，他对古希腊作品的掌控远非普通读者所能够企及和接受的。这种科学的批评是古典主义学识长期积累的结果。文艺复兴前后，批评家与其他行业受教育者一样受到文学训导，文本批评往往依靠记忆；此外，作为批评基础的修辞学仅仅强调具有说服力的巧智，例如，1524 年伦纳德·考克斯 (Leonard Cox, 1505? —1550) 在《修辞艺术》中强调修辞中的创意(invention)、判断(judgment)、布局(disposition)、发言(speak)四个步骤，②其中前两项属于主观思想，强调寻找合适的题材，以及批评的突破口。这种依赖主观判断的文本批评难以令人信服，造成文本批评很可能攻击对手的人格或者生理缺陷，甚至避开理

① 详细可参见 R. Bentley, *The Works of Richard Bentley, D. D.* 第一卷 152，155，246—50 以及第二卷 31—2。

② See Elizabeth M. Nugent, *The Thought & Culture of the English Renaissance: An Anthology of Tudor Prose* 1481—1555, Cambridge: Cambridge University Press, 1956, p. 139.

应得到肯定之处，进而攻击对手的文学庇护人以及朋友。[①] 从瓦拉，尤其是波利齐亚诺开始，文本批评开始逐渐走上科学化的轨道。波利齐亚诺意识到文本比较的重要性，当他发现现存古典文本的手稿存在问题时，他不会凭经验或者揣测进行校订，而是寻找最古老的手稿进行分析。波利齐亚诺坚持认为那些最古老的抄本才是最接近古典作家真实意图的直接证据。在本特利之前，瓦拉、斯卡利杰以及卡索邦(Isaac Casaubon, 1559—1614)都曾在各自领域做出过贡献，但他们缺乏系统性。本特利却能够充分利用前人的基础，综合地进行系统批评。当代学者克拉克精辟地评价说："正是其批评才智使本特利与前人和同时代人区别开来……读他的《论》印象最深的不仅仅是本特利的学术，更是他使用的新方法，以及对古代文学记录的批评方式"。[②]

这清楚地表明，本特利将年代校正和历史知识等科学方式应用于文学批评，这一类批评无论从方式和内容上均与陈旧的文艺批评出现了明显差异。从他之后，文本批评越来越依靠证据服人。本特利的文本批评为十八、十九世纪学者提供了可靠线索，无论是托马斯·渥敦(Thomas Warton, 1728—1790)，埃德蒙·马隆(Edmond Malone, 1741—1812)，泰韦特以及沃尔特·斯基特(Walter Skeat, 1835—1912)等都沿着这条批评道路开拓，从外部与内部两个方面对作品进行校正批评，如渥敦在评论查特顿伪作时同样从古代语言、风格、历史参照等 8 个方面入手。

3. 批评与文学创作之争

英国现代批评从登上历史舞台起就成为文学公开的敌人。在自然科学和怀疑论的大背景下，现代批评在整个十八世纪具有明确的目的性和不妥协性。

---

① Anthony Grafton, *Joseph Scaliger: A Study in the History of Classical Scholarship*, vol. 1, Oxford: Clarendon Press, 1983, p. 7.

② M. L. Clarke, *Greek Studies in England*, 1700—1830, Cambridge: Cambridge University Press, 1945, p. 48.

赖默曾经用形象的比喻来说明批评的目的:"一颗钻石本身有瑕疵,假如唯一有眼力觉察到的只有艺匠,他不可能去打磨掉它;如果批评家没有锐利的目光指出诗人的败笔,诗人就会疏忽大意。"[①]虽然赖默受亚里士多德影响颇深,但将目光仅仅集中于诗人的败笔却非古典文学理论家之所为,正如前面艾狄生所总结,古代的文艺理论家往往对时代作品赞赏充满崇敬之心,并且善于发现凡人不易察觉的内在之美;赖默所代表的是一种现代机械批评论,这种评价体系虽有自身的贡献,但也压制了文学的创作性和想象力,其偏执的目的性也必然导致文学反叛。

斯威夫特在《书战》中将十八世纪"批评家"描写成是丑陋之神,住在靠近北极新地岛的雪山上,洞穴中到处都是被她啃噬剩下的无数残卷。右手坐着她的父亲兼丈夫"无知",由于上了年纪眼睛已经彻底失明;左手是其母亲,名曰"傲慢"。[②] 斯威夫特以乱伦为线索,将"批评家"与约翰·弥尔顿在《失乐园》中的"罪恶"联系起来。[③]

斯威夫特这不同寻常的描写反映出文学创作与文学批评之间的巨大仇恨,表明现代批评与文学之间长期存在紧张关系。在一些作家以及学者眼中,理想的批评家是个值得尊重的名字,其人应该德行高尚,学识渊博,具有独特的品位以及其他优秀品质。而十八世纪文学批评远没有达到那种理想的境界,一些文学批评在当时令作家愤怒,而在今天让我们感到可笑。如本特利博士对弥尔顿《失乐园》的修订、赖默对莎士比亚《奥赛罗》的抨击。特别是那些对一些细节较真的批评家,更让人们怀疑其用心险恶。例如,马尔科姆·莱恩是一位苏格兰历史学家、律师。他为了证明《奥西恩诗集》并非古人奥西恩所作,而是出自麦克弗森的手笔,花费了大量时间,潜心阅读文学作品,于1805年出版了2卷本的《奥西恩诗集》。在这本诗集中,赖恩对《奥西恩诗集》的文字表达做了大量脚注,目的是证明这些表达并非出自古

---

① J. E. Spingarn, ed. *Critical Essays of the Seventeenth Century*, vol. 2, p. 161.

② J. Swift, "*A Tale of a Tub*" *and Other Works*, p. 154.

③ 《失乐园》第2卷将"罪恶"描写成恶魔撒旦的女儿兼情妇。

代，而是对近代著名作家类似文笔的摹仿。赖恩得出的结论是麦克弗森抄袭了前人的手笔。但是这位批评家忽视了一个现实性的问题，即赖恩如果认真计算自己的脚注引用，麦克弗森估计要抄袭40多位作家，近100本不同作品。这对麦克弗森既无现实可能性，这样的结论也令人捧腹。书战中，博伊尔特别指出，这些批评家在脑子里还没有储备多少货色的时候便匆忙开张，往往“到书的偏僻角落中挖掘别人是不可能注意的那些，挑刺是他施展自己判断才气的手段”。[①]

博伊尔所针对的就是本特利对《法拉利斯书信集》考证所引出的细节内容和历史知识。这些知识并非靠作家想象可以获得，而是在综合前人研究成果的基础上，经过细致考辨积累而成，同样应该得到尊重。在“偏僻的角落挖掘”指的正是这个科学积累的过程。为了整理前人的作品，本特利不仅阅读了大量印刷书稿，而且挖掘散落在欧洲各地的抄本，编辑索引，甚至筹划编写多语种对照词典。这样的挖掘不仅必要，也是真理的组成部分，与文学并不属于同一范畴。为了说明一个非常细小的问题，本特利有时必须交代大量其他背景细节，甚至前言就要占据整本书的近百页内容，给人以冗长而离题的感觉，这种科学的写作方式与诗歌等纯文学创作之间存在着巨大差异。或许本特利的自我辩护能够说明一些问题。在一次与女儿的交谈中，女儿暗示父亲将过多的时间浪费在批评上，而不是进行文学创作。本特利承认这是事实，但是辩解说：“那些非基督教古人的聪明才智曾糊弄过我。如果我以公平的角度站在他们的同一高度，我一定会绝望，而唯一的机会就是站在他们的肩膀上，才能从他们的头顶远望。”[②]

在偏僻角落中挖掘的批评家不仅有本特利博士，赖默在1693年的《悲剧短论》中就已初露端倪。虽然两人使用的批评材料存在差异，前者依赖强有力的科学论据和历史资料，后者的批评基础仅仅是社会常识(common sense)，但在批评目的和具体方法等本质特征上却有共

---

① C. Boyle, "*Dr. Bentley's Dissertations on the Epistles of Phalaris and the Fables of Aesop*" *Examin'd*, p. 226.

② R. C. Jebb, *Bentley*, London: Macmillan and Co., Limited, 1909, p. 209.

同之处。赖默创造了批评术语“诗性公正”(Poetic Justice),主要讨论善恶报应,其建立在常识基础上的“合理性”与本特利同样具有求“真实”的目的。例如,他在《悲剧短论》中抨击莎士比亚的《奥赛罗》是一部血腥的闹剧,充斥着许多不可信之处:“本质上再没有什么比毫无可能性的谎言更加令人厌恶,毋庸置疑,从来没有一本剧本像《奥赛罗》那样具有那么多不可信内容”。[①] 为了证明这一论点,赖默的批评方式与前人有所不同,他抛弃了诗学的抽象思维,而更看中文本细节和具体的作品。他大胆断言,并同时引用文章的段落进行分析,以细节推动作品的鉴赏。《奥赛罗》中黑人将军奥赛罗赠给意大利贵族少女苔丝狄蒙娜一块手帕,作为定情信物。婚后苔丝狄蒙娜将此物遗失,碰巧被旗官伊阿古捡到。出于嫉妒副官凯西奥,伊阿古将这块手帕故意放在凯西奥房间内,让奥赛罗以为他们两人偷情。赖默在引用了奥赛罗质问妻子手帕去向的一段对白后说:“在一块手帕上,居然有那么多烦恼,那么多紧张,那么多激情和反反复复。何不干脆称为《手帕悲剧》?”赖默引用了古罗马昆体良(Quintilian)的一句名言:一些无足轻重的例子用悲剧方式处理就像大力神赫拉克勒斯的头盔和靴子给小儿穿戴;进而讽刺说,“倘若是苔丝狄蒙娜的袜带,或许那个嗅觉灵敏的摩尔人尚能感觉不妙,而一块手帕实在是个缥缈的小东西,在毛里塔尼亚这边没有哪个笨蛋可以因此搞出什么名堂来”。[②] 在赖默之前,没有人如此具体过,也没有人会注意这手帕风波的牵强之处。科学批评已经对文学作品达到了如此细致和求真的地步,因而十八世纪英国伪作的命运可想而知。

当然,作家并非被动接受批评家的抨击,他们以不同方式回应后者的种种责难。坦普尔爵士认为自己与批评家之间互不往来,只知道“他们是一群学者;可总将这类人看成掮客,自己没有货色,只是在这儿买进,在那儿卖出”。[③] 持如此思想的人不仅有坦普尔,这似乎是当

---

① Thomas Rymer, *A Short View of Tragedy*, 1693, London: Routledge/Thoemmes Press, 1994, p. 92.

② Ibid., p. 135.

③ W. Temple, *Five Miscellaneous Essays*, p. 88.

时整个文学队伍中的主流民意。众多作家将这些求真的企图斥责为卖弄学问,因为批评家没有自己的独创,求真的企图成为空虚的表现,目的是压制文学创作的自由。1710 年 4 月,作家艾狄生在《闲话者》上撰文指出:"学术上的学究气如同宗教伪善,是一种虚弱无力的知识形式,它能吸引普通人的眼球……在这种类型当中,有一种空虚而自以为是的动物,再没什么比它更令人讨厌了,它就是人们通常叫的'批评家'。"[①]艾狄生将批评家比作自以为是的动物,这可见其对这类学者的蔑视和痛恨。

无独有偶,斯威夫特在《木桶的故事》中将批评家分为三个大类:(1)为自己与世界设定清规戒律者;(2)手稿校勘者;(3)真正的批评家。前两者基本灭绝,而真正的批评家属于第三类。他们是作家缺陷的发现者、搜集者,是纯粹的现代派。[②] 1721 年,一位叫埃芬(Juste van Effen, 1684—1735)的译者曾将该书译成法语,并在译本序言中评判道:

> 大部分离题的话语均是讽刺那些现代派,特别是那些垄断着批评家名义的人……他[斯威夫特]主要攻击的人是那些职业批评家。这群人知识面狭窄,才智匮乏,却恶意涌动,专注于罗列伟人作品的不足,对于赋予完整作品活力的艺术,以及渲染细节的段落毫无公正可言。[③]

在书战中,古典派嘲笑现代派。在一定程度上,两派的共同敌人却是批评家。这些具有使命感的批评家以思辨为基础,重视文本的内外结合,以及其他规律性特性;凭借着丰富的学识,在新科学启发之下希望仿效实验科学的方法,建立起一系列文学或者批评的内在规律。然而一些过分机械的批评实践激起了激烈反对,致使"批评家"这个称谓在整个十八世纪乃至十九世纪初获得不雅的内涵。在今天看来,批

---

① W. H. Durham, ed., *Critical Essays of the Eighteenth Century 1700—1725*, p. 302.

② J. Swift, *"A Tale of a Tub" and Other Works*, pp. 60—64.

③ Kathleen Williams, ed., *Jonathan Swift: The Critical Heritage*, London: Routledge, 1970, p. 55.

评对整个十八世纪文学创作的影响不可忽视。客观上，批评和反批评的运动中同样造就了众多优秀的文学作品，同时也激发了文学朝一个更新、更民族化的方向发展。

十八世纪作家反对文学批评的理由主要集中在两个方面。首先是当时有些批评家恶意评价的现象，毫无公正而言；其次是一些批评家过分注重细节，并且强调按科学规律进行创作和文学评论。批评是艺术，更是科学，从文本批评到综合的文学批评都需要列举事实，在归纳的基础上得出结论。但在"新"批评发展的初期，这一条道路并不一帆风顺。1821 年，英国批评家、散文作家威廉·兹利特（William Hazlitt，1778—1830）在《席间闲谈》中追溯批评的发展时说，"起初，文学批评只需指出作品的优劣，然后再引一两段原文加以印证。再后来，文学批评必须要对此详加阐释，细致入微地剖析作品如何美，美在何处；如有败笔，败笔在哪儿"。[①]这是理想中的批评模式，不过事情的发展并非如人们所期望的那样。很多批评家或许出于过分的求真愿望，也有学识水平的限制，抑或可能由于主观目的不同，如嫉妒等，往往有意或无意走机械化批评的模式。他们过度关注作品中的缺陷和虚假的一面。就是在这个发展过程中，一些批评家还可能刻板地套用一些规则，成为拙劣的批评家（criticaster）。

散文家艾狄生不仅定义了批评家的本质，而且详细地描述了这些人的学术范围。他深切地感到十八世纪批评家与理想的文学批评相差甚远，其中最显著的差异在于，他们利用刻板的科学规律恶意压制创作，但却并不进入作家的感受和心灵，"守着一些普遍规则，把它们当机械工具一般使用在每位作家的作品中，然后宣布该作家是属于完美还是有缺陷类型。批评家是使用这些词语的大师，如什么统一、风格、激情这一类；……不管他是否读过，任何出现的东西他都不屑一顾"。[②] 此类用空话、准则套文本的批评流传甚广，影响深远，更加恶劣

---

① William Hazlitt, *The Complete Works of William Hazlitt*, ed. P. P. Howe, vol. 8, London: J. M. Dent and Sons, Ltd., 1931, p. 214.

② W. H. Durham, ed., *Critical Essays of the Eighteenth Century 1700—1725*, p. 302.

的是甚至一些批评家不看作品进行批评。在艾狄生看来,文学创作没有什么规律可言,在很大程度上依靠人的才气(genius)。4 年之后,他又补充说:"有时背离艺术的条条框框比遵守更能显示审美观,其次,一些异才之士无视那些条文,其作品要远比苛守规则的作品更具美感。"①

无疑,批评对十八世纪的英国来说是新生事物。它令许多期望借作品成名的梦想破灭,必然遭到文学界的反抗,也因此批评被视为睿智与学问的敌人。不过二流诗人亚伦·希尔(Aaron Hill,1685—1750)却否认这一说法。他认为这一想法非常愚蠢,要去考证这一说法的基础,在他看来,"批评是睿智的捍卫者,避免了它亵渎上帝"。②英国哲学家沙夫茨伯里伯爵则认为,艺术的精妙需要批评家的眼睛。真正的艺术家最痛苦的莫过于遭到公众的冷漠,任由自己的作品得不到批评。而十八世纪攻击批评家的风气极其盛行,将他们视为智慧和文学的共同敌人、害虫、纵火者,因此他认为自己有责任谴责这种恶习。他指出,恰恰相反,"批评是文学建筑的栋梁,没有这批人的激励和传播普及,我们将永远是荒蛮的建筑师"。③

4. 独创性、仿作与伪作:从书战看十八世纪文学批评的演进

英国十八世纪这场书战的另一个结果是,整个社会学科分类取得了比较清晰的划分。既然自然科学可以伴随时代进步,而艺术完全靠人的灵感,这就意味着文学、绘画等艺术不是一种系统性的创作活动。无系统性意味着该学科不能靠古人留下的法规行事,也就是说,法无定则。在这样的大背景下,书战为一些作家提供了丰富的思考空间,同时,书战也昭显出文学需要更广泛地寻找灵感和才气,而非仅仅依

① W. H. Durham, ed., *Critical Essays of the Eighteenth Century 1700—1725*, p. 318.

② 转引自 Bonamy Dobree, *The Early Eighteenth Century* 1700—1740, Oxford: Clarendon Press, 1959, p. 304。

③ Third Earl of Shaftesbury, *Characteristicks of Men*, *Manners*, *Opinions*, *Times*, vol. 1, Indianapolis: Liberty Fund, 2001, pp. 145—146.

靠过去所推崇的摹仿。因此，正如第一章所述，既然诗人或作家曾经以神启者的身份出现，这使我们感受到了十八世纪另一种创作趋势，神启性要素内置化。作家在有意识地减少作家作为艺匠的技巧性要素，减少公开使用托名或受神明启发的表述，而将神启性灵感表现在作品内部，寻求内容和灵感的突破。当然，也有一些作家既使用冒名性技巧，同时又寻求内容和形式的突破，这就是约翰逊时代几部伪作的其中一个特色。

想象力与原创性越来越成为解放思想的追求目标，这似乎已经成为十八世纪中后期一些文学家的共识。英国感伤主义诗人爱德华·杨格(Edward Young, 1683—1765)在《论独创性作品》(1759)中谈道："天才的头脑是肥沃而令人欣喜的田野，而独创性作品才是其中最娇媚的花朵。……，独创性作品具有植物的属性，它是从天才的根系中自然地生长出来，不是做成的，而是长成的。"①

在杨格看来，"摹仿自然"才具独创性，而摹仿其他作家仅仅是仿作。仿作虽然生长迅速，但是花色呆板。杨格的思想并不新颖，坦普尔爵士比他更早地表达了相同的思想，只不过没有他那么透辟、生动、明确。坦普尔虽推崇古人，但并非宣扬盲目摹仿。他强调有选择地从古人处吸取营养，并且做了一番比喻："只会翻译的人永远成不了诗人；只能临摹的人也成不了画家；抱着气囊的人永远学不会游泳。因此寄希望于别人施舍，不肯靠自我劳动的人永远走不出贫困。"②

这两人对独创性的来源认识不同。杨格认为独创性具有藤蔓般的植物属性，是自然长成，适当的培养和努力会使天才更接近前人。在与古人的关系上，杨格认为古人的优美作品可以点燃当代人的想象，但是自我的理智要把古人关在思想的门外。坦普尔对独创性的认识非常含混。认为独创性要靠自我努力(industry of their own)，他没有谈到自然长成，这是两者之间微小的差异。不过，文学的独立性却

---

① Edward Young, *Conjectures on Original Composition*, London: A. Millar, and R. and J. Dodsley, 1759, p. 9.

② W. Temple, *Five Miscellaneous Essays*, p. 50.

是大家共同追求的目标。坦普尔担心过多的学问可能会削弱人与生俱来的创造性,因为学问是前人的积累,这些外来的、别人的思想会压制独创性的自我发挥。对此,杨格表达得更加清晰,他认为:“天才是巨匠,而学问不过是工具;尽管该工具可能极其珍贵,但是并非不可或缺……学问以辛苦积攒而来的东西为自豪,极爱制订法则,咒骂无伤大雅的细小疏漏……忽视学问,天才有时会取得更大的荣耀。”[①]

杨格的最后一句话原文是“so to neglect of learning, genius sometimes owes its greater glory”。这是他对十八世纪后期文学的一种期待。也就是说,他认为处于文学主流之中的古典主义作家无法在文学创作中实现突破。其根源在于他们秉承了过多前人以及学问的影响,做不到稍微“忽视一点学问”。实际上,无论是德莱顿、蒲伯,还是约翰逊都无法在摹仿的泥潭中拔出,他们只会呼喊却无法前进。而只有那些在支流文学中的跋涉者才能承担此重任。他们或少受条条框框的约束,或是自学成才者,或是出身低微者,或是哀叹命运不济者:麦克弗森是苏格兰高原的农民之子,查特顿是个贫困的遗腹子,萨曼纳扎是个无家可归者。这些文学的冒险者没有思想和历史的包袱,文学创作更加独立与开放。

同样是搜集民谣之作,托马斯·珀西主教(Thomas Percy, 1729—1811)的三卷本《英诗辑古》(*Reliques of Ancient English Poetry*, 1765)与麦克弗森的《奥西恩诗集》伪作的三个系列(出版时间分别为1760,1761,1763)属于不同理念下的同时代、同主题作品。前者基本属于学术作品,而后者属于文学创作。所谓“基本”是从“真实”的角度看,前者更接近于真实的民谣抄本。珀西在《英诗辑古》的序言中说,这些诗歌“绝大多数从编者收藏的一件抄本中摘录而来,这是件古老的对开本抄本,成于上世纪中叶,并抄录有200首左右的诗歌、歌曲以及诗体传奇”。[②] 当然,《英诗辑古》和《奥西恩诗集》之间并非泾渭

---

① E. Young, *Conjectures on Original Composition*, p. 26.

② Thomas Percy, ed., *Reliques of Ancient English Poetry*, London: J. Dodsley, 1765, p. ix.

分明。通过比照《英诗辑古》，更加清楚《奥西恩诗集》创作的合理性。在前面的序言中，珀西主教认为自己是编者。事实上，《英诗辑古》所收录的古民谣中珀西改动的地方不在少数。例如《老修士》(*The Friar of Orders Gray*)原本是不完整的片段，但是珀西自己动手创作了一些段落并加入其中，使整个诗歌的故事情节完整。这种狗尾续貂的方式与麦克弗森在苏格兰民谣基础上的再创作没有太大的本质区别。此外，珀西并非如他自己所说，使用了那件神秘的对开本抄本，而是综合了12本左右其他书籍。[①] 最后，他收录的《哈德科涅特，苏格兰片断》(*Hardyknute, A Scottish Fragment*)更是十八世纪引起轰动的又一篇伪作。该诗在1719年以片断方式出版时，这首诗歌的原创者沃德洛夫人(Lady Wardlaw, 1677—1727)假说该诗源自十五世纪的古老民谣，从一位老妇人口头叙述抄录下来。早在1763年珀西就已经知道这个事实真相。更令人感兴趣的是，珀西主教《英诗辑古》的合作者约翰·平克顿(John Pinkerton, 1758—1826)又伪造了该诗的后半部分。[②] 本文并非谴责任何人的创作行为，只是要说明：从大量数据可以看出，十八世纪英国文学中托名创作是一种较为普遍的常态创作方式。

不仅如此，我们必须看到在整个十八世纪后期乃至十九世纪，《奥西恩诗集》这部伪作"尽管缺乏真实性，事实是这些凯尔特英雄与征战的传说在欧洲获得了巨大，甚至是普世性的欢呼"。[③] 它不仅影响了德国狂飙突进运动的克洛普施托克(Friedrich Klpostock, 1724—1803)、歌德，还受到拿破仑三世以及伏尔泰的赞誉。这部伪作得到了学术著作所羡慕的荣誉，更加重要的是，它直接影响了学术的进程；学

① Nick Groom, *The Making of Percy's "Reliques"*, Oxford: Clarendon Press, 1999, pp. 42—43.

② See Harriet Wood, ed., *The Correspondence of Thomas Percy and John Pinkerton*, New Haven: Yale University Press, 1985, p. 3，以及 Margaret Russett, *Fictions and Fakes: Forging Romantic Authenticity*, 1760—1845, Cambridge: Cambridge University Press, 2006, p. 9.

③ See Paul deGategno, *James Macpherson*, Boston: Twayne Publishers, 1989, p. 1.

术界的一致看法是："如果不是麦克弗森的前车之鉴，珀西永远不可能取得《英诗辑古》中的成就。珀西从麦克弗森那里吸取了一定经验教训，小心翼翼地探寻自己的事业。麦克弗森是他的先驱。"①

重实证的经验主义者反对想象力，虽然想象力在文学中有自己的地位，却常被视为真理的扭曲者。十八世纪新古典主义阶段倡导情感应该服从理性，因此没有必要强调想象力。② 这一点在批评家约翰逊博士身上表现得尤为突出，这也是他与麦克弗森间的本质分歧之一。新兴的批评从读者和作者那里篡夺了原本属于作者的权威，起到了法官与立法者的作用，肆意指责哪些作品是真的，哪些是假的，正如德国学者霍恩达尔所说："具体地说，批评家在极力维护自己的价值观，强词夺理的个人性格，说穿了就是对文学的主宰权；批评成为了刻板而教条式的意见，阻止公众形成不同的判断。"③

从上述论证不难看出，伪作在十八世纪的兴盛是"压力下的风采"，面对实验主义思想和反古思潮，伪作虽然在形式上看似古典文学的延续，而内容与表达上却是主流创作的反叛，是对占据文坛多年的理性主义的突破。这就是十八世纪伪作的重要意义，我们可以形象地说，伪作家一只脚踏在仿作的泥潭，而另一只脚已经迈向了浪漫主义的河流。但是十八世纪伪作再也没有中古时期的自由，因为批评如达摩克利斯剑悬挂于文学之上，伪作注定是一种过程性文学。我们也不能简单地说十八世纪伪作的兴盛就是某个特定时代的产物，而应看作是十八世纪新批评方式在一定程度上揭露了更多的伪作产品，让读者感知它长期的历史存在。随着文本、历史批评的强盛，伪作在十九世纪之后便迅速消退，很难再找到和查特顿、麦克弗森一样具有深远影响力的伪作了。

当然，这不是说经验主义哲学观一无是处。经验主义推动了文学

---

① N. Groom, *The Making of Percy's "Reliques"*, p. 73.

② Ricardo Quintana, *The Mind and Art of Jonathan Swift*, London: Methuen & Co., Ltd., 1953, p. 63.

③ Peter Uwe Hohendahl, *The Institution of Criticism*, Ithaca: Cornell University Press, 1982, p. 46.

创作的理念，提倡文学素材应当与自然实验那样，从自然中找寻文学创作的源泉。科学实验带来的新发现对当代以及未来作家都是有益的帮助。自然杰作中拥有一个充满想象(Fancy)和虚构(Invention)的大宝藏，本土、本民族的人文、地理自然中充满着让人遐想之处，这本身就是一座巨大的宝库。随着人们不断地挖掘，这些内容足以增加人类的知识结构，而不需要从古典文学中找寻。古人知道的那一丁点可怜的东西被后人不断地引用，已经被消磨殆尽；鲜花、果实以及植物的甜美也已经被彻底吞食一空。伦敦皇家学会的斯普拉特(Thomas Sprat，1635—1713)在《伦敦皇家学会史》(1667)中写道：

> 古典世界中虚幻作品(Fables)和宗教带来的智慧行将被穷尽；这些东西已经被诗人用得太久，是时候去剔除它们了。特别是注意到它们有古怪的缺陷，首先它们都是虚假之作(Fictions)。相比之下，真理却从来未被那些本身可靠而真实的附件完美地表达或阐释过。①

这种思想的灵感为一些急于寻找出路的作家指明了一条可供选择之路，人们从时间和空间上进行开拓，开始搜寻本国的传统、历史，或是域外的国度，这预示着浪漫主义的到来；文学的形式一时不易改变，而内容却具有高度的灵活性和变化。

伪作出现的高峰时期，也同样是批评的高潮阶段。科学的批评不仅结合了自然科学新发现，而且结合了语言等人文主义的成果积累。批评家正是利用了语言这一内部证据作为考证伪作的武器。在十四世纪之前，拉丁语法曾经是唯一教授的标准语法。“十六世纪末，对英语的语法描述开始起步，英语语言研究独立于其他学科之外，不再作为教授拉丁语的参照，……到十八世纪末，关于英语的语法论著超过270部，其中2部是十六世纪产品，不到30部出现在十七世纪，而十八

① T. Sprat, *The History of the Royal Society of London for the Improving of Natural Knowledge*, p. 414.

世纪前50年也有30多部。”[①]以数量为指标，我们可以看出英语语法的发展在十七世纪抬头，而十八世纪中后期发展迅猛。如果说英语语法受拉丁语法的影响深远，在十九世纪之前都属于规约性研究，尚不能完全说明英语的独立地位，但至少我们可以了解到十八世纪英国已经开始重视本国的语言特征。相对于语法，词典的编撰更能说明语言的独立性。第一本英语词典《词汇表》(*A Table Alphabeticall*)直到1604年才出现，仅仅收录2533个词项，并附加了一些简单的注释，这些解释基本上属于同义词对照。乔叟在自己的时代受到推崇，为死后安葬在西敏寺诗人角的第一人。文艺复兴实际是英国民族文化的一个过渡期，一直到十八世纪初期，英国本土对中古英语的语言掌握仍然甚少。中世纪作家杰弗里·乔叟尚属幸运，他同时代的诗人约翰·高尔(John Gower, 1330? —1408)以及约翰·利德盖特(John Lydgate, 1370—1450)在十八世纪之前几乎少有人问津。古英语民族史诗《贝奥武甫》在1815年才完整出版；《高文爵士与绿衣骑士》更是直到二十世纪50年代才有人评论。1674年，赖默否认中世纪英语具有英雄史诗特性，“我不愿意提到乔叟，他的那个时代，我认为我们的语言没有任何史诗特性”；[②]四年后，德莱顿虽然尊崇乔叟为英国诗歌之父，但是在他看来，“杰弗里·乔叟的诗歌在我们听来缺乏和谐的悦耳性”，[③]这说明当时对中世纪语言的音韵并不了解。

而时代刚刚跨入十八世纪，这一现象得到了很大改观。1702年，署名J. K.[④]的学者编撰了一本《新英语词典》(*A New English Dictionary*)，收录有28000左右词条，包括一些中古英语词汇。正如其在扉页中所提：该词典的读者对象是“希望能够正确拼写的青年学

---

① Helmut Gneuss, *English Language Scholarship*, Binghamton, New York: Medieval & Renaissance Text & Studies, 1996, pp. 23, 28.

② J. E. Spingarn, ed. *Critical Essays of the Seventeenth Century*, vol. 2, p. 167.

③ H. Gneuss, *English Language Scholarship*, p. 43.

④ 估计这里的J. K.应该是当时著名的词典编撰家John Kersey。

生、商人、技术人员、女性”。[1] 在1713年修订之后，这本影响深远的词典被使用了70年。查特顿出生前31年，另一本划时代的词源词典出版，这位叫贝利(Nathan Bailey，？—1742)的编者在他的八开本950页《英语词源词典》(*An Universal Etymological English Dictionary*，1721)中收录了4万词汇，扉页中说明该词典“收录并解释了大量古法规、政府法令、诏书、古案卷和司法程序中的单词和词组，……包括一些郡的方言”。[2]贝利的词典截止到1802年出了30版，有理由相信，在商业发达的布里斯托尔，这些词典并不难找寻。正是这些古雅而奇怪的语言令查特顿着迷，斯基特在修订《查特顿诗歌集》中论述说，“这两本词典提供了大量古英语词汇，不过其中出现了一些拼写错误；查特顿从中制作了一个现代词汇与古英语词汇的对照表，……他先是用现代英语创作，然后在词汇表的帮助下转换成伪造的古代方言”。[3] 英语词典以及语法的发展说明人们逐渐重视本民族的传统，这还仅仅是民族文化传统的死记录，而查特顿的贡献在于他利用了死的资源，灵活地创作了活生生的史诗。

十七世纪起，诗人的地位越来越受到人们的关注，随之带来的是人们对其传记的热心。这些传记作品不仅是外在历史资料，而且是作者特性发展的有利佐证材料。在过去，社会以及读者的注意力主要集中在非人性化的作品本身之上。而在十七世纪后期，诗人的创作过程逐渐开始受到重视，文本与作者身份的结合，这正是新兴批评家寻找的真理证据之一。十八世纪是一个重要的转型时代，作家作为个人而受到崇拜，人们赞赏其文字，探究其生活，羡慕其获得的不朽声名。于是“人们通常孤立地阅读或撰写一个个作家的传记或批评文字，这些著作把诗人看作是其诗歌的唯一创造者。我们经常危险地把作家和文本的关系看作是一个封闭系统，虽然实际上文学生产的过程必须是

---

① See De Witt Starnes and Gertrude Noyes, *The English Dictionary from Cawdrey to Johnson* 1604—1755, Chapel Hill: The University of North Carolina Press, 1946, p. 70.

② Ibid., p. 99.

③ Walter Skeat, “Essay on the Rowley Poems,” *The Poetic Works of Thomas Chatterton*, ed. Walter Skeat, vol. 1, London: George Bell and Sons, 1907, p. liv.

两端都开放的”。[①] 伪作中托名性技巧遭遇到了这场革命。虽然伪作家在作品内容上有一定突破，但是固守这种创作技巧遭遇到了时代批评的瓶颈。

这场古今之争实际上是学者、保守的思想家与文人、作家之间的矛盾，前者坚持要求对古典文学作品进行科学批评的验证，同时将验证扩大到所有文学作品。我们完全有理由说，十八世纪是一个革命的时代，充满了新与旧、摹仿与创新的冲突。正如威姆萨特在《作为自由的摹仿》一文中所说：“整个十八世纪都在摹仿，不仅全面摹仿古代、古典时期的榜样之作，如荷马、品达、贺拉斯或尤维纳利斯，而且当这些古典样板已经或者看起来已经被穷尽时，人们开始摹仿整个英国传统，特别是英国本土诗人，例如斯宾塞、弥尔顿。”[②]书战的意义远非是非之分，正如爱丁堡大学修辞学教授布莱尔所说：“古典与现代之间的比较优势在文学界引发的绝对不是茶壶里的风波。”[③]

---

① 玛里琳·巴特勒：《浪漫派、叛逆者及反动派》，黄梅、陆建德译，沈阳：辽宁教育出版社，1998年，第13页。

② W. K. Wimsatt, "Imitation as Freedom: 1717—1798," *Day of the Leopards: Essays in Defense of Poems*, New Haven: Yale University Press: 1976, p. 119.

③ H. Blair, *Lectures on Rhetoric and Belles Letters*, pp. 390—401.

第三章

萨曼纳扎的东方乌托邦

伪作历来与游记类作品关系密切，也是最容易引起想象的领域，人类总是对异域风情产生期待和幻想。十四世纪《曼德维尔游记》风靡整个欧洲，现存的抄本超过263部，远远高于杰弗里·乔叟《坎特伯雷故事集》的82部，更是翻译成10多种欧洲文字。[①] 作者在序言中自称约翰·曼德维尔(John Mandeville)，是位骑士。从公元1322年出海冒险，穿越了土耳其、波斯最后来到蒙古统治下的中国。[②] 在关于中国的章节里，大汗的故事占60%以上的篇幅。大汗国土广大，统治严明，拥有无数的金银财宝，像土耳其的苏丹，大汗有100多位妻子，无疑是世界上最强大的君主。“具有讽刺意味的是，这本异域传奇让马可·波罗对东方的真实描述相形见绌。而他根本就没有离开过自己的欧洲。”[③]

十八世纪末另一游记类伪作是《本尼奥瓦斯基伯爵回忆录》(*The Memoirs and Travels of Mauritius Augustus Count de Benyowsky*)。本尼奥瓦斯基是匈牙利冒险家，于1786年替法国殖民者卖命，战死于非洲的马达加斯加。1790年伦敦皇家学会的一位名叫尼柯尔森(Nicholson)的人炮制了上述回忆录，编造一番在1770—1772年间类似奥德赛式的浪漫传奇。该书让本尼奥瓦斯基不仅参加欧洲1756，

---

① Tamarah Kohanski, Introduction, *The Book of John Mandeville: An Edition of the Pynson Text with Commentary on the Defective Version*, Tempe: Arizona Center for Medieval and Renaissance Studies, 2001, p. viii.

② Ibid., p. 2.

③ M. C. Seymour, Introduction, *Mandeville's Travels*, Oxford: Oxford University Press, 1968, p. xv.

1757,1758年三场著名的殖民战争,登上日本和中国台湾,而且一位倾慕于他的漂亮女仆始终陪伴左右。为求真实,尼柯尔森不惜将本尼奥瓦斯基的出生年月从1746篡改成1741,以避免令人发觉他10岁就参加战争的荒谬。①

中世纪以来,欧洲人对东方的追逐与美好想象不断贯穿于游记类伪作;传奇作家与地理学家都喜欢在伊斯兰和东方的土地上流连忘返。十六世纪海上新航路开辟后不久,欧洲的东方思想逐渐从阿拉伯地区向远东延伸。冒险家们经印度果阿或马六甲等地辗转澳门、宁波,东京湾各地,欧洲与东亚的交往进入发轫期。早在1517年葡萄牙人费尔南·阿德拉德(Fernao Peres de Andrade)带领使臣皮莱资(Tome Pires)将船只靠泊于珠江口,等待与中国通商。随之而来的是一批耶稣会士不远万里先后来到东亚各国传教,如西班牙人沙勿略(St. Francis of Xavier,1506—1552)。自1549年起的2年时间,沙勿略以日本鹿儿岛为中心发展了大批教徒;1552年他又登上广东沿海的上川岛,试图踏上中国内地的辽阔土地。31年后意大利传教士利玛窦(Matteo Ricci,1552—1610)终于完成了沙氏之夙愿,抵达广东肇庆,此后为欧洲带去了大量关于中华帝国的信息。

这个时期,贸易以及攫取巨额利润是东西方交流频繁的主要因素。以印尼班达群岛出产的肉豆蔻和豆蔻干皮为例,在十六世纪,10磅的售价分别是半便士和不到5便士,运到欧洲后每磅的价格飞涨到1镑12便士和16英镑,利润大约是320倍。② 1664年,英国从中国进口茶叶仅12磅2盎司,至1783年仅东印度公司就销售了5,857,882磅。曾担任清政府海关总税务司半个世纪的英国人罗伯特·赫德(Robert Hart, 1835—1911)对此总结道:中国人有世界上最好的食

---

① See Percy G. Adams, *Travelers and Travel Liars*: 1660—1800; New York: Dover Publications, Inc., 1980, pp. 82—83; and *The Memoirs and Travels of Maurititus Augustus, Count de Benyowski, in Siberia, Kamchatk, ... and Formosa*, introduction by Captain Pasfield Oliver, London: 1890, p. 29.

② Robert Markley, *The Far East and the English Imagination*, 1600—1730, Cambridge: Cambridge University Press, 2006, p. 30.

物——稻米；最好的饮料——茶叶；最好的衣料——棉、丝和皮毛。[①] 伴随着贸易，欧洲对东方文化的热情也达到了顶峰。1500—1800 年间，欧洲出版了大约 1500 本有关亚洲的书籍，包括各类游记、经济专著以及自然史。[②] 即便是到了 1750 年，这一数量仍让关于美洲殖民地的书籍相形见绌。我们完全有理由相信，在十八世纪前后，以中国为主的东亚是整个世界所向往的圣地之一。

远东唤起的无穷遐想不仅萦绕于商人脑海，也渗透到那个时代的作品中间，英国诗人约翰·弥尔顿在《失乐园》11 章描写了天使长迈克尔把行将被逐的亚当、夏娃领到伊甸园中的最高峰，让他们极目眺望人间帝业的荣耀与雄伟：

> 从契丹可汗的首都大都，那里有坚固的城墙；从帖木儿王座所在，阿姆河旁的撒马尔罕，一直到中国列王的北京，再从那远眺，从蒙古族莫卧尔人统治下的阿格拉和拉合尔，到马六甲的黄金半岛。[③]

弥尔顿从未去过中国，不知契丹（Cathay）与中国（Sina）实指同一国度，大都（Cambalu）与北京（Paquin）也没有地理概念的区别。利马窦的日记对此早有说明："这个远东最遥远的帝国在欧洲人中有多个名称，最古老的名称叫 Sina，约为托勒密时代起用；此后马可·波罗称之为 Cathay"。[④] 利马窦的这本中国日记于 1615 年出版，在弥尔顿 40 岁之前至少有 4 个拉丁语版本，3 个法语版。我们不能责备弥尔顿的

① See *Britain and the China Trade* 1635—1842, vol. 9, selected by Patrick Tuck, London: Routledge, 2003, p. 5.

② R. Markley, *The Far East and the English Imagination, 1600—1730* , p. 3.

③ 原文是：..., the seat/Of mightiest empire, from the destined walls/Of Cambalu, seat of Cathayan Khan, /And Samarkand by Oxus, Temir's throne, /To Paquin of Sinaen kings, and thence/To Agra and Lahore of great Mogul, /Down to the golden Chersonese,... See John Milton, *Paradise Lost*, ed. David Scott Kastan, Indianapolis: Hackett Publishing Company, Inc. 2005, p. 361.

④ Matthew Ricci, *China in the 16th Century*, trans. Louis Gallagher, New York: Random House, 1953, p. 5.

疏忽,却可体会他对东方文明的渴望和赞叹。虽然如此,与法国文学相比,英国文学对东方的热切程度要晚很多,而且在很大程度上都在模仿、甚至直接译介法国文学作品。

法国文学中东方思想的兴盛有法国耶稣会士的一份功劳,他们将大量关于亚洲的文化、语言等信息或真或假地传播到欧洲,使得东方文明在十七世纪的法国受到尊崇。与法国文学不同,伴随着怀疑论思想,英国社会并没有出现东方崇拜的高潮时期。在大多数人眼中,中国、印度和日本等东亚国家与地区仍是神秘莫测之域。

当西方人大批涌入远东的同时,欧洲却难觅东亚人的面孔,最早踏上欧洲土地的估计是 4 位 13 岁上下的日本少年。他们在意大利传教士范礼安(Valignano, 1539—1606)的安排下,于 1584 年 8 月登陆里斯本。在罗马,日本少年受到了教皇的隆重欢迎,圣安哲罗城堡礼炮齐鸣。① 相隔 68 年之后,首位华人来到欧洲,可惜没有留下太多记载。② 此后,沈福宗(Shen Fuzong, 1658? —1691)的经历却显得风光无限。沈是生活在南京的基督徒,在比利时耶稣会士柏应理(Philippe Couplet, 1624—1692)的陪伴下于 1683 年抵达荷兰。③ 沈自踏上欧洲大陆那一刻起便引起极大轰动。在巴黎,路易十四曾邀请他进餐,惊讶于其用两根短小的银筷进餐,还特为沈开启了凡尔赛宫所有喷泉;1687

---

① See J. S. A. Elisonas, "Journey to the West," *Japanese Journal Religious Studies*, 34/1: pp. 21—66; and Alesscandro Valignano, "Man, Missionary, and Writers," *Asian Travel in the Renaissance*, ed. Daniel Carey, Malden, MA: Blackwell, 2004, pp. 12—41.

② 陈安德是第一个到达欧洲的华人,这位明朝宰相的特使与波兰传教士卜弥格一道辗转果阿于 1652 年 12 月到达意大利圣马列克。可参见爱德华·卡伊丹斯基:《卜弥格——中国的史臣》,张振辉译,郑州:大象出版社,2001 年,第 115 页。

③ 关于沈福宗到达欧洲的具体时间学者有不同意见,有人认为是 1685 年到达欧洲,见 William Appleton, *A Cycle of Cathay: The Chinese Vogue in England during the Seventeenth and Eighteenth Centuries*, New York: Octagon Books, 1979, p. 130。有人认为是 1684 年,见 Linda Barnes, *Needles, Herbs, Gods, and Ghosts: China, Healing, and the West to 1848*, Cambridge: Harvard University Press, 2007, p. 81。而孟德卫(David E. Mungello)在《1500—1800,中西方的伟大相遇》(北京:新星出版社,2007 年)中认为是 1683 年 10 月抵达荷兰,见该书第 112 页。

年，英王詹姆士二世邀请沈参观皇宫，期间命画师在皇宫卧室为沈绘制了一幅身着中国服装的肖像画。5 年后福建莆田人黄嘉略（Arcadio Huang，1679—1716）与传教士梁弘仁（Hugues de Lionne，1655—1713）一道从厦门出发于 1702 年底到达巴黎，遂转道罗马拜见教皇。这位能够使用拉丁语交流的华人教徒令教皇十分喜悦。当他重返巴黎时引起了文化界与皇室的极大兴趣，并且成为国王图书馆的翻译。①

1. 虚构身份

在追逐异域想象，却缺乏人种肤色等概念的氛围中，逐渐有人虚构身份，冒充亚洲人特别是华人，以引起社会关注。法国传教士李明（Louis Le Comte，1655—1728）在中国定居多年，他在 1697 年的《自传》中曾有记载说，在巴黎曾遇到一位奇怪的妇女，称自小生活在皇宫内院，是地位显赫的中国皇家公主。一次母亲与她登船出海，欲将其嫁到日本。然而，途中不幸被荷兰与法国海盗两次洗劫，匪徒将这位中国公主辗转带到法国巴黎。李明认为，根本无须盘查就知此妇女假冒身份。这位冒牌中国公主的面部特征、处世特点、脚的大小以及一切行为特征都暴露出她根本不是中国人。为了更具说服力，李明首先写下几个汉字让该妇女朗读，可惜对方将纸张都拿倒了。随后李明又以朝廷通用的官话与其交流，而对方回以听不懂的胡话乱语。最终，该妇女不得不承认自己冒充华人。②

1703 年的伦敦忽现一所谓东方人，自称来自葡萄牙人所谓的福摩萨岛（台湾）。③这位年轻人不仅熟练使用拉丁语，而且操着一口听不懂

---

① 关于黄的资料可参考 Jonathan Spence, *Chinese Roundabout: Essays in History and Culture*, New York: W. W. Norton & Company, Inc., 1993, pp. 11—24 以及许明龙：《黄嘉略与早期法国》，北京：中华书局，2003。

② 可参见 Louis Le Comte, *Memoirs and observations topographical, physical, mathematical, mechanical, natural, civil, and ecclesiastical : made in a late journey through the Empire of China, and published in several letters*, 1697, pp. 126—134。

③ "福摩萨"原为西方殖民者对台湾的旧称。本文只在还原历史时取此音译，并不代表认可此殖民主义称呼，其余均使用"台湾"。

的所谓台湾土话。当中华文化在整个欧洲特别是法国上流社会深入人心时,这座中国东部的小海岛却并不为人所熟知。曾经踏上这片岛屿的也仅仅是葡萄牙、西班牙以及荷兰的少数探险家和传教士。第二年,此福摩萨"番民"为证明自己,遂将其所谓的经历写了本《台湾历史地理见闻》(以下简称《见闻》)以飨读者。作者自称乔治·萨曼纳扎,原为台湾土著,父亲是当地的富有人士。为了进一步说明问题,在1705年第二版《见闻》再版序言中,他含混地说父亲属于"钦命总督、邦主、福岛总督、将官以及其他富豪人士",[①]自己年满19岁时,在耶稣会士狄罗德[②]的鼓动下被骗到欧洲。

我们今日仍然无法确认这个冒牌货的真实姓名。"乔治"这个名字是其后来接受洗礼时别人送的,而"萨曼纳扎"这个姓也非典型的台湾方言。作者在第一版《见闻》中使用了 Psalmanaazaar 的拼写,在第二版以及此后生活中又改为 Psalmanazar 的拼写。如此杜撰姓名的理据似乎从拉丁通俗本《旧约·列王纪下》能够得到一丝线索,该书曾经提到过亚述王,其姓名为 Salmanassar(钦定版《圣经》中拼写为 Shalmaneser)。[③] 在希伯来语中 shalom 是表示"和平"的词根,而该意义与《见闻》的陈述似乎有巧合。萨曼纳扎说台湾人开始不信神,只敬重日月。后来神震怒了,让暴雨冲毁大地的果实,一些地方发生地震,导致野兽横行。经人们的长期殷切恳求,神为那里的人们派了一位先知,代表了神与人类新的和平与和好,因此台湾人将先知称为

① 《台湾历史地理见闻》一共2个英语版本。本文使用的1704年版本是英语版,依据是 George Psalmanaazaar, *An Historical and Geographical Description of Formosa*, 1704, London: Robert Holden & Co., Ltd. 1926。笔者没有找到1705年第二版原文,使用了依据第二版翻译的中译本,依据是:撒玛纳札:《福尔摩啥》,薛绚译,台北:大快文化出版股份有限公司,1996年。提及第二版时均使用《福尔摩啥》代表。本注见该译本第35页。

② 历史上曾经有一位叫 Alexandre de Rhodes (1591—1660)的法国耶稣会传教士,大约1624年曾经在中国南部与越南之间传教,写过大量中国的信息。1652和1653年法国巴黎曾经先后出版过他的两部作品 *Relation des Progrez de la Foy au Royaume de la Cochinchine*, ed. Jacques Machault, Paris: chez Cramoisy 以及 *Divers Voyages et Missions en la China & autres Royaumes de L'Orient*, Paris: chez Cramoisy。

③ See *Biblia Sacra Vulgata*, *quartam emendatam edition*, New York: American Bible Society, 1990, p. 529.

Psalmanaazaar，也就是“和平缔造者”的意思。① 由此我们可以推断，萨曼纳扎此前已经掌握了一些希伯来语，或者有可能具有犹太血统，而他后半生始终保持着对犹太历史和语言的兴趣。当时持这一看法的不止一人，在1705年《见闻》再版序言中，萨曼纳扎也承认，他在被征召入伍之后，“军中小队长登记名册时询问本人姓名，以为本人为犹太教徒，本人予以否认”。②

世人对萨曼纳扎成名前的了解仅仅局限于其去世后于1764年出版的一本《自传》(*Memoirs of ****. Commonly Known by the Name of George Psalmanazar; a Reputed Native of Formosa*)。这位曾经轰动一时的名人在书中忏悔了自己假冒台湾人，以欺骗世人的罪恶之行。这本《自传》的真实性同样令学者生疑，最大的障碍是萨曼纳扎连自己真实姓名、出生地都不敢透露。只是说，自己“并非出生于欧洲以外，也没有在欧洲之外的地方受过教育，或者游历过，从小在欧洲南部地区生活一直到大约16岁”。③ 在《自传》的“致读者”一文中，与萨曼纳扎有过20年交往的维莱特牧师(Reverend Mr. Villette)认为，萨曼纳扎毫无疑问是法国人，因为其说话带有法国西南部加斯科涅(Gascoin)口音，应该是法国南部地区朗格多克(Languedoc)人。

目前基本可以断定这位萨曼纳扎出生于法国南部天主教家庭，曾经在圣方济各会或耶稣会的学校中就读，这使他熟练地掌握了拉丁语。毕业后，由于出色的语言天赋和记忆力，他做过短期家庭教师，后回到母亲身边。母亲无力供养其生活，于是他徒步500英里去德国找寻自己的生父。见到父亲时，这位近60岁的老人同样生活窘迫。这个孩子像乞丐一般不得不再次出走。途中他萌发了冒充东方人的想法，起初将自己假扮成日本异教徒，在耶稣会士的诱导下皈依天主教，

① G. Psalmanaazaar, *An Historical and Geographical Description of Formosa*, p. 154.

② 参见撒玛纳札：《台湾历史地理见闻》，第40页。

③ 原文是 Out of Europe I was not born, nor educated nor ever travelled; but continued in some of the southern parts of it till about the sixteenth year of my age. 转引自 Frederic Foley, *The Great Formosan Impostor*, St. Louis: St. Louis University, 1968, p. 6。

成为一名天主教徒。此后，萨曼纳扎在德国科隆加入了荷兰雇佣军，驻防于法国丝路易斯(Sluys)地区。他的奇特行为引起了军队将领乔治·劳德的注意。

1703年2月劳德邀请教区长助理达玛维(Isaac d'Amalvi)以及随军牧师亚历山大·伊尼斯(Alexander Innes)一起对这个"日本人"进行盘问，讨论了关于日本宗教及其对天主教的看法。牧师伊尼斯在其中起到了关键作用，在几次盘问期间，他私下让萨氏做了些翻译。先将古罗马政治家西塞罗的拉丁语文章拿出一段，让对方翻译成他所谓的土著语，翻译完毕之后将译文收回。然后用同样的一段让其做第二次翻译，由于萨氏无法记忆自己的人造语言，结果两篇译文出现巨大差异。伊尼斯很快察觉出其中的奥秘，但出于个人升迁的考虑却没有揭露萨曼纳扎的冒牌身份。他希望自己能以劝异教徒皈依的功劳表功，于是让这个日本人"好好考虑一下未来"。萨曼纳扎理解了这番暗示，于是为了圆谎，改称自己是日本统治下的台湾土著。1703年底萨曼纳扎公开接受了洗礼，劳德以教父身份把自己的名"乔治"赠于他，然后这个"乔治"随伊尼斯一同来到伦敦。很快这位冒牌货引起社会轰动，在《见闻》出版后的1705年，萨曼纳扎在牛津大学给学生传授"福摩萨语"，培训那些将要被派往台湾进行宗教活动的传教士。

2. 作者与真实

作者与真实这对关系中包含两个要素。首先，既然权威(authority)，真实(authentic)以及作者(author)为同一词源，因此内涵一致，那么"权威"的"作者"是否历来客观真实地反映了外部世界？其次，声称的作者与作品之间是否关系真实？

有学者总结说：所有关于中国的欧洲作品都是谎言，这些古今作品或存在谬误或是虚构之作。[1] 十八世纪之前，人们是否真正踏上过最遥远的东亚土地并不重要，众多具有说服力、最可信的权威作家或

---

① P. G. Adams, *Travelers and Travel Liars*: *1660—1800*, p. 13.

许根本从未游历过该地区。所谓的真实仅仅是基于整理前人资料之上的想象，更不乏建立于虚构之上的虚构。十七世纪前，门多萨（Juan Gonzalez de Mendoza）的《中华帝国史》是关于中国最畅销的著作。该书于 1585 年在罗马首次出版，截止十六世纪末，已经有 30 个版本，以欧洲 7 种语言重印了 46 次。[①] 如今我们很难想象，“在那个阅读面很窄的年代，毫不夸张地说，十七世纪初大部分受到良好教育的欧洲人都读过门多萨的这本书，它的影响面如此广泛，甚至连培根这些人的中国思想都来源于此；……而门多萨本人最远只到过墨西哥”。[②] 门多萨直接或间接地大量盗用他人资料是公认的事实。历史学家经过仔细考证和比对斥责其夸大其词，伪造数据以及明目张胆地抄袭、改编。然而在他们那些年代没有人会因抄袭改编而受到处罚，读者也并不关心文本之外的真实，正如莎士比亚的戏剧中几乎没有一部情节是其原创，这并不影响莎翁作品本身的魅力。

葡萄牙人平托（Fernao Mendes Pinto，1509？—1583）在自传性作品《平托航海及冒险记》（1614）中叙述自己曾经在亚洲冒险 21 年，足迹涉及大半个中国，不仅多次逃脱海难事故，而且被收监并贩卖过 16—17 次，先后成为海盗、奴隶、使节、士兵以及传教士等。该书有众多前后矛盾和匪夷所思之处，当代学者卡茨在编辑该书时认为，平托随意借鉴了克鲁兹的《中国论》（*Treatise on China*，1569），因此十七世纪末“平托的名字与谎言家是同义词”。学术界目前可以证实的是他可能仅仅数次登上过广州沿海的几个岛屿，不太可能去过中国的其他地区，因为 1555 年前后葡萄牙人不可能在中国内地随意游历，这些内容的真实性非常值得怀疑。然而就是这本充满谎言的作品仅在十

---

① See Colin Mackerras, *Western Images of China*, Oxford: Oxford University Press, 1999, p. 20; and Donald F. Lach, *Asia in the Making of Europe*, vol. 1, book 2, Chicago: University of Chicago Press, 1965, p. 744.

② C. R. Boxer, *South China in the Sixteenth Century*, Bangkok: Orchid Press, 2004, p. xvii.

七世纪就已经有19个版本，翻译成6种语言。[1]

从未去过东方的欧洲作家在说谎，即使长期在东方生活的作者也不见得客观真实地讲述事实。干治士(Georgius Candidius，1597—1647)是最早进入台湾的传教士(1627年5月)，并且长期生活在土著居民中间。他对台湾土著的生活做过详细描写，后来成为十八世纪前了解台湾的少数几个欧洲人之一。他对当地女性婚孕习俗有如下描述：

> 依据那里的法律和习俗，女人一直到35—36岁甚至37岁才允许生育。之前一旦怀孕，子宫内的胎儿就要被打掉。方法如下：他们会叫来女祭司，怀孕女子躺在地上或卧榻上，然后祭司挤啊，掐啊，粗暴地让孩子流掉。……那些台湾女子向我承认说，她们都怀过15—16次而且每次都这样流产，有一个女人告诉我，一直到17次怀孕的时候，她才让这个孩子生下来。[2]

干治士的这段描写既耸人听闻又毫无科学根据，而萨曼纳扎非常善于利用读者的常识思想来反证自己的正确，他在第二版“序言”中就对干治士此番言论进行了驳斥：

> 干治士自己说许多女性因为这一陋习死于非命，即便人口众多之国，不出几年，人口势必绝减。天气炎热如福岛者，女子生育年龄更早，而上了年纪后很少能够怀孕。果真行此恶风，我国人口必已所剩无几。我敢说福岛女性过38岁者很少能够怀孕，更不要说经历女祭司15、16次致命的踩踏。[3]

萨曼纳扎充分利用了这些常识性错误，毫不留情地反击耶稣会传教士在这一方面的作伪，以求反证自己作品的真实性。这些内容是否

---

① See Fernao Mendes Pinto, *The Travels of Mendes Pinto*, edited and trans. Rebecca D. Catz, Chicago: The University of Chicago Press, 1989, p. xxvii.

② William Campbell, *Formosa under the Dutch*, London: Kegan Paul, Trench, Trubner & Co., Ltd., 1903, p. 20.

③ 参见撒玛纳札：《台湾历史地理见闻》，第47页，原译文生硬处本文作者稍有润色。

真实有效，对于读者来说首先要考察作者是否是真的土著，然后确定其权威性话语结构。

从早期东亚人来到欧洲引起的轰动效应可以看出，以异国身份叙述本土风土人情不仅受到追捧，而且更重要的是完全体现出"权威者"的话语。这种借力的方式早在文艺复兴早期就已经出现，托马斯·莫尔在《乌托邦》(1516)中就曾借助异国人拉斐尔·希斯罗德斯(Raphael Hythlodaeus)的身份评论当时英国社会与政治。十八世纪英国文学中游记类作品达到了空前繁荣，而大量旅行者利用这个机会对于异国风情要么夸大其词，要么一叶蔽目，或者遮遮掩掩；他们在廉价的版本中充斥了游记谎言，在取悦公众的同时，也满足了自己的偏见与虚荣心。他们虚构事实，生造在南太平洋以及美洲的野蛮人种，而对东亚的国情歪曲也不例外。

作家身份在人类文明发展中呈现出这样的特点：从口头文学到早期书面文学，作品在传承中经历过不同人的反复修改，无法确定具体个人在文本定型中究竟做出了何种贡献。在早期书面文学，特别是抄本文化中，作品的读者往往局限于友人等小群体内部，作者的身份与作品的归属较为清晰，署名既无必要，也无法带来经济利益。学者洛夫认为，"经过对英国文本的调查，著作权的根源在于宗教改革后神职人员对英国教会对古典传统的考证，以及十七世纪法律工作者对英国习惯法以及代议政体的探究"。[①] 十七世纪之后，人们对于"作者"概念出现了根本性的改变，特别是1709年英国第一部版权法案通过后。群体作者的思想逐渐被个体作者所取代，作者的真实性身份伴随着文学批评发展显得特别急迫。但是在英国文学史上，很少有人种身份的争议比得上萨曼纳扎以及其伪作《台湾历史地理见闻》。

何谓身份？林奇在引用洛克的《人类理解论》(*Essay Concerning Human Understanding*，1689)后说，"个人身份只存在于意识当中，跨越时间的个人身份显然是通过记忆过程存在于跨越时间的知觉意

① Harold Love, *Attributing Authorship: An Introduction*, Cambridge: Cambridge University Press, 2002, p. 26.

识当中。……应该说，身份至少在理论上是客观的，可以被第三方论证的，是唯物的；而洛克时代的身份在定义上是主观的”。[①] 按照洛克的理论，观念来源于心理知觉和对外部世界的反映，而判断来自概念间的比较。欧洲对台湾的了解相当有限，这也是萨氏假冒身份的成功之处。在缺乏人种概念以及其他外部条件的前提下，人们无从比较后下判断，而对作者身份真实性的探究只能依靠其言行举止。正如李明所遇到的冒牌中国公主那样，一个成功的身份很大部分依靠是否表里如一。

十八世纪初，人们对人种、肤色、毛发等缺乏概念，因此无法辨别国与国之间种族的外部差异。萨氏说白人耶稣会士为了避免受到日本政府迫害，首先是学了日本语言，然后穿着日本衣服，就不会引起怀疑。“当他们来到日本，他们装扮成日本国内其他岛屿的居民，当地百姓丝毫无怀疑，当成是真的。因为他们穿着日本本国的服装，讲着一样的日本语言。”[②]同样道理，任何金发碧眼的白种人在欧洲谎称是亚洲土著也仅仅受到怀疑而已，远没有像语言与生活习俗那样成为直接判断的依据。为了证实萨氏的土著身份，伦敦皇家学会特意邀请了曾经在宁波、北京以及南京传教十八年的法国耶稣会传教士洪若翰参与调查。而洪若翰的记载也仅仅说萨氏金发、皮肤白里透红，估计是荷兰人。[③] 这并不能解决问题，如果说十八世纪初人们对萨氏的身份有怀疑，并不是说他不像台湾人，而是仅仅因为皮肤“白”。人们对皮肤白皙的理解并非基于人种概念，而是认为人的肤色取决于受到日照时间的长短。对此，萨曼纳扎自有自己的解释：“尽管我们这个国家非常炎热……有产业的人特别是女人却非常白皙，因此在炎热季节都住在阴凉地方的地下，而花园、果林树木茂密，阳光无法穿透，……他们用蒸馏水不仅能够清洗自己，而且能够去除皮肤表面的斑点，故皮肤白

---

① Jack Lynch, *Deception and Detection in Eighteenth-Century Britain*, Hampshire: Ashgate Publishing Ltd., 2008, p. 146.

② G. Psalmanaazaar, *An Historical and Geographical Description of Formosa*, p. 4.

③ Michael Keevak, *The Pretended Asian: George Psalmanazar's Eighteenth-Century Formosan Hoax*, Detroit: Wayne Sate University Press, 2004, p. 38.

皙。”①

英国与欧洲大陆交往中逐渐显露其强烈的岛国意识。在新航路的开拓中，英国社会以更开放的眼光对比与其他岛屿的文化差异。随着英国工业革命的深入，其综合国力与民族自豪感迅速增强，欧洲中心论思想很快被英国中心论所替代。十八世纪起，英国社会一方面越来越注视自己本民族的文学与文化优势，另一方面以鄙夷的目光看待其他异域文明。当某一社会意识到自我的强势地位后，任何其他文明便被贴上“野蛮”的标签，古希腊如此，十八世纪的英国也不例外。古希腊人将不使用希腊语的人通称为“野蛮人”(*barbaros*)。当哥伦布抵达西印度的海地之后，食人族(cannibal)很快与荒岛文学结合起来，任何一座未知的岛屿都能触动英国社会的神经。

为了强化荒岛土著身份以及“权威话语”，以迎合读者想象，萨曼纳扎不惜脱离欧洲文明，以食人生番的身份刺激社会，甚至啖食带血生肉。有一封未署名的信曾经出现在1765年《君子杂志》(*The Gentleman's Magazine*)上，记载了萨曼纳扎1704年与客人一同进餐时的言语。他吹嘘说，福岛男人对自己的多位妻子具有绝对权威，如果发现女人偷情则完全有权杀掉她们，然后生食其肉。听了这话，席间受到惊吓的一位女士尖叫道：“野蛮(Barbarous)！”萨曼纳扎却解释说吃人肉并非罪恶，不仅如此，他祖父还坚持每天早晨饮用蛇血，活到了117岁。② 这不禁让我们联想到斯威夫特在《格列佛游记》第三部分描写的拉格纳岛，这岛屿位于日本南部，当地土著也一样长寿。为了证实其福岛土著身份的真实性，萨氏曾经在多次公开场合食用生肉。他在第一版“序言”中记述说，洪若翰“看见我吃生肉非常惊讶，因为他说中国人和欧洲人一样都是经过加工后才进食”。③

---

① G. Psalmanaazaar, *An Historical and Geographical Description of Formosa*, p. 197.

② 转引自 Justin Stagl, *A History of Curiosity: The Theory of Travel 1550—1800*, London and New York: Routledge, 1995, p. 183。

③ G. Psalmanaazaar, *An Historical and Geographical Description of Formosa*, p. xxxix.

3. 空间虚构与科学辩正

1704年是英国文学的一个重要节点。这一年源自阿拉伯的《天方夜谭》英文版首次面世，同时这位冒牌土著出版了《台湾历史地理见闻》，引起社会极大兴趣；第二年就有再版，且很快有多个法文、荷兰文和德文版本。《见闻》颠覆了过去西方传教士对东方国度歌功颂德式的传统写作，启发未曾游历过东方的西方读者用质疑的目光看待东方文化，逐渐形成对东方文明"尊崇"与"诋毁"两种想象风格，从而标志着十八世纪欧洲从十七世纪法国出现的"中国中心论"转向"欧洲中心论"。

冒牌台湾人萨曼纳扎开宗明义地反对传教士对东方传奇式的描写，他在序言中不屑地说："我时常听到关于遥远东方国度的诸多传奇故事，尤其是我的故乡。这些故事令诸位读者以为是真理，并坚信不疑。……但是真理应当驱散那些无稽之谈，我自己深感责任在肩，不愿读者陷于无知与误导当中，而应当给诸位一个更加忠实(more faithful)的福摩萨岛历史。"①

十八世纪英国是个充满"真实"或"忠实"等情结的时期，为迎合读者口味，众多标榜为真实的叙述大多为虚构性文学想象，所谓"真实"仅仅指作者创作目的的明确性，而作者的创作意图因人而异。美国学者林奇教授利用"简短标题目录(English Short Title Catalogue)"检索了整个十八世纪英国出版图书的书名，发现题目冠以"真实"(包括authentic, genuine以及real)在这100年间发生了戏剧性变化，见下图所示：②

	Authentic	Genuine	Real
1700—1709	1	10	27
1710—1719	6	31	70

① G. Psalmanaazaar, *An Historical and Geographical Description of Formosa*, p. xxxi.

② Jack Lynch, *Deception and Detection in Eighteenth-Century Britain*, pp. 1—2.

1720—1729	7	36	56
1730—1739	15	86	31
1740—1749	77	187	52
1750—1759	90	254	89
1760—1769	105	268	111
1770—1779	139	390	106
1780—1789	233	237	116
1790—1799	324	302	214

这一数据表明十八世纪英国叙事文学正在摆脱明显幻想(fantastic)的罗曼司影响，进入到具有想象力的(imaginative)写实主义文学。虽幻想与想象均为虚构，但在浪漫主义诗人、评论家柯尔律治看来，幻想是仅仅摆脱了时间与空间次序后的回忆方式，从联想规律产生的现成材料中取得素材，[①]也就是说幻想是在不改变素材前提下进行重新简单的排列组织；而想象是在相互对立或斗争中寻求质的平衡与协调，将一些不可能的素材创造成新的整体。《见闻》就属于想象类型，它是建立在部分真实基础上的虚构，将一些杂乱的材料有机地结合在一起，张冠李戴，誓言真实。

台湾是中国内地自然延伸的部分。依据中国古书，台湾曾有“岛夷之地”，“瀛洲”等多种称呼。到了明代，台湾被称为“大员”，或“台员”，估计是闽音之谓，实指现在的台南。1624 年荷兰人占据台南的安平，沿用了“台员”之音，有 Tayoan，Tayouan，Tyowan 等拉丁拼写，后来泛指整个台湾岛。与现代地理地貌不同的是：“台员”在历史上曾是个小岛，尚未与台湾主岛连接。范伦厅(Francois Valentyn，1666—1727)的《新旧东印度志》(*Oud en Nieuw Oost Indien*)出版于 1724—1726 年间，该书记载说 1622 年荷兰人首次登陆台湾：他们在福摩萨岛的南端确定了一个港口，靠近台员这个“小岛屿”，发现已经有中国人定居在那里经商。然后他们用小船将物资运过来，这里离佩斯卡多尔列岛(Pescadores，即澎湖)有 12—13 英里，当然也并不顺利，毕竟水深

① Samuel Coleridge, *Coleridge's Poetry and Prose*, ed. by Nicholas Halmi, New York: Norton, 2004, p. 489.

只有 11 英尺，而且航道弯曲，大船无法驶入。还要说明的是这个台员仅仅是个小岛屿，或者叫干的沙洲；长度不到 1 英里，离福摩萨只有半英里。[①]

早在十六世纪初，葡萄牙就已经了解台湾的大致情况，1515 年葡萄牙人皮勒斯(Tome Pires, 1465? —1524 or 1540)在《东方志》中曾经提到包括台湾在内的琉球群岛附近海域。在 1550—1570 年间，鲁特斯(Rutters)将台湾称为"福摩萨"(Ilha Formosa)，意义为"美丽之岛"，[②]此后与中国人称呼的"琉球"交替使用。

历史上，日本丰臣秀吉在 1593 年曾有袭台之议，后来搁置此军事入侵计划。几年后，日本德川家康分别在 1609 和 1616 乘明朝军队不备时两次入侵，但均未动摇明朝及中国历代政权对台湾行使主权。为图与中国互市，荷兰人长期盘踞于澳门、台湾等中国近海，并于 1624 年从澎湖退到现在安平的"台员"，以期进一步发展贸易。这些信息对萨曼纳扎等西方人恐有所耳闻，英国历史上第一次提到台湾也与此事有关。一封 1623 年(1624?)年[③] 2 月 24 日写于巴达维的信提到，"中国特使现已到此，提出可以与荷兰互市，条件是荷兰人离开佩斯卡多尔列岛，居住在台员(Taywan)"。[④] 而英国第一次进入台湾更是 50 年之后的事情。因此当时英国社会缺乏了解台湾的第一手资料，例如早在 1662 年郑成功就已经将整个台湾从荷兰殖民者手中夺回。萨曼纳扎正是利用英人对此的无知，虚构台湾属于日本，并且编造故事，说一位叫马里安大奴的中国人曾从小来到日本，后深得日本皇帝和皇后的信任，但他设计害死二人并篡夺皇位。登基后第二年，他托病以需要到台湾向神祭祀还愿为由，取得了台湾国王的许可，再以类似木马计的方式控制了国王以及整个国家，使台湾成为日本的附属国。

① W. Campbell, *Formosa under the Dutch*, p. 27.

② D. F. Lach, *Asia in the Making of Europe*, vol. 2, book 2, p. 722.

③ 明天启三年(1623)，南居益为福建巡抚，打算用和平方式来解决争端，派遣特使去巴达维和荷兰总督直接交涉。

④ See *Britain and the China Trade* 1635—1842, vol. 1, selected by Patrick Tuck, London: Routledge, 20003, p. 41.

正如前章所述,十八世纪英国社会批评之风盛行,科学与文学之间充满了火药味。萨曼纳扎的"台湾人"身份自然引起了伦敦皇家学会的怀疑。该组织特别邀请洪若翰参与盘问,前后至少进行了3次。第一次估计在1703年2月2日周三,学会会员首先问洪若翰福摩萨岛的归属。洪回答说:属于中国皇帝,理由是曾有一艘英国船只遭遇风暴后搁浅在福岛海滩,幸存的耶稣会士去信给他请求帮助。洪上奏中国皇帝,皇帝下诏要求福岛居民归还人员与船只,对方照做。萨曼纳扎则认为属于日本,同时辩解说福岛并未与中国交战,漂流到沿海的船只人员理应交还,这并不能说明问题。然后萨曼纳扎问洪,希望他告诉自己中国人是如何称呼福摩萨的。洪若翰回答说,不知有它名,只知叫福摩萨,或者台窝湾(Tyowan)。萨氏然后又反问对方:"这很明显无论从我所知(当然我最清楚了),还是从一位刚去过台窝湾的先生那里所述,台窝湾实际是离我们有点远,而完全不同的岛屿;现在属于荷兰的殖民地。"[①]对此洪若翰神甫承认一无所知。萨曼纳扎又进一步告诉对方,中国人称他们这个岛叫帕堪多(Pak-Ando),这与他们土著称呼自己的岛屿"加答维"一样,都是指福摩萨岛。

洪若翰并未亲身游历台湾,他以满清朝廷的知识了解台湾,比较粗浅。台湾的称呼大约是万历年间开始于民间,直到1684年康熙将台湾收入版图,台湾正式成为整个台湾岛的称呼。[②] 萨氏需要对叙述创造一个可信的空间,他对"福岛"的了解更加细致,"帕堪多"的说法估计是来自在台湾传教近10年的干治士。干治士曾经说:"这个大岛屿土著人称为帕堪(Pak-an),或者帕堪德(Pak-ande);中国人叫大琉球;葡萄牙和西班牙人叫福摩萨。"[③]干治士的帕堪(Pakan)估计是指明朝中期后,汉族人讲的"北港",也就是指台湾。1617年的《东西洋考》中有如此说法:"鸡笼、淡水洋,在澎湖屿之东北,故名北港,又名东

① G. Psalmanaazaar, *An Historical and Geographical Description of Formosa*, p. xxxvii.

② 宋光宇:《台湾史》,北京:人民出版社,2007年,第24页。

③ W. Campbell, *Formosa under the Dutch*, p. 1.

番。”[①]因此，萨氏认为帕堪多就是福摩萨是有依据的，而其认为“台窝湾实际是离我们有点远”则纯粹是杜撰，目的是为了创造一个可信的虚拟空间，有意与人们的既有知识保持距离。

第二次盘问期间，相关部门特别邀请了伦敦皇家学会会员、哈雷彗星的精确计算者——天文学家埃德蒙·哈雷(Edmund Halley，1656—1742)，其中的细节没有详细记载，而一个过程是有记录的。保存在大英图书馆的一本《见闻》二版扉页上有以下一段铅笔写下的评注，这段文字估计是皇家学会主席、探险家约瑟夫·班克斯爵士(Joseph Banks，1743—1820)的手笔：

> 许多细节都暴露出该书对公众是一种处心积虑的欺骗。哈雷博士生前曾巧妙地问他几个问题，一切便被揭露出来，作者自取其辱。哈雷博士问在福摩萨每年的曙暮光持续时间多长，太阳直射烟囱有多久。他的见解暴露出他从来未曾去过那个岛屿。[②]

哈雷是著名的天体物理学家，他自然明白问题的答案。考虑到台湾横跨北回归线，只有在方位角时，太阳才能直射进烟囱；针对曙暮光，由于英国与台湾的纬度不同，持续的时间当然有差异。作为土著居民，萨曼纳扎理应知道这个常识。没有具体的资料证明萨曼纳扎如何即席回答了这些问题，才导致“他的见解暴露出他从来未曾去过那个岛屿”的结论，然而萨曼纳扎在第二版序言中的辩解却显得非常聪明，他说阳光亦不可能自烟囱直射而下。因在福岛烟囱并非直立，屋内排烟经过墙内的弯曲烟管而出，烟管末端直立向上，以便送烟至空中。

最后一次质询是 1705 年 6 月 13 日。在会议上有人宣读了几封来自格里菲斯 (Griffith) 先生的信，他长期在台湾岛上生活，信中内容与萨曼纳扎的描述存在许多差异。

---

① 宋光宇：《台湾史》，第 23 页。

② Richard M. Swiderski, *The False Formosan: George Psalmanazar and the Eighteenth-Century Experiment of Identity*, San Francisco: Mellen Research University Press, 1991, pp. 41, 43.

萨氏的所有言论并非全无依据，在描述福岛祭司时，他使用了番僧(bonzo)一词更增加了真实感。[1] 该词原本就是日语"坊主"。沙勿略在书信中提到这些日本番僧穿着灰色衣服，每第三或四天都要剃一次头发。[2]《见闻》中描写的"踏绘(*yefumi*)"更是日本幕府迫害天主教徒的重大历史事件。而另一些内容仅仅是张冠李戴，如"福岛男性描述"一章中有：你们要知道，中国和日本人故意将牙齿弄黑，而福岛之人却是白的。[3] 我们相信这些令欧洲人惊异的习俗的确长期在东亚存在。在明朝之前，越南有长达1000年的时间属于中国附属部分，直到十七、十八世纪与中国的交往仍非常密切。英国海盗威廉·丹皮尔(William Dampier, 1652—1715)一度活跃于南亚和太平洋地区，他出版的《新环游世界》(1697)、《游记与见闻》(1698)曾记载说在越南部分地区，"无论男孩女童都会在进入青春期后将牙齿染黑"，[4]并且有将生肉用树叶包裹进食的习俗。染黑牙齿原本在越南非常普遍，人们通过咀嚼槟榔叶子在几天内就可以使牙齿变黑。[5] 因此萨氏的一些描述也并非完全出于想象和编造。

4.《见闻》的目的性

虽为伪作，《见闻》仍与其他作品一样具有明确的创作目的。该书1704版由两个并列部分组成，首先是讲述个人皈依新教的自传，第二部分是伪造的台湾历史地理描述。1705年二版则在两部分次序上做了颠倒，并增加更多虚构内容。萨曼纳扎的轰动效应不仅反映十八世纪英国社会对东方的想象，"满足了英国人对奇异事物的热情，同时卑

---

① G. Psalmanaazaar, *An Historical and Geographical Description of Formosa*, p. 167.

② Henry James Coleridge, *The Life and Letters of St. Francis Xavier*, vol. 2, London: Burns and Oates, 1874, p. 239.

③ G. Psalmanaazaar, *An Historical and Geographical Description of Formosa*, p. 198.

④ 转引自 D. F. Lach, *Asia in the Making of Europe*, vol. 3, p. 1290。

⑤ See Peter C. Phan, *Mission and Catechesis: Alexandre de Rhodes & Inculturation in Seventeenth-Century Vietnam*, New York: Orbis Books, 1998, p. 5.

劣地迎合英国当时盛行的反耶稣会情绪”。[1] 从政治上说,《见闻》反映的思想体现了英国社会的反天主教传统,该伪作的成功也得到一批反耶稣会人士的默许。

1534 年巴黎成立的耶稣会是天主教的主要修会之一,该组织无论在宗教思想还是在政治理念上都非常保守,是整个欧洲反对新教运动的重要力量。耶稣会极力主张“教皇绝对权力”,即教皇是基督在尘世的代表;认为上帝在尘世创造了两个管理体制:一为世俗体制,另一为高于世俗的教会体制。而作为教徒心灵守护者的教皇有权约束所有基督教君王。如有必要,教皇完全可以解除任何世俗君王的政治权利。这也是英王亨利八世反对天主教,成立新教的主要原因之一。在耶稣会看来,世俗的管理权原本属于百姓,君王与百姓具有契约关系;而教皇的权力则不同,这个权力直接来自上帝。英王詹姆士一世为代表的新教政府以及支持者同亨利八世一样反对天主教。早在 1605 年 11 月,一些天主教人士趁英国国会开幕式时,企图引爆事先埋藏在地窖中的炸药,炸死英王詹姆士一世以及其他新教贵族。英国耶稣会首领亨利·加尼特(Henry Garnet, 1555—1606)事先已经知晓此阴谋,非但未通知政府,反而撰文强调其有权保持沉默,这一事件强化了英国反对天主教的情绪。此后,英国不断涌现讽刺耶稣会的政治手册,其中较为著名的有《伊那修斯与他的密会》(*Ignatius His Conclave*),该文由英国文艺复兴时期玄学诗人约翰·多恩(John Donne, 1572—1631)于 1611 年发表,讽刺那些耶稣会士的科学实践。作品反讽地展现了一幅地狱的幻境:耶稣会创始人伊那修斯·罗耀拉与魔鬼撒旦并肩坐在椅子上,听取哥白尼、哥伦布以及化学家帕拉切尔苏斯等的陈述,他们均认为自己的邪恶创新为地狱贡献不小;但在罗耀拉看来,这些小发明在耶稣会士面前却显得小巫见大巫,例如罗马学院的数学教授克莱维斯[2]所做贡献就不小,他编订的格列高利历(公历)足以让天堂和人间永不安宁。所以除了撒旦之外耶稣会的成就世间无人能及。

① J. A. Farrer, *Literary Forgeries*, London: Longman, Green, and Co., 1907, p. 91.

② Christoph Clavius(1538—1612)也就是利马窦的数学教师丁先生。

恶魔撒旦惊恐罗耀拉等人的潜能，担心地狱终有一日被耶稣会统治，于是打发这些耶稣会众去月球开发新的地狱。[①]

萨曼纳扎在《台湾历史地理见闻》中非常明确地表示，耶稣会众并不检讨自己的德行，背离教规，反而认为福岛的祭司因羡生妒，加上荷兰人排除异己，结果造成日本对天主教关闭大门。这里萨曼纳扎移植了十七世纪日本德川幕府迫害教徒的时代背景，反驳耶稣会的欺世之举，认为"其中另有隐情"，"草丛中有蛇，只有靠自己发现了"。[②] 虽然在序言中萨氏并未点出其中所谓"隐情"，却以虚构的亲身经历故事为例，说明耶稣会成员为了达到传教的目的不惜乔装改扮，混到当地居民中，以邪恶的方式诱导并欺骗当地民众。比如在《见闻》中耶稣会士狄罗德对萨曼纳扎谎称自己为日本富人后代，在 13 个兄弟中排行最小，分到的产业也最小，无奈在各地游荡，以教授拉丁语谋生。就是这番谎话让萨氏的父亲信以为真，以年薪 17 磅黄金高薪聘其为其儿子的家教。四年中，这位耶稣会修士丝毫未透露自己的天主教徒身份，只是从不进福岛的庙宇，说自己另信他教。

聘任期满临别前，耶稣会士狄罗德反复盛赞天主教国家，曰那些教徒对异国人士非常热情，若年少的萨曼纳扎日后返回，众教徒必以巨额财富赠送。此番言辞让 19 岁的萨曼纳扎心有所动。而狄罗德非常懂得欲擒故纵的道理，却马上拒绝说，将其从父亲身边带走是天理不容。这番话非但没有熄灭，反是大大提高了年轻人的好奇心。因此在某天夜里，狄罗德怂恿萨氏干了盗窃之事，让他从父亲那里偷盗了 25 磅黄金作为路途的盘缠。[③] 经过长途跋涉，两人最终来到狄罗德的故乡——法国阿维尼翁。这时狄罗德才向其坦陈自己为天主教徒，然后答应说如果萨氏愿意回家，他可以提供路途生活必需。萨氏在书中写道："这个建议口是心非，他无意履行，后来的事实也证明如此。因

① Evelyn Simpson, *A Study of the Prose Works of John Donne*, Oxford: Clarendon Press, pp. 181—190.

② G. Psalmanaazaar, *An Historical and Geographical Description of Formosa*, p. xxxv.

③ G. Psalmanaazaar, *An Historical and Geographical Description of Formosa*, p. 12.

为他知道，倘若回到祖国，他会一无所获，而他希望我能留下来，皈依他们的宗教。”萨曼纳扎这部伪作的讽刺是深刻的。狄罗德是早期耶稣会士的缩影，影射了范礼安、柏应理、干治士等耶稣会士以不正当的方式，如欺骗、怂恿别人偷窃家中财产，然后将东方青年带到欧洲，做出了严重背离教规的丑行。目的是“为他自己取得更大的荣耀，甚至放风出去说我[萨曼纳扎]是国王之子——真是天晓得”。[①]

萨曼纳扎不仅反对耶稣会的政治与宗教主张，而且反对他们所代表以及推广的科学理念。耶稣会众远非单纯意义上的传教士，而是以自然哲学武装起来的学者，其成员大多是数学、天文和地理等科学家。最近几年的研究成果更加说明耶稣会众在自然科学，艺术史以及教育学等领域的突出地位。[②] 与前人不同，耶稣会成员在传教中特别注重发挥自己的自然科学专长。在清朝的中国，“十七世纪中叶以来，受过良好教育的耶稣会科学家担任了钦天监的职务，逐渐参与朝政。为了强化天主教地位，他们教授数学，参与监造炮台，协助与沙俄的外交谈判，绘制中国地图”。[③]

在利马窦等耶稣会士的影响下，一些明清时期的科学家纷纷接受洗礼，如崇祯时期担任文渊阁大学士的明代科学家徐光启，以及担任工部外郎的李之藻等。耶稣会士去世界各地传教前均需接受系统的科学培训。根据学者史景迁的研究，这些耶稣会修士必须学习“天体星球数量以及运动状况、星象多角度观测、星球因相合相斥造成的相互影响……一年级学生需要在 4 个月内学习欧几里得《几何原本》前 4 册；一个半月学完实用算术；两个半月学完行星运行，2 个月完成地理，假如尚有剩余时间则学完欧几里得的 5、6 册。二年级学生要在 2 个

① G. Psalmanaazaar, *An Historical and Geographical Description of Formosa*, p. 16.

② 可参见 Mordechai Feingold, ed., *Jesuit Science and the Republic of Letters*, Cambridge: The MIT Press, 2003 以及 John W. O'Malley, S. J. et al., eds., *The Jesuits II: Cultures, Sciences, and the Arts* 1540—1773, Toronto: University of Toronto Press, 2006。

③ Thomas Worcester, ed., *The Cambridge Companion to the Jesuits*, Cambridge: Cambridge University Press, 2008, p. 173.

月内学习测量天体运动的星盘，4 个月学习天体理论，3 个月完成光学，剩余时间学习钟表制作和教会计算法。成绩优异者进入 3 年级自主学习，包括天体高级物理学习，制作万年历，星象表，使用象限仪等”。[①] 像洪若翰、李明这样的 6 位耶稣会成员全部以法国路易十四“国王御用数学家”的身份到达中国，他们带着科学仪器、年俸和国王下达的“改进科学和艺术”的敕令扬帆东来。在美洲的印第安村落，“德阿科斯塔神父还用典型的西属美洲的叙事风格撰写了一部具有神奇色彩的游记，于 1590 年发表过《印第安人的自然与风俗史》一书”，[②] 这是历史上早期最重要的比较人种学著作之一。

我们不妨将萨曼纳扎的这部伪作理解成以虚构与幻想为特色的文学对求真务实的科学的又一反击。萨曼纳扎虽然没有如其他耶稣会传教士亲自登上福摩萨，但他一时取得的真实可信度远远超过这些科学家兼传教士的科学报告。《见闻》基本按照耶稣会士惯常内容结构为蓝本，编撰台湾风情。倘若对照葡萄牙耶稣会士曾德昭(Alvaro Semedo, 1585—1658)的《大中国志》(1655 年英文版)就可以看出两者内容的相似性。《大中国志》包括中国总述，他们的服饰，中国的语言文字、科学特别是艺术，中国人的礼节仪式，中国人的宴会，他们的婚姻，中国人的丧葬，中国的教派等章节；同样，萨曼纳扎在《见闻》中罗列了：地理概况(1 章)，各阶层男女服饰(19 章)，语言文字(30 章)，学术艺术(36 章)，社会礼仪风俗(17 章)，饮食起居方式(28 章)，婚姻礼俗(12 章)，殡葬礼俗(13 章)，宗教信仰(4 章)等内容。[③] 传统耶稣会书简或者报告集往往是作者数年，甚至几十年在异域经历的积淀，需耗费很长时间进行修改和出版，但《见闻》不同，萨氏在短短的两个月内便完成了创作。其中涉及大量异域信息竟在如此短时间内合成，并且取得了巨大社会影响力。这正说明科学进步的同时，想象力文学

① See Jonathan D. Spence, *The Memory Palace of Matteo Ricci*, New York: Penguin Books, 1985, p. 143.

② 参见彼得·哈特曼:《耶稣会简史》，谷裕译，北京：宗教文化出版社，2003 年，第 43 页。

③ 参见曾德昭:《大中国志》，何高济译，上海：上海古籍出版社，1998 年以及《见闻》。

在与之争夺社会支持。伦敦皇家协会组织耶稣会成员以及部分科学家先后进行了三次质询，然而结果显然没有推翻萨曼纳扎的虚构。在一定时期内，《见闻》超越了科学辩正，取得了科学暂时无法涉足的广泛认可。两个英文版之后，相继有2个法语和2个德语版本面市，甚至到了1739年仍有法语译本出版，而1808年更有权威的学者将《见闻》定性为关于台湾的权威作品，而且肯定他是出生于此。[①]

《见闻》这部伪作不仅给萨曼纳扎带来了读者的轰动效应，而且有同时代名人的支持和尊重。约翰逊博士的传记作者约翰·霍金斯爵士(John Hawkins, 1719—1789)曾经说，萨曼纳扎"凭借着自己非凡的学识和天赋，机敏地躲过了多次揭穿他作伪的企图，但是晚年之后他成为真诚的忏悔者，……他在邻里中非常出名，而且倍受尊重，霍克斯沃思博士(Dr. Hawkesworth)有一次对我说，任何人，甚至孩童在路上遇见他时都会敬重地向他致意"。[②] 詹姆斯·博斯韦尔首次遇到约翰逊是在1763年5月16日，而萨曼纳扎早在13天前已经去世，他在《约翰逊传》中记述说约翰逊博士"非常尊重乔治·萨曼纳扎"，并且"过去时常与他一起去城里的酒吧坐坐"[③]，思瑞尔夫人(Hester Thrale, 1741—1821)是约翰逊博士的密友，她在日记中证实说："约翰逊博士认为萨曼纳扎是他认识的人中最好的。"[④]萨曼纳扎在去世后的十多年仍然是一些作家热议的对象，著名作家贺拉斯·沃波尔在1777年2月17日写给友人梅森(William Mason, 1725—1797)的信中，将他与另一位天才伪作家查特顿进行比较，说："独萨曼纳扎一人在才气

① Rodney Needham, *Exemplars*, Berkeley: University of California Press, 1985, p. 88.

② John Hawkins, *The Life of Samuel Johnson, LL. D.*, ed. O. M. Brack, Jr., Athens: University of Georgia Press, 2009, pp. 329—30.

③ See Sir Leslie Stephen and Sir Sidney Lee, *The Dictionary of National Biography*, vol. 16, Oxford: Oxford University Press, 1917, p. 440.

④ Katharine Balderston, ed., *Thraliana: The Diary of Mrs. Hester Lynch Thrale (Later Mrs. Piozzi)*, vol. 1, Oxford: Clarendon Press, 1951, p. 460.

上就已经超越了查特顿。"[①]一年之后的5月23日，他又给友人比利(William Bewley)写道："总之，我相信再也没有像萨曼纳扎这样才气卓绝之人，他能在22岁前创造出一种语言，使得整个欧洲的饱学之士虽有怀疑却无法察觉。"[②]

5. 伪作对名作的影响

十七世纪欧洲兴起的东方虚构思想对现代小说发展具有推动作用，正如康南特所说："在十七世纪中叶，一些虚构的东方英雄传奇，如斯居代里小姐 (Madeleine de Scudery, 1607—1701)和其他一些人的创作，被翻译出来并获得巨大反响。这些英雄传奇在十八世纪被重印，形成了这两个时期中小说的重要联接。"[③]以台湾为背景的《见闻》为同时代的英国小说提供了不少可借鉴之处，这不仅由于《见闻》是建立在部分历史真实之上的虚构，这与该时期小说所标榜的真实具有相同的功用，更重要的是细节的真实铺垫了更大的虚构。

《见闻》虽未对中国文化进行正面抨击，却在怀疑论背景下对异域文化提出了质疑。这些缺乏事实根据的质疑往往建立在欧洲中心论上，或者站在基督教至上论的基础之上，认为基督教之外的文明均是野蛮社会。而无论是亚洲还是美洲的，野蛮社会中基本都曾存在生食人肉的现象。这种原本基于歪曲想象的所谓"见闻"却鼓励了《鲁宾逊漂流记续集》(1719)在诋毁中国文化中浅浅地试了一脚。笛福没有了解亚洲文化的直接证据，却是基督教至上主义者和欧洲中心论者。他认为只有基督教美德才能让野蛮人开化，而尊崇祖先的中国人都在搞偶像崇拜，他们的宗教都集中在孔子理论中，这种神学实际是政治、道

---

① See Rev. J. Mitford, ed., *The Correspondence of Horace Walpole, Earl of Orford and the Rev. William Mason*, vol. 1, London: Richard Bentley, 1851, p. 266.

② R. M. Swiderski, *The False Formosan: George Psalmanazar and the Eighteenth-Century Experiment of Identity*, p. 248.

③ Martha Pike Conant, *The Oriental Tale in England in the Eighteenth Century*, New York: The Columbia University Press, 1908, pp. xxi—xxii.

德和迷信的大杂烩,[1]这方面根本比不上台湾。台湾由于有基督教,而"基督教总能使人们文明进化,进而调节人们的行为"。笛福与萨曼纳扎属于同一类别,他们都具有明确的虚构目的和民族偏见,然后从外在材料中有针对性地选择对自己有用的谎言素材。同时他们比较肤浅,因为并没有身临其境,并不真正了解中国和其他亚洲地区,所以也很容易露出马脚,例如笛福将南京当成是中国最北端的"海港"。[2]

相比之下,斯威夫特从萨曼纳扎得到更多的虚构素材。1722 年斯威夫特开始创作《格列佛游记》之后,在书信中谈到自己正"另外研读许多关于历史和游记的书"[3]。我们相信这本《台湾历史地理见闻》的伪作第二版应该就在其中。《格列佛游记》的四个部分中,第三章"飞岛"是最后完成的内容,大约跨越了 1724 年 4 月和 1725 年,[4]因此在 1729 年的《一个小小的建议》(以下称《建议》)中,他称自己"受了那个出了名的台湾岛人萨曼纳扎的启发。约在二十年前,那个人从他本土来到伦敦,在交谈中对我那朋友说,在他本国,如有青年人被处死刑,刽子手就把犯人尸体当作一种珍馐美味卖给王公贵人;还说,当时有一个十五岁少女因为图谋毒死皇帝而被处磔刑。她那肥胖的身体挂在刑架上,肉给一片一片割下来,卖给万岁爷的宰相和其他宫廷大员,一共卖了四百克郎"。[5]

台湾和爱尔兰都是岛屿,有一定的可比性,于是斯威夫特认真地提出建议。在他看来贫困的爱尔兰孩子卖给有钱人品尝也未尝不可,

---

① See Daniel Defoe, *Serious Reflections during the Life and Surprising Adventures of Robinson Crusoe*, London: W. Taylor, 1720, p. 126.

② Daniel Defoe, *The Farther Adventures of Robinson Crusoe*, London: W. Taylor, 1719, p. 245.

③ See Harold Williams, ed., *The Correspondence of Jonathan Swift*, vol. 2, Oxford: Clarendon Press, 1963, p. 430.

④ See Irvin Ehrenpreis, *Swift: The Man, His Works, and the Age*, vol. 3, Cambridge: Harvard University Press, 1983, p. 444; and R. Quintana, *The Mind and Art of Jonathan Swift*, p. 315.

⑤ See Claude Rawson and Ian Higgins, eds., *The Essential Writings of Jonathan Swift*, New York: W. W. Norton, 2010, p. 298.

因为萨曼纳扎这个所谓“土著”就曾经多次提及过。吃人肉的习俗并未在《见闻》头版中出现，而是第二版中萨曼纳扎特地增加的素材。虽然我们一时无法断定斯氏是否看过第一版，但是仔细研读过第二版是肯定的。这本书为其提供了描写荒蛮社会的舞台，产生了更多联想。萨氏在第二版中如此写道：

> 福岛人也吃人肉（如今我已知这是野蛮行径了），除了吃被俘虏被杀的敌人之肉，也吃被处死刑的罪犯，而罪犯的肉一般视为佳肴，价格比其他稀有美味肉品贵上三倍。买死刑罪犯的肉要找刽子手，因为依法，行刑者的尸体乃是刽子手的薪酬。受刑者死后，他便将尸体分割，放掉尸血。他的家于是变成肉铺，买得起的人便可上门光顾。我记得约十年前，一名十九岁的丰腴、漂亮、美肤的高个子小姐被处死。她本是邦主夫人的梳妆女侍，因为计谋毒死邦主而被判了叛国罪，依法要受最残酷的死刑。因此她被钉上十字架，每当她痛得晕过去，执刑者就给她灌烈酒，尽量拖长她受苦的时间。钉至第六天，她死了。长久的疼痛，加上她年轻肉嫩，使她的尸肉又柔韧又美味，价钱卖得极贵，达到八它伊娄(Taillo)的好价钱。买者争先恐后，连富贵人家都未必抢购得到。①

《见闻》启发远远不止一处，如果说东方的一夫多妻制度在欧洲并不陌生，我们无法判断斯氏所说“留下两万（婴儿）做配种……一雄配四雌”是否受到《见闻》的启发，然而萨氏的确在“婚姻习俗”中有，“神许可男子——世俗男子——娶多位妻子。（福摩萨人的妻子与英语所说的妻子意义不尽相同，贵国指的是共同治家的同等地位者，福岛却视之为奴隶。）因此福岛男子有娶三、四、五、六名妻子不等者”。②

不过，阅读过《建议》的读者有一个印象，斯威夫特在整篇文章中对数字概念非常敏感而小心，这不是一个巧合，例如《建议》结尾中的

---

① 撒玛纳札：《台湾历史地理见闻》，第164—165页。

② 同上书，第97页。

“九”就是深刻理解整篇内涵的钥匙，当然这一点对当时的读者并不困难，因为《见闻》的内容已被世人熟知。斯威夫特在结尾中说：“此番建议出于我真心，绝非个人私利……我现在没有可以赚钱的[9岁以下]孩子，因为我的子女最小的一个已经九岁，所以不能拿出去赚钱”。[①]对“九岁”的强调影射出《见闻》中以9岁童男童女祭祀异教神灵的可怕习俗，萨氏在“福岛宗教”一章中说，有两位哲人来到都城附近的山上，告诉人们神的旨意，即要求福岛之人建座神坛，在那里要焚烧2万名9岁以下儿童的心脏。当神坛建好后，这个‘神’化成牛，然后告诫人们将一年分为10个月，以后新年第一天都要献上9岁以下男童的心脏18000个。[②] 很显然，斯威夫特对数字的处心积虑是希望借助萨氏，引导读者将当时的岛国爱尔兰与异教的岛国福摩萨进行类比，将残暴的英国剥削者比作台湾那里可怕的邪神。

《格列佛游记》(1726)的第三部分“飞岛”也不时围绕着萨氏的“福摩萨岛”：1707年4月格列佛抵达印度马德拉斯，然后转道越南东京，在那购买了单桅帆船再次出海，遭遇风暴后，船只连续5天朝东北方向漂移，然后再朝东航行。最后被海盗劫持，日本海盗船长给了他一艘独木舟任其漂流；格列佛朝东南偏南方向航行了5天后在一座较大的岛屿登陆。[③] 虽然斯威夫特并没有说明这座较大岛屿具体的地理位置，然而他本人却读过海盗丹皮尔的《新环游世界》1698年版本，[④]当然清楚自己在指代什么，而且读者很容易把这里的飞岛与“福摩萨”以及附近岛屿联系起来。

在《格列佛游记》中，格列佛随后登上了这座飞岛。这座直径4英里半的飞岛仿佛是所罗门的魔毯，毫不在乎相隔千山万水。然而哪怕

① Rawson, Claude and Ian Higgins, eds. *The Essential Writings of Jonathan Swift*, New York: W. W. Norton, 2010, p. 301.

② G. Psalmanaazaar, *An Historical and Geographical Description of Formosa*, pp. 153—158.

③ J. Swift, *Gulliver's Travels*, pp. 141—142.

④ Brean S. Hammond, "Swift's Reading," *Reading Swift: Papers from the Fourth Munster Symposium on Jonathan Swift*, Muchen: Wilhelm Fink Verlag, 2003, p. 141.

飞到拉嘎多（Lagado）再越过美洲，最后仍落到一座东方岛屿之上。斯威夫特说有这么一座长生不老之岛，叫拉格纳（Luggnagg），“位于日本东南部相距 100 里格，日本皇帝与拉格纳国王具有同盟合作，因此两岛之间常有航路”。[①] 这座岛屿的部分居民可以长生不老，整个王国大约有 1100 名这样的老寿星(Struldbrugs)，而首都就占了 50 名。[②] 斯氏不明说拉格纳就是伪作中的“福摩萨”，也不敢妄称它在日本统治之下，而萨氏在《见闻》中的确说过“百岁以上的老人而无任何病痛者，在福岛很常见”。[③]

不仅如此，格列佛觐见拉格纳国王也带有典型的中国宫廷传统，是中国特有的三跪九叩。斯用惯用的讽刺口吻说，“去舔国王脚凳前的土，这就是宫廷的习俗”，然后是“双膝跪着，然后用我的前额叩地七次”。[④] 我们不能嫌弃斯威夫特的笨拙，也不应嘲笑一向对数字敏感的讽刺大师搞错了次数，毕竟“kowtow”（磕头）先有概念描述，直到 1802 年选定这个中文的发音成为英语单词。萨氏在那本伪作中早有说明，恐是斯威夫特在此基础上的戏讽延伸。《见闻》这部伪作说，福岛人“有特殊的习俗，令一些人喜欢，而让其他人不快：首先是他们将帝王敬如神灵……百姓见他之前都要双膝跪地，匍匐于地面去膜拜他，然后才能起身仰望他”。[⑤]

向皇帝磕头的习惯无论对萨氏还是斯威夫特可能印象深刻，自中西交流以来，磕头是争议最大的中西方礼仪之一。利马窦说，在一些严肃的场合，作揖之后还要双膝跪地，以前额触地。[⑥] 西方人对中国这一特殊礼仪偶有零星记载，由于不熟悉东方的繁琐礼仪，甚至导致外交纠纷以及使节外交失败。在萨氏之前最著名的案例是俄国特使拜可夫(Feodor Iskowitz Backhoff)。这位使节于 1656 年到达北京。当

① J. Swift, *Gulliver's Travels*, p. 180.
② Ibid., p. 193.
③ 撒玛纳札：《台湾历史地理见闻》，第 157 页。
④ J. Swift, *Gulliver's Travels*, pp. 190—191.
⑤ G. Psalmanaazaar, *An Historical and Geographical Description of Formosa*, p. 191.
⑥ M. Ricci, *China in the 16th Century*, p. 60.

他要求觐见康熙皇帝时，清朝大臣事先告知，要求其行磕头大礼，拜可夫却拒绝这一礼节，并且辩称："我们没有跪拜的习俗，甚至对我们的沙皇也仅仅是脱帽鞠躬。"[①]英国社会真正了解中国叩拜习俗的外交礼仪已经晚了约一个半世纪。1793 年，英国外交官马戛尔尼伯爵(George MaCartney，1737—1806)以专使身份率领使团来华，为觐见乾隆皇帝的三跪九叩这一礼节颇费周折。他在 1793 年 9 月 10 日的日记中写道："我已经回答过了，那些场合中国人习惯跪拜，而我只能单腿跪地。"[②]乾隆帝最终允许马戛尔尼从其本俗，但却婉拒其缔结通商的要求。

《格列佛游记》第三部分的最后一站是日本，这里没有三跪九叩的礼节，但是在日本却需要更特殊的仪式以分辨并驱逐天主教徒。日本在德川幕府时代起对天主教徒进行迫害，在荷兰人的帮助下，日本从 1631 年起首先在长崎港施行踏绘，以后蔓延到日本各地，以隔离、辨认这些教徒。踏绘就是将事先刻有圣母玛利亚，或者是耶稣像的木板或铜板放在地上，让每个人去踩，教徒自然誓死也不会如此践踏这些圣物。有些学者完全忽略了《见闻》这本伪作的影响力，转而求其他一些不可靠的来源，认为荷兰东印度医生、德国人堪普佛(Engelbert Kaempfer，1651—1716)提供了斯威夫特关于日本的这些信息来源，事实上，堪普佛的《日本史》英文译本出版于 1727 年。斯威夫特在 1725 年 8 月前就已经基本完成了《格列佛游记》的全部内容，并于 1725 年 10 月 28 日前后以 2 卷本形式出版。[③] 因此，《格列佛游记》所叙述的内容比堪普佛的《日本史》至少早一年。有学者牵强地宣称斯

---

① 西方没有三跪九叩之礼，故历来对东方的这一习俗无法适应，曾经酿成多次外交灾难，有学者追溯到公元 713 年的唐代，西藏扎西地区的使者曾献上骏马，但却拒绝磕头，险被处斩。See Henry Yule, *Cathay and the Way Thither*, vol. 1, New Delhi, Munshiram Manoharlal Publishers Pvt. Ltd, 1998, p. 90; and See Awnsham & John Churchill, eds., *A Collection of Voyages and Travels*, New Delhi, AES, 2007, p. 494.

② J. L. Cranmer-Byng, ed., *An Embassy to China: Being the Journal Kept by Lord Macartney during His Embassy to the Emperor Ch'ien-Lung*, London: Longmans, 1962, p. 119.

③ I. Ehrenpreis, *Swift: The Man, His Works, and the Age*, vol. 3, p. 444, p. 497.

氏看过《日本史》英文翻译的手稿，[1]然而这一断言缺乏依据，毕竟不令人信服。

从上面所述，我们完全可以断定斯氏看过《见闻》第二版，而这本伪作早已如实描写了日本的踏绘这一历史事件，“后来荷兰人就说，为了要证实他们不是十字架人，不信葡萄牙人的教，他们请求面谒日皇，以便教他一个屡试不爽的办法……即陛下令各海港市镇制作十字架，凡有外人入境，必须向十字架掷物、吐痰，并予以践踏……如此必可测出其真实身份”。[2]《见闻》第一版开头部分就使用了“trample upon the Crucifx”这样的字眼；在第二版第三章“福岛政府的形成”一文中，萨曼纳扎对此再次进行了引申。[3] 这正与《格列佛游记》202 页“trampling upon the Crucifix”的字眼及其内涵完全一致，这绝非是一般性巧合。

让我们以斯威夫特的语言来解释萨曼纳扎这类伪作为何有如此巨大的影响力，这样我们就能够深刻体会到伪作与名作之间并非有明显的人为界线：

> 正如最粗劣的写手都有自己的读者，最伟大的谎言家也有他的信仰者；时常有这样的情况发生：一则谎言只要被相信一小时就可以达到目的……虚假飞逝之后，真理才蹒跚而来；当人们意识到骗局后，却一切为时太晚，成功已获，影响已扩。[4]

---

① 转自 R. Markley, *The Far East and the English Imagination, 1600—1730*, p. 255。

② 撒玛纳札：《台湾历史地理见闻》，第 213 页。

③ 1705 年《见闻》二版正文 15 页有如此说明：That none of the Kings shall suffer a Christian to live in his country, but every one of them shall keep Searchers, or Centinels in the several Sea Ports, who shall try all Foreigners, as soon as they arrive in the Harbours, whether they be Christians or no, by this test, of trampling upon the Crucifix; which test was chiefly design'd against the Papists, who worship the Crucifix, and therefore dare not trample upon it: But as to other Foreigners who do trample upon the Crucifix, the Governour is to grant them a Pass to travel through all the cities under his Dominion, provided they are not above Twenty in number.

④ Jonathan Swift, The Examiner and other Pieces Written in 1710—11, 转引自 Justin Stagl, *A History of Curiosity: The Theory of Travel 1550—1800*, London and New York: Routledge, 1995, p. 207。

当然，我们必须看到萨曼纳扎的这部伪作毕竟是大部分建立在虚构材料的基础之上。虚构不仅是所采用的资料在很大程度上属于道听途说，而且许多内容仅仅依靠幻想，这种现象并不局限于萨曼纳扎，他仅仅是这个时代突出的代表而已。在欧洲殖民主义思想盛行的时代，对异域的想象摆脱不了这个时代的烙印。在《台湾历史地理见闻》中，萨曼纳扎完全混淆了台湾的归属问题，这是欧洲那个时代的错误。他们将台湾看作是一个乌托邦社会，缺乏对其历史和地缘政治的了解，这种思想不无例外地暴露在这部伪作中。所以揭露这部伪作，对了解欧洲殖民史以及其根源具有积极的政治意义。

第四章

伊卡洛斯之翼——麦克弗森的伪史诗

1761年《芬格尔》第一版开篇“致读者”(Advertisement)只有短短的263个字,其中“译者”(translator)一词出现4次,首字母大写的“原作”(Originals)出现3次。詹姆士·麦克弗森无非想通过这一对应关系强调自己的译者身份,而“原稿将存放于某一公立图书馆,以避免这一古老的天才丰碑之作遗失”。[①] 他所谓的原稿从头到尾都是个模糊概念,而完整的原稿根本没有出现。对此约翰逊博士始终不屑一顾,这位文坛巨擘曾经说,麦克弗森“从旧歌谣中摘抄一些姓名、故事情节和短语,甚至某些片断,然后将此混杂于自己的创作中,这就是他留给世人所谓的古诗译本”。[②]

约翰逊的这番论断基本总结了《奥西恩诗集》(*Poems of Ossian*)[③]这本伪作的创作实质。事实上,《奥西恩诗集》全部39个标题章节中,有28个(72%)无法从真实的盖尔语文学中找到对应内容,剩余11个(28%)章节与16个不同的盖尔语民谣具有类似之处,但存在“渍墨窜旧史”的现象。按此推断该诗集应属麦克弗森本人独创。近年来的学术研究结论基本驳斥了麦克弗森,他既不是《奥西恩诗集》的译者,也非编辑者,而是作者;2009年,学者柯利再次强调,“整部《奥

---

① J. Macpherson, *“The Poems of Ossian” and Related Works*, p. 32.

② G. B. Hill, *Boswell's “Life of Johnson”*, vol. 5, p. 242.

③ 此诗集曾有《莪相集》的译名,然而汉字“莪”与英文发音差异较大;其次,“莪”的汉语意义单一,易引起误解,本文采用陆谷孙主编《英汉大词典》2版的译名。狭义的《奥西恩诗集》是指1765年第三版时,麦克弗森将1761年出版的《芬格尔》与1762年出版的《帖莫拉》合并成一本《奥西恩诗集》,而广义的《奥西恩诗集》还包括1760年出版的《搜集于苏格兰高地的古诗片段》。本文采取广义模式研究该作品。

西恩诗集》基本是麦克弗森自己的原创”。[1]

1.《奥西恩诗集》的创作

1760年6月，一本匿名出版物在苏格兰首府爱丁堡揭开了《奥西恩诗集》的序曲，该书名曰《搜集于苏格兰高地的古诗片段，译自苏格兰盖尔语》（以下称《片段》）。这本70页左右的小册子包含了15篇短小且长度不一的散文体作品，书名副标题宣称“译自苏格兰盖尔语（Galic or Erse Language）”。扉页没有出现译者或搜集人姓名，除出版者署名外仅引用了古罗马诗人卢坎（Lucan，39—65）《内战记》（*Pharsalia*）第一章中的三行：“与你们一样，凯尔特的巴德（Bard），让英勇的武士激情满怀/那些在战场牺牲的勇士，让他们在歌声中永恒”。[2] 扉页引用古罗马诗人的拉丁警句在新古典主义时期司空见惯。毫无例外，该警句与作品内容有一定关联，为读者提供了联想性暗示，即这位匿名“译者”欲将苏格兰的凯尔特文明提高到与古罗马文明并驾齐驱的地位，至少期望读者在两者之中寻找到契合。

《片段》前两篇讲述了公元3世纪的苏格兰武士希尔瑞克（Shilric）追随部落首领芬格尔（Fingal）外出征战，恋人温薇拉（Vinvela）在守候其归来的忧郁中死去。部落中唯一从战争中幸存下来的希尔瑞克游荡于荒原，唤起了温薇拉的幽魂。第二首开头有这样的内容：

> 我坐在满是绿苔的山泉旁；在那风儿掠过的山头。树儿在头顶窸窣作响。黝黑的山溪翻卷过荒原，下面是湖水动荡。鹿群从山中踱步而下，远方却没有猎户的身影，也听不到牛群的低哞。日当正午：周围却是一片死寂。我孤寂地坐着，内心伤痛。你会来吗？我的爱人！踯躅于荒原的人。在我的身后，你的长发在风

---

① Thomas Curley, *Samuel Johnson, the Ossian Fraud, and the Celtic Revival in Great Britain and Ireland*, Cambridge: Cambridge University Press, 2009, p. 23.

② 原文是：*vos quoque qui fortes animas, belloque peremtas/Laudibus in longum vates dimittitis aevum,/Plurima secure fudistis carmina Bardi.*

> 中飘荡；在这景致面前，你胸膛起伏；你双眼满含泪水，为了你的那些朋友，而他们早已被山峦的浓雾所掩盖。我会安慰你，我的爱人，将你带到你父亲的茅屋。
>
> 那是她吗？出现在那里？像荒原的一道光芒，明亮如秋夜的皓月，又如夏日风暴中的太阳。她说话了：但是嗓音却如此虚弱，像微风抚过池塘的芦苇。你听：你从那战争中平安回家了吗？你的那些朋友安在，我的爱人？我听说你战死在山岗；我听说了，我为你而哀伤，希尔瑞克。
>
> 是的，我的恋人，我回来了；我们部落唯一的幸存者。我再也见不到他们，已经在平原为他们建了坟墓。可你为何在这荒凉的山中，独自一人在这荒原？[①]

哀婉的气质融合于粗犷的自然景致中，这缕感伤的情愫扣响了整个英国文坛，苏格兰爱丁堡文学界更是如获至宝。自1707年两个各自独立的国家地区合并以来，苏格兰失去了自己的独立议会。这使得苏格兰无论在经济、政治和文化方面与英格兰之间摩擦不断，特别是1745年苏格兰起义失败后，苏格兰人始终生活在对方的阴影之下。法律不允许苏格兰人携带武器，甚至不能穿自己的民族服装(tartan)。这些《片段》的"发现"让苏格兰人找到了比英格兰历史更悠久的文化遗产，更令爱丁堡学术界欣喜若狂。当时伦敦对中世纪英格兰本土文学的了解基本围绕在十四世纪的乔叟，而且相关研究刚刚起步，更早的英格兰古代文学则尚不为人所知。《片段》所描绘的凯尔特武士具有勇敢、高傲、富有同情心等优秀品质。这些完美的人物刻画极大地点燃了苏格兰人民的民族火焰。在南方，配合着十八世纪中期人们对英伦远古历史的渴望和诉求，文坛著名的《君子杂志》在《片段》发表当月便迫不及待地刊载了其中两段译文。爱尔兰政治家埃德蒙·伯克(Edmund Burke，1729—1797)在《世界大事年鉴》(*Annual Register*)

---

① James Macpherson, *Fragments of Ancient Poetry, Collected in the Highlands of Scotland and Translated from the Galic or Erse Language*, 1760, Dundee: Clarsach Publications, 1979, p. 16.

中也引用了其中三篇译作，非但对其真伪毫不在意，反而对作品的魅力大加赞赏。[①]

早在《片段》出版前的5个月，隐藏作品背后的“译者”麦克弗森便将其中两篇所谓“译文”寄送著名的苏格兰历史学家大卫·达尔林普尔爵士(David Dalrymple, 1726—1792)。这两篇散文体“译作”很快在伦敦的文学名人群中传阅，如贺拉斯·沃波尔、托马斯·格雷、托马斯·渥敦(Thomas Warton, 1728—1790)、威廉·申斯通(William Shenstone, 1714—1763)等，众人无不对此称奇。1760年4月，诗人格雷在给沃波尔的信中激动地说：

> 我对这两篇盖尔语的译作非常痴迷，禁不住要打搅您，想多了解一些情况，并且希望看看几段原稿的诗歌，以便对语言、韵律以及节奏做进一步了解。您对这位作者(抑或是几位)是否有所了解？他们可能是哪个时代的古人呢？[②]

格雷想看原稿，这原本是其对凯尔特文学痴迷已久。格雷最初的兴趣来源于对诗歌押韵起源以及威尔士古巴德诗人的研究。在伦敦时，格雷先后结识了威尔士古文物学家、诗人路易斯·莫里斯(Lewis Morris, 1702—1765)，以及当时威尔士著名的盲人竖琴师约翰·帕里(John Parry)。在两人的启发下，格雷经过一段时间的潜心研究后认为，凯尔特文明之下的古诗词(如威尔士诗歌)并非如常人所想象的那么鄙俗，相反这些诗歌“看起来在多样性和精确性方面完全可以与最具灿烂文明的作品相媲美”。[③] 在《片段》出版后的半年间，格雷多次在书信中提及这部作品，一方面表现出欲深入了解作品本源的急迫心情，以及对作品内在风格的浓厚兴趣；另一方面，对其真实性摇摆不定。6月20日，格雷又去信渥敦：

---

① T. Bailey Saunders, *The Life and Letters of James Macpherson*, London: Swan Sonnenschein & Co., 1894, p. 82.

② T. Gray, *Correspondence of Thomas Gray*, p. 664.

③ See William Powell Jones, *Thomas Gray, Scholar: The True Tragedy of an Eighteenth-Century Gentleman*, New York: Russell & Russell, 1965, p. 91.

> 我对这些诗歌非常着迷，据说是从古苏格兰高地语翻译过来的译本(用散文体意译而成)，由一位生活在高地的年轻牧师麦克弗森翻译。假如认定是古旧之作的话，他打算把这些古老的作品以集子的方式出版。不过让我头痛的是，我无法确定这一点。那时一下子被其中无限的美感所震撼，甚至欣喜若狂(extasie)，我不断去信苏格兰问询……①

格雷的这番狂喜心情与其早期创作有一定关联，他希望从《片段》中找到一些佐证，进而印证自己先前作品的合理性。早自1755年起，格雷便断断续续开始创作古老凯尔特文化的诗歌《巴德》(*The Bard*, 1757)。所谓"巴德"是指凯尔特文化中非常独特的一类游吟诗人，他们通过创作诗歌来歌颂民族英雄的伟大事迹，或者重大事件。《巴德》一诗以英格兰国王爱德华一世(Edward I, 1239—1307)征服威尔士、苏格兰，并残酷杀戮凯尔特巴德诗人为背景。格雷在诗歌中设置了巴德这一叙事人物，在命运上与《片段》中的苏格兰武士希尔瑞克有些许共同之处。他们都是本部族战争中的唯一幸存者，而且都在诗中哀叹部族死去的亡灵。《巴德》有一段描写诗人站在威尔士康威河旁的崖壁之上，诗歌如此写道：

> 那儿有一块巨石，它那巍峨的崖壁，
> 眉头紧蹙地面向康威河中翻滚的河水。
> 诗人一身灰色的丧服伫立此地，
> 一双凹陷的眼睛，哀伤丝毫未退。
> 散乱的胡须，灰白的乱发，
> 如流星飘向凝重的天涯，
> 用那娴熟的双手，先知的热情，
> 他拨响了竖琴的乐音……②

---

① T. Gray, *Correspondence of Thomas Gray*, pp. 679—680.

② Roger Lonsdale, ed., *The Poems of Thomas Gray, William Collins, Oliver Goldsmith*, London: Longman Group Limited, 1969, p. 185.

不过,格雷这一凯尔特历史题材的作品并未立刻引起广泛关注。或许他是长期生活在剑桥大学的学者,书本知识影响了他在诗歌中对凯尔特文明的描写,所以凯尔特文明的鲜活性、独特性在其诗歌中并不典型,仅仅是个叙述的影子。更可能是读者对偏僻的苏格兰、威尔士风土人情缺乏了解,无法提起分析、评论的兴趣。尽管如此,这首诗的文学史意义远大于内容本身。格雷生活在十八世纪"约翰逊时代",但却开始背离文学的理性法则,通过历史题材走入想象力、激情的浪漫主义殿堂。

古今之战后期,杨格在《论独创性作品》中虽然批判摹仿的三个不良影响,但是同时也肯定"摹仿必然是多数作家的命运,而且常常是光荣的命运。倘若文学领域闹了"创造"的灾荒,我们就得像约瑟弟兄几个一样出门乞食,只得造访远古却富有的古人"。[①] 事实上,无论是摹仿性还是独创性作家,只要讴歌英雄或者撰写冥冥之中的超自然事件,这些十八世纪作家多少都需要求助于远古历史或者是异域之地。只有在远离理性思想的那块乐土之上,作家的想象力才不会被实用主义和理性所侵扰。由此可见,十八世纪想象力奇特的作品只能深幽、自闭于远古的囹圄,这从一个侧面窥视出作家对诗歌未来题材的忧虑。

格雷在《巴德》出版后 4 个月去信友人梅森。谈到古代历史主题的创作时,格雷乐观地说:"当我们创作古人类生活这样的主题时,由于原本对这些湮没在遥远古代的内容知之甚少,这些主题就更加暴露出知识的匮乏。……可是这些主题在方家之手却为一件幸事,能够带来无限自由的遐想和虚构(这是我们喜欢的领域)。任何批评家都不能妨碍我们,古文物学家也无法驳斥。不过这些虚构必须具有亲和性,尽管我们对人物与风俗知之甚少,但也需要一些貌似的联系。"[②]

从以上论述可以看出,突破理性的束缚而进入到想象力的世界,在远古的历史中寻找适合创作的内容是十八世纪后期的历史必然。从英国启蒙时代早期起,道德说教和哲学讨论式的创作风格占据主导地位,

---

① E. Young, *Conjectures on Original Composition*, pp. 44—45.

② T. Gray, *Correspondence of Thomas Gray*, pp. 528—529.

这使得英国文学特别是诗歌创作缺乏生机与活力。虽然不能简单地断定英国诗歌闹了“创造”的灾荒，但是启蒙时代早期文坛过分依靠古希腊、罗马的法规创作，缺乏对本民族历史题材的挖掘是不可否认的事实。

麦克弗森从远离现代文明的题材中找到了灵感，并假托公元3世纪古人之名，以迎合十八世纪中期兴起的尚古思想。这两个方面都是文学过程的自然延续，托名也是尚古的传统之一。与十八世纪初期的“尚古”不同，麦克弗森的可贵之处在于他的尚古是将目光集中在本民族的传统之中，这个传统不仅包含了内容题材，例如自然景物，氏族社会，更有巴德这样的民族文化意象。这种创作的倾向性对正在崛起的英国浪漫主义有一定启发意义。麦克弗森应被文学界视为十八世纪文学创作实践中寻求突破理性的先驱之一。

《片段》在第一版后4个月便推出了第二版，除少量改动外，又增加了一篇“译作”。当时正在撰写《修辞学与纯文学演讲录》的苏格兰著名学者布莱尔特意以匿名方式①为该书撰写了序言，他写道：

> 读者应该相信下面的这些片段是古苏格兰诗歌的真实遗存。其创作的日期无法确切查实。创作地区的传统表明，这些作品属于最古远的年代。这种传统与该诗歌的气质与格调一致，其中饱含的思想、描绘的那些风土人情均属于社会形成的初期。原作中的措辞也极其古老，与同样语言在距今200—300年前创作诗歌的风格有很大差异，应该是在苏格兰北部地区宗族制建立之前的作品，而宗族制原本已经相当遥远。②

整个序言措辞完全体现了布莱尔的诗人气质：激情和想象力。而作为批评家，布莱尔着重于作品的主观思想性，围绕着“思想”、“风土

① 布莱尔在1797年给苏格兰高地学会专门委员会主席亨利·麦肯济(Henry Mackenzie, 1745—1831)的书信中承认：由于和麦克弗森先生多次谈论后，为片段写作了“序言”。See H. Mackenzie, *Report of the Committee of the Highland Society of Scotland*, Edinburgh: University Press, 1805, pp. 57—58.

② See J. Macpherson, “*The Poems of Ossian” and Related Works*, p. 5. 除《搜集于苏格兰高地的古诗片段》外，本文所引用的麦克弗森作品内容都出自该英语版本。

人情”以及“措辞”这些外部证据，从而断定《片段》属于社会形成初期的作品，其中的一个重要理由是，诗歌中没有提到基督教，甚至没有任何宗教形式，“这充分证明基督教当时在该地区尚未建立”。[1] 布莱尔认为这些诗歌片段的魅力之处无需多言，读者自可评判表达；他甚至预言，只要进一步寻找，比这更有价值的古苏格兰文学作品一定可以展现在世人面前。同样在想象力的作用下，这位学术名流认为苏格兰必定存在着与古希腊荷马史诗一样伟大的凯尔特英雄史诗。在这一思想鼓舞下，布莱尔于 6 月下旬专门筹办了一场慈善宴会，安排埃利班克勋爵（Lord Elibank，1703—1778）主持。布莱尔一共召集 40 多位社会名流，包括社会学家亚当・费格森（Adam Ferguson，1723—1816）、政治经济学家亚当・斯密（Adam Smith，1723—1790）和作家詹姆斯・博斯韦尔（James Boswell，1740—1795）。在宴会现场，蒙太古夫人（Elizabeth Montagu，1720—1800）一人就捐赠了 100 英镑。这笔善款足够让麦克弗森辞去原先家庭教师的工作，专心走遍整个苏格兰高原搜集散失在民间的民谣等文学作品。

在随后的半年中，麦克弗森与亲戚、盖尔语诗人拉克伦・麦克弗森一道多次深入苏格兰偏远地区，穿越苏格兰西北部的因弗内斯，甚至登上了斯凯尔岛，以及外赫布里底群岛。这些岛屿远离城市文明的喧嚣，当时尚未受到外来文明的侵扰，是最有可能存在原生态盖尔语民谣以及抄本的地区。一路上，麦克弗森得到了许多人的帮助。由于他是土生土长的苏格兰人，能操娴熟的盖尔语，因此很容易与当地居民交流。然而麦克弗森原本就不是学者，对如何科学地抄录和保存民间文学没有多少精确概念。在取得部分抄本后，他曾经写道：“说实话，我这里大部分抄本都是从别人手里取得的。糟糕的是，我找不到爱尔兰书写法的专家，原本就晦涩的诗歌加上陌生的字迹就更加摸不到头脑了。”[2]一位牧师夫人证实说：“麦克弗森曾经来找过自己的丈夫

---

① J. Macpherson, *"The Poems of Ossian" and Related Works*, p. 5.

② 这是 1761 年 1 月 16 日，麦克弗森给麦克拉根先生信件中的内容，参见 H. Mackenzie, *Report of the Committee of the Highland Society of Scotland*, p. 155。

寻求帮助，而且他的两匹小马上驮着许多旧抄本。”①

即便古抄本确实存在的话，对如此大量古文献的校勘、整理、训诂都需要花费数年或数十年的精力。然而时间仅仅过去一年，奥西恩系列中的第二部《芬格尔，6卷本古史诗，及其他诗歌，由芬格尔之子奥西恩创作》(*Fingal, an Ancient Epic Poem, In Six Books: Together with several other Poems, composed by Ossian the Son of Fingal*)(以下称《芬格尔》)于1761年12月出版。与《片段》不同，《芬格尔》不仅在扉页上赫然印着“由詹姆士·麦克弗森译自盖尔语”的字样，而且确定了作品的叙事者——奥西恩。在前期的《片段》中麦克弗森没有明确的叙事者，仅从上下文可以推断出应该是一位巴德诗人。而在《芬格尔》中，芬格尔之子、双眼失明的奥西恩成为作品的讲述者。这无形中与古希腊传说中双目失明的诗人荷马、文艺复兴后期的伟大诗人弥尔顿相呼应。

《芬格尔》以公元3世纪北欧人与凯尔特人之间的战争为背景。在前言中，麦克弗森强调说，这首长诗的故事情节与神话传说完全不同，应该将其看成是芬格尔远征的真实历史，并且以诗歌的形式来表现。言下之意，奥西恩的作品不仅能凸现出其诗艺成就，更折射出古苏格兰和爱尔兰的生活状态。关于古爱尔兰和苏格兰之间的关系，麦克弗森指出：“爱尔兰人和苏格兰人在芬格尔那个时代属于同一个民族——凯尔特人。在罗马人入侵前，凯尔特人就已经居住在不列颠和爱尔兰，尽管他们分成众多部落，但是语言、风俗和对共同起源的记忆都是一样的”。②

《芬格尔》分成6卷，结构比较松散。许多章节与《片段》一样，同属于片段性质，完全依靠叙事者奥西恩的讲述形成一个较为统一的整

① 原文是：Mr Macpherson returned to the Manse with two Ponies laden with old Manuscripts... Mr Gallie and he were employed in their perusal in study for six weeks during which period I seldom enjoyed the society of my husband. See R. Lingle, "The Ossian Manuscripts: A Note by Gordon Gallie Macdonald," *Bulletin of the New York Public Library*, xxiv, 1930, pp. 79—81.

② J. Macpherson, "*The Poems of Ossian*" *and Related Works*, p. 37.

体。片断性、结构松散并非该伪作受到指责的软肋。《奥西恩》恰恰是在模仿许多真实抄本的特点。北欧许多真实的萨迦文学都具有如此特性，在爱尔兰的几部凯尔特民族史诗中，绝大多数是散文体，只有到了叙述高潮部分才是诗歌，这与古希腊、罗马文明下的英雄史诗存在一定区别。以古爱尔兰史诗《夺牛记》(*Tain Bo Cuailnge*)最古老的第一校勘本(现存抄本完成于 11 世纪)为例，学术界的共识是："根本尚未被消化、被融合的残卷大杂烩"。① 片段性与松散性是由口头文学的古老性决定。

早期的口头文学讲述者如巴德并不一定能够完整记忆整个口头文本，很可能仅仅是故事的梗概，叙述时肆意即兴添加细节。大约公元 7 世纪起一些凯尔特散文体或诗体故事开始形成书面文本，当这两种文学形式长期并存便会出现同一故事有不同版本的情况。由于个体差异，故事松散，甚至前后矛盾在所难免。更加复杂的是古本的抄写者往往并非是故事叙述者，而是职业抄写工匠，"这些抄写者是否真正理解自己书写的内容，这一点值得怀疑"。② 与其他文明相比，凯尔特的抄写文化具有悠久历史，手工抄写的方式一直延续到十七世纪，以爱尔兰著名历史学家基廷(Geoffrey Keating，1570—1645?)为例，其爱尔兰语作品《爱尔兰史》始终都是以抄本方式传阅，直到 1902 年才出版第一卷印刷本。

麦克弗森的《奥西恩诗集》不无这种古老创作模式的痕迹，这是由于在苏格兰、爱尔兰的凯尔特文化中，口语文学和抄本文化长期共存所造成。学者们目前基本判断出，麦克弗森是结合了两个重要的盖尔语民谣"玛格努斯"以及"施戴恩之子伽博"(*Garbh mac Stairn*)独立创作而成。

《芬格尔》的故事情节如下：斯堪的纳维亚国王斯旺伦(Swaran)是整个北欧最令人生畏的武士，而爱尔兰国王科马克(Cormac)却尚未成年，于是斯旺伦乘机统领大军妄想吞并爱尔兰。与强大的来犯之敌相

---

① Cecile O' Rahilly, Introduction, *Tain Bo Cuailnge Recension I*, Dublin: Dublin Institute for Adcanced Studies, 1976, p. xviii.

② Jeffrey Gantz, *Early Irish Myths and Sagas*, London: Penguin Books, 1981, p. 20.

比，爱尔兰军队远非对手，然而爱尔兰统帅库丘林(Cuchulain)一方面力排众议坚决抗击北欧海盗，同时派特使前往苏格兰西北高原，向摩文国王芬格尔寻求帮助，希望他出兵救援。库丘林勇猛善战，然而第一次御敌便在乌尔斯特海滩惨遭失败，不过他并不气馁，联合了另一位爱尔兰英雄科纳尔(Connal)的部队打算做最后一击。激战正酣，眼看爱尔兰国王科马克的军队被打得溃不成军，地平线上出现了援军，芬格尔率领大批舰队赶来增援。经过四天的殊死肉搏，芬格尔带领着自己的儿子奥西恩以及孙子奥斯卡彻底打败了北欧强敌。斯堪的纳维亚国王斯旺伦在走投无路的情况下决定与芬格尔单独决斗，结果败于芬格尔的剑下。在欢呼胜利的庆功仪式上，苏格兰巴德诗人乌林提醒国王芬格尔，让他不要忘记曾经爱过斯旺伦的妹妹，于是芬格尔饶恕了斯旺伦，并未取其性命，但要求对方发誓永不来犯。史诗在胜利的喜悦中结束。

1763年麦克弗森出版了第三部伪作《帖莫拉》(*Temora, an Ancient Epic Poem, in Eight Books*)，并在1765年第三版中与《芬格尔》合并成2卷的《奥西恩诗集》。《帖莫拉》仍沿用麦克弗森对古凯尔特的历史概念，记述凯尔特的苏格兰人(Caledonian)与袋人(Firbolg)部落之间的战争。爱尔兰西部康诺特地区的袋人部落诸侯凯巴(Cairbar)弑父夺权，又乘爱尔兰国王科马克年幼阴谋将其杀害。为了复仇，科马克的亲属芬格尔率领其孙奥斯卡，以及大批军队直逼凯巴在乌尔斯特的宫殿帖莫拉。凯巴设下圈套，一方面大摆宴席，招待先头部队的主帅奥斯卡，以麻痹苏格兰大部队从而为自己的军事调动赢得时间，另一方面暗中调派自己兄弟卡斯莫(Cathmor)的军队来助阵。在席间，成竹在胸的凯巴得意之下不仅与奥斯卡发生了争执。武士间的争吵很快演变成决斗，最后两人均身负重伤。芬格尔听到兵器相交的声音时飞奔去救援，然而奥斯卡已经倒在淌着鲜血的盾牌上。年迈的芬格尔面对孙子的遗体痛苦万分，一时竟失去了对战争的意志。《帖莫拉》第2至5卷插入了许多倒叙事件，包括芬格尔的第一次大婚等。第5卷起，芬格尔的幼子费兰(Fillan)替父执掌军权，逐渐取得了部分胜利，然而卡斯莫集中剩余的人马在最后一击中打败了费兰，兄长奥西恩晚到一步，令费兰战死疆场。芬格尔痛心疾首的时刻，费兰的魂魄出现在他面前，唤起了国王厮杀到底的意志，最终芬格尔杀死了卡斯莫，取得了最后胜利。

2.《奥西恩诗集》的历史背景

从历史角度出发，几乎所有成功的伪作都包含或传达一定的真实素材；同时融合着作者大量的自我创造，并蕴含着丰富的想象，《奥西恩诗集》也不例外。基于部分真实之上的原创这一特征并非仅限于伪作，许多其他作品同样包含历史真实与自我创造，如荷马史诗、《贝奥武甫》等；《鲁滨逊漂流记》、《红字》、《双城记》如果没有部分历史基础，很难想象会在随后的几个世纪中受到如此追捧，而倘若将它们误读为单纯的历史文献必将贻笑大方。伪作的部分问题在于读者轻信作者的创作伎俩，落进了“真实”的圈套。无论对读者还是作者，伪作的创作方式具有一定危险性。

尽管一些批评家从伪作家生平线索放大他们的道德缺陷，进而引申出伪作违背道德底线的结论，然而作者道德与作品本身并无必然联系，难道马洛礼爵士、克里斯托弗·马洛、拜伦、雪莱不都是自己时代的离经叛道者吗？况且，无论作者的生活态度与最初创作意图与最终形成的作品本身之间存在差距，也不可过分强调因果关系，正如华盛顿大学马歇尔·布朗教授在《前浪漫主义》一书中所说：“将作者意图与作品的外化展现等同起来是荒谬的推理，作者意欲所说是一回事，而作品如何处理作者的意愿是另一码事。”[①]故此，伪作并非完全是作者的错误，而是读者解读的不同。伪作的另一部分问题在于“托名”的创作技巧。分析英国文学伪作，只要将伪作划分在文学的范畴，学者们倾向于认为伪作的这一特点在本质上与讽刺(satire)或第一人称叙述(literary persona)都属于文学创作的形式。

一位有着丰富想象力的作家或诗人很有必要在创作时处于狂热

① Marshall Brown, *Preromanticism*, Stanford: Stanford University Press, 1991, p. 13.

状态。这种现象并不令人诧异，而是早期西方文学创作的常态。读过斯卡利杰《诗艺》就可以找出一些根源。西方的古典诗人不断呼唤缪斯，以期将神性狂热注入他们体内，来帮助自己完成作品。作为缪斯的仆人，诗人需要依托外部力量，而非本人的能力去表达思想，所以诗人自己是“隐身”的。有一种说法，荷马与赫西奥德的神性文学直接来自于上天，他们无需努力，仅仅依靠祈求缪斯即可。另一类处于狂热状态的诗人不需要缪斯，而与酒神巴克斯有关。酒可以让人的灵魂与思想从身体的皮囊中释放出来，让人尽情创作。正如古希腊悲剧作家索福克勒斯认为，所谓其前辈埃斯库罗斯的悲剧作品，真正的作者是酒，而不是埃斯库罗斯本人。西方文学传统无论将真正的作者归于酒抑或缪斯，作为人的作者始终是隐形的，无足轻重。

创作的狂热、峰巅状态是处于忘我的境界，作者仿佛只有如此才拥有了自信，而作品才具有说服力、感染力。他时而成为国王，发号施令，时而成为武士厮杀于疆场。伪作也一样，当萨曼纳扎创作《台湾历史地理见闻》时，他认为自己就是台湾土著；麦克弗森书写《奥西恩诗集》时，他就是公元3世纪的奥西恩；而查特顿创作罗利诗篇时，他就是300多年前的罗利。在这些伪作中，作者似乎只有进入这种身份的想象，才拥有创作的自信和感染力。正如斯卡利杰在《诗艺》中所谈，诗人描写的是另一种自然，以及不同的命运；事实上，诗人这样做时，几乎把自己变成了另一种神。诗歌不仅塑造虚构事物的意象，而且能够塑造比现实事物更美好的意象。历史或者其他的文学形式拘泥于现实事件，而诗歌不同，诗人仿佛是另一种神，他是在进行另一种创造。

十八世纪伪作是一种过程性文学形式，起着承上启下的作用，有着历史的必然。哈佛大学贝特教授曾经用“历史的重负”(burden of the past)来说明十八世纪前50年英国文学所面临的困境，这一说法无疑耐人寻味。他说，“从伊丽莎白时期直至十七世纪中叶，英国文学展示出的精彩纷呈，除雅典的辉煌时代外无以匹敌”。[①]这正是十八世

① W. Jackson Bate, *The Burden of the Past and the English Poet*, London: Chatto & Windus, 1971, p. 16.

纪作家所面临的巨大灾难。事实上，从 1667 年弥尔顿的《失乐园》一直到 1798 年威廉·华兹华斯的《抒情歌谣集》，这 130 年间没有任何作品堪与此两者比肩。十八世纪诗歌要面对弥尔顿的史诗——这座难以逾越的高峰。再以英雄双韵体为例，从中世纪诗人乔叟的《坎特伯雷故事集》到亚历山大·蒲伯的《论批评》(1711)，这种五音步抑扬格、两行一韵、工整对仗的诗歌形式似乎已经走到了一个死胡同。无论题材还是形式，坚持从古希腊、罗马文学中寻找摹仿的典范已经没有多少收获。布鲁姆在《误读图示》中说：只有在与作古巨擘的角逐中取得胜利，诗歌才能获得力量。[1] 十八世纪诗人不仅要与"死人"角逐，还要与作为裁判员的批评家周旋，特别是这个裁判员是自己说了算(law-giver)时，诗风的开拓者往往会面临更加窘迫的境地。

不能否认，十八世纪的诗人与文学批评家一样不断实验以求突破。然而文学革命的嬗变不可能由自己说了算的人来完成，主流文学家承载了过多的历史重负，被禁锢在历史的车轮上，例如约翰逊博士与艾狄生的拉丁诗文就远比母语更加娴熟；故而变革的重任落在了边缘诗人肩上。所谓的边缘不仅指诗风边缘化的流派，也指地理环境上的边缘化。由于远离文学的中心地带——伦敦，边缘化诗人较少感受到历史的负担，思想更加活跃，有可能找寻或挖掘本土素材与文学形式，特别像民谣这种有着本土传统的形式。这方面的开拓者数量相对不多，但启发性极大，如汤姆逊 (James Thomson，1700—1748)、科林斯(William Collins，1721—1759)、埃文·埃文斯(Evan Evans，1731—1788)[2]、罗伯特·彭斯(Robert Burns，1759—1796)，以及伪作

① Harold Bloom, *A Map of Misreading*, New York: Oxford University Press, 1975, p. 9.

② 威尔士诗人，凯尔特文艺复兴的重要成员，著有《古威尔士巴德诗歌实例，译成英语》(*Some Specimens of the Poetry of the Antient Welsh Bards. Translated into English*, 1764)，收录了从爱德华 2 世(1284—1327)起的部分古威尔士诗歌译作，并在前言中认为麦克弗森翻译的奥西恩诗歌具有真实性。1761—1776 年间他与珀西主教保持通信联系，其作品影响了格雷的诗歌。See Edward Snyder, *The Celtic Revival in English Literature*, 1760—1800, Gloucester: Peter Smith, 1965, pp. 25—33; and Nichol Smith and Cleanth Brooks, eds, *The Correspondence of Thomas Percy and Evan Evans*, Baton Rouge: Louisiana State University Press, 1957.

家查特顿、麦克弗森和爱德华·威廉姆斯[①]等。这其中以麦克弗森的伪作《奥西恩诗集》影响力最大，且争议最为激烈，同时麦克弗森又是第一位使苏格兰让世界知晓的文人，批评界对其诗真伪的分歧一直延续到二十世纪50年代。

十八世纪末至十九世纪初，以约翰逊博士（Samuel Johnson, 1709—1784）、历史学家马尔科姆·莱恩（Malcolm Laing, 1762—1818）以及盖尔语学者威廉·肖为代表的质疑派；以爱丁堡大学修辞学教授修·布莱尔为代表的支持派之间发生了激烈冲突。两派的纷争体现了两种截然不同的价值体系。在本质上，这种争议是十八世纪批评家与作家、批评家内部之间核心价值观的矛盾；换言之，约翰逊博士等人属于求真务实的批评家，他们强调文学传统和书面作品的权威价值，反对浪漫性虚构和想象，归根结底是突出文学的"真实"和"真理性"。这一类批评家，其中大多是语言学家，律师或历史学家，他们基本上是新兴人文科学的忠实信徒。而与上述学者不同，修·布莱尔和约翰·霍姆(John Home, 1722—1808)等人则更加看重文学中体现的风格和修辞之美，主张感情、想象力、文学张力溢于作品的合理性。1763年布莱尔特地为《奥西恩诗集》撰写了《论〈奥西恩诗集〉》(*A Criticial Dissertation on the "Poems of Ossian, the Son of Fingal"*)一文作为诗集前言。虽然布莱尔的文学批评基调仍然以《奥西恩诗集》的真实性为基础，但是在1763年该文"小八开版本的130页篇幅中，直接涉及诗集真实性的内容仅仅7页"，[②]同时布莱尔也承认，目前"缺乏外部证据支持该[诗集的]古老性"。[③] 真实并非布莱尔论文的终

---

① Edward Williams (1747—1826)，威尔士人，又名"巴德爱德华"(Iolo Morganwg)。曾是位石匠，仿冒十四世纪诗人 Dafydd ap Gwilym 写了一些短诗，加在后者1789年的诗集中。See Mary-Ann Constantine, *The Truth against the World: Iolo Morganwg and Romantic Forgery*, Cardiff: University of Wales Press, 2007; and Prys Morgan, *The Eighteenth Century Renaissance*, Dyfed: Christopher Davis, 1981, pp. 111—119.

② Steve Rizza, "A Bulky and Foolish Treatise? Hugh Blair's Critical Dissertation Reconsidered," *Ossian Revisited*, ed. Howard Gaskill, Edinburgh: Edinburgh University Press, 1991, p. 130.

③ J. Macpherson, *"The Poems of Ossian" and Related Works*, p. 353.

极目的，其真正意图是以诗集为例证，为十八世纪阅读大众提供一种文学赏析的权威分析，并强调情感传达在艺术作品中的地位，特别是文学崇高性(sublime)的艺术价值。《奥西恩诗集》中情感与自然的巧妙结合无疑体现出史诗的崇高美。布莱尔进一步阐释说：

> 在旖旎的景色和欢快的主题中，生机盎然的柔美(beautiful)与之显得相得益彰。然而在自然的荒夷之地，在嶙峋怪石间，在激流、风暴和战场上，萦回着崇高之美，这是天才的电闪雷鸣，此乃天赋而非人力之所为……因为崇高美是种敬畏而肃然之情；在困苦、恐惧和黑暗的意象中得到强化。[①]

当代学者塞缪尔·蒙克认为，布莱尔的这番论道是与“新古典主义的彻底决裂”。他对《奥西恩诗集》的崇敬“发自内心”，而且这些诗歌正是“他批评原则的具体体现”。[②] 布莱尔认为在奥西恩那个时代，人们分散居住，四周是孤独的原野景色，自然之美是他们的乐趣，故此，没有任何约束可以限制他们的激情或阻碍想象，也不需要带着面具去面对别人。布莱尔自己的思想也已经突破了理性、压抑情感和效仿古罗马文学的这些新古典主义文学信条。

从广义上不难看出，麦克弗森这一伪作案例仍体现了十八世纪科学与文学的角逐。近年来对于约翰逊博士的文学史定位，现当代学者普遍认为，与其简单地将其归于作家行列，不如说他是位深受古希腊、罗马影响的学者、批评家；而事实上，约翰逊博士与其他一些十八世纪批评家一样受实用主义科学影响，希望建立一套如自然科学一样系统的规则。[③] 约翰逊早在1751年2月的《漫游者》(*Rambler*)杂志上就阐明了自己的观点，他认为：

> 批评的使命就是确立各种原则，将观念的东西上升为知识；

---

① J. Macpherson, "*The Poems of Ossian*" *and Related Works*, pp. 394—395.

② Samuel Monk, *The Sublime*, Ann Arbor: The University of Michigan Press, 1960, pp. 122, 124.

③ 关于约翰逊与科学的论题可参见 Richard Schwartz, *Samuel Johnson and the New Science*, Madison: The University of Wisconsin Press, 1971 一书。

> 彰显令人愉悦、并且建立在意图明确，理性推理基础之上的创作方式，压制完全迎合于虚幻，莫名其妙的风雅。人们从风雅中感到兴奋，却无从判断风雅如何勾起了兴奋，我们完全可以将风雅定性为心灵的魔障。批评应该将文学的各个领域臣服于科学的统治，因为文学领域迄今为止一直面临着无知的无政府状态，虚幻的变化无常，权威因袭的独断专制。①

约翰逊博士的上述论断已经清晰地表明，他希望以科学为依据，将文学创作与文学批评纳入自然科学的系统中。约翰逊的批评观念毫无例外地主张利用模式化的科学规律评判文学创作，却并不深入读者与作家的感受和心灵。这与约翰逊对文学"真理性"的追求密不可分。"真理"没有情感，唯有信奉理性的人可追求真理，故不必苛求同情心。自然科学的系统性、求真务实的实用性才是他所崇拜的。同时，他认为文学面临着无政府主义的混乱，也只有通过批评这一媒介，才能让科学统治文坛。

3. 真伪之争与约翰逊对"真"的追求

《奥西恩诗集》受到欢呼的同时，也不断遭受某些批评家的质疑。但是仔细分析后，我们不难看出这种真伪之争纯属不同层面的话语模式。修·布莱尔等人是以文学家的视角，强调依靠历史素材创作文学作品的美学价值，突出自由创作以及想象力，而较少考虑历史真实。质疑派学者却是将文学作品当作历史史料进行考察，这些学者往往沿用欧洲文艺复兴以来的考证法，从历史角度分析文学性作品。学术界一开始就不由分说地将《奥西恩诗集》定位于历史编年史，以历史真实批判文学作品。

早在 1762 年 2 月，一位研究爱尔兰手稿的英格兰历史学者费迪南多·沃纳(Ferdinando Warner, 1703—1768)在得知《芬格尔》出版的消息后，发表了一份 32 页左右的小册子《论芬格尔历史及奥西恩诗

---

① Arthur Murphy, ed., *The Works of Samuel Johnson, LL. D. with an Essay on His Life and Genius*, vol. 5, London: Thomas Tegg, 1824, p. 129.

歌》(*Remarks on the History of Fingal, and other Poems of Ossian*),认为麦克弗森的《芬格尔》不可靠,盗用了爱尔兰历史。沃纳认为芬格尔实际就是爱尔兰历史上的民族英雄"芬"(Finn 或拼写成 Fionn),而北欧人进犯爱尔兰远在芬时代后的四百多年。同样道理,爱尔兰历史对库丘林的生死年代也有详细记载,基督降生的时候,他刚好 25 岁。库丘林与与芬根本就是不同时代的历史人物,怎么可能并肩作战?沃纳并没有怀疑麦克弗森的译者身份,而认定"原稿是位古代爱尔兰巴德精心编造、想象的虚构作品"。[①] 以后的很多学者仍沿用此历史传统,例如凯尔特历史专家爱德华·戴维斯针对《芬格尔》中的"卡马拉:一首戏剧诗"进一步分析说:按照麦克弗森的说法,该诗提到的卡拉库尔(Caracul)实际就是罗马皇帝塞维鲁(Severus, 146—211)之子卡拉卡拉(Caracalla, 188—217),芬格尔与卡拉卡拉的战争是公元 211 年。[②] 而根据史料记载,北欧人入侵爱尔兰最早的时间是公元 8 世纪,就是这位公元 3 世纪前的芬格尔居然还能羞辱 11 世纪的挪威国王玛格努斯大帝![③]

约翰逊时代是追求理性和真理的年代。苏格兰盖尔语学者威廉·肖在其早期语法著作《盖尔语分析》(*An Analysis of the Galic Language*, 1778)中提及过《奥西恩诗集》,并在第 4 卷"诗歌曲调"一节中作为证据材料,认为"奥西恩的诗歌曲调非常不规则且多变,一般的对句不押韵,每行有 8 个,或 7 个音节,有时是 9 个音节"。[④] 可以看出,这些证据材料是建立在威廉·肖对诗集真实性深信不疑的基础之

① Ferd Warner, *Remarks on the History of Fingal, and Other Poems of Ossian*, London: H. Payne and W. Cropley, 1762, pp. 11, 13, 32.

② 这番话是麦克弗森在 1765 年加于《奥西恩诗集》前言中的内容,题目为"论芬格尔之子奥西恩的诗集之古老性",见 J. Macpherson, "*The Poems of Ossian*" *and Related Works*, p. 47.

③ Edward Davies, *The Claims of Ossian Examined and Appreciated: An Essay on the Scottish and Irish Poems Published under that Name*, London: Longman & Co., 1825, pp. 15—18.

④ William Shaw, *An Analysis of the Galic Language*, Edinburgh: W. and T. Ruddiman, 1778, p. 132.

上。该书出版前，肖曾请求麦克弗森提供一些奥西恩诗歌原文片断，以印证自己的论述。后者虽然多次允诺，却以种种理由拖延，这引起了威廉·肖的不快与怀疑。

从1778年春天起，肖从伦敦出发去苏格兰高原，力图为编写《盖尔语英语词典》(1780)寻找语言材料并探寻奥西恩诗歌的真伪。他在后来的词典序言中称自己"历经3万英里，为词典收集了近3万条目，直到1779年2月才回到伦敦"。[①] 经过一番考察之后，这位苏格兰长老会牧师开始坚信麦克弗森根本没有所谓的抄本。为此写下了《对所谓奥西恩所创诗歌真伪的质询》(*An Enquiry into the Authenticity of the Poems Ascribed to Ossian*, 1781)一文，以驳斥作品的真实性。他在文中明确表示："我知道自己很无辜，我的行为会引起同胞的不快，甚至愤怒，因为我极大地贬低了他们的民族荣誉感，可我认为自己是真理的探寻者……真理总是比祖国更高贵。"[②]

当然，自诩的真理探寻者并不等同于真理的掌握者。肖在《质询》一文58页承认自己在苏格兰高原考察的时间不到6个月。当时苏格兰地理条件恶劣、岛屿分布众多、冬季异常严寒，肖却需要同时完成搜集3万词条和考证奥西恩诗歌真伪两项使命。半年的时间在可行性上显然令人难以置信，因此得出的结论并不十分可靠。在询问一些原住民时，威廉·肖发现

> 他们复述的仅仅是一些传说中的、难以置信的诗行，或者是关于库瓦尔之子芬，也就是芬格尔的故事；要么就是芬的信徒在岛与岛之间相互寻找；跨越高山，或借助芬的长矛一跃而起，渡过海峡。……当我听到一个地区的这些内容，等于听到了所有地区的内容，因为他们都在重复基本同样的故事。听了几次后，所有都知道了。……我相信这些都是十五世纪的创作，……我知道苏

---

① William Shaw, preface, *A Galic and English Dictionary*, London: W. and A. Strahan, 1780.

② William Shaw, *An Enquiry into the Authenticity of the Poems Ascribed to Ossian*, London: J. Murray, 1781, pp. 36—37.

格兰语从来没有书面语。①

肖对口语文学的无知加上缺乏科学方法导致其轻率地对待民间口头文学，忽视了许多极其重要且丰富的文学内容。苏格兰高原恰是欧洲民谣体文学最丰富、最多样化的地区之一。肖的局限性在于他虽然也重视口语，但仅仅是从语言学层面，将眼光放在词汇本身，而缺乏更广泛的文学和文化意识。他在《盖尔语英语词典》序言中就曾轻易断言说："在苏格兰高原地区书很少，而抄本更少，活生生的语言是惟一搜集口语词汇的来源。"

历史证明肖是错误的。在 1860—1862 年期间，民俗学家坎贝尔(J. F. Campbell, 1821—1885)在苏格兰西部高原从抄本和口头文学两个方面搜集了 125 万多字的民间传说，出版了四卷本的《西部高原流传的传说》。1940—1960 年间，后人又根据坎贝尔留下的材料整理出 2 卷续编。不仅如此，1872 年坎贝尔搜集出版了盖尔语文本《芬尼亚抄本》(*Leabhar Na Feinne*：*Heroic Gaelic Ballads Collected in Scotland Chiefly from* 1512 *to* 1872)。这至少证明在苏格兰高原确实存在丰富的民间传说以及抄本，麦克弗森肯定接触过一部分关于奥西恩的诗歌。怀着科学的态度然而缺乏科学的方式，肖仓促中完成的《词典》自然让一些预订者失望，205 人中有 11 位苏格兰人在收到该词典后拒绝支付书款，双方最终不得不对簿公堂。亚历山大·卡梅伦博士(Alexander Cameron，1827—1888)于 1868 年的一次演讲中肯定了《盖尔语英语词典》具有一定价值，"但是作为一本盖尔语词典，肖的著作真的非常糟糕"。② 肖的例子可以说明，受自然科学的影响，对真理的追求成为十八世纪一些批评家的崇高追求，这种求真的思想态度对传统创作方式产生了深刻影响。当然，求真的科学研究还有一段漫长的道路要走，文学也给与科学探索提供了更多的研究素材，让科学擦

① W. Shaw, *An Enquiry into the Authenticity of the Poems Ascribed to Ossian*, pp. 57—58.

② Alexander Macbain and John Kennedy, *Reliquiae Celticae*, vol. 2, Inverness: Northern Chronicle, 1894, p. 527.

亮眼睛。

对麦克弗森伪作抨击最为激烈的批评家非约翰逊博士莫属。这不仅因为双方的争执最后演变成麦克弗森威胁对约翰逊进行肉体惩罚(corporal chastisement)，为此约翰逊还特地挖了棵橡树苗，削成6英尺长，1英寸粗，根部修成大橘子一样的防身武器，将它靠在卧室的椅子旁，[①]而且约翰逊博士对真理的追求代表了十八世纪实用主义批评的主流。为了探寻苏格兰高原的风土人情，1773年夏末约翰逊与传记作家詹姆斯·博斯韦尔一道亲赴苏格兰，考察那里的风土人情。同时，约翰逊也不忘在途中求证奥西恩的历史真实性，以获得有力证据驳斥麦克弗森的谎言，并写下了《苏格兰西部诸岛纪游》(1775)一书。这位60多岁的老者俨然是一位追求真理而不顾生命安危的博物学家。途中约翰逊博士给斯瑞尔夫人去信，谈及其目的时写道："旅行的功用就是用事实调节想象；切勿幻想事物会如何，而应亲见它们是如何。"[②]科学的"是"是一种客观存在，容不得半点虚假。

思瑞尔夫人与约翰逊有着几十年的交往，对约翰逊的评价非常中肯。她认为约翰逊"压倒一切的激情应该说就是对真的热爱"。[③] 综观其所有的文学评论和话语，约翰逊博士思想中都充斥了对"真(truth)"与崇高"道德"的追求。对一切虚假的痛斥就是他文学批评的基石，更是与十七世纪以来经验主义科学思想的体系一脉相承。

在约翰逊的《英语词典》(1755)中，"真"的第一个意义被定义为"虚假的对立面；概念与事物的一致"。这尚不是其独创之处，而是传承了十七世纪英国经验主义哲学家约翰·洛克在《人类理解论》的阐释。而约翰逊的特色是又将此概念升华到道德层面，在第五个义项中

---

① John Hawkins, *The Life of Samuel Johnson, LL. D.*, ed. O. M. Brack, Athens: The University of Georgia Press, 2009, p. 295.

② 这是约翰逊于9月21日给斯瑞尔夫人信中的内容。加着重点字强调为笔者所加，见 Bruce Redford, ed., *The Letters of Samuel Johnson*, vol. 2, Oxford: Clarendon Press, 1992, p. 78。

③ Hester Thrale Piozzi, *Anecdotes of the Late Samuel Johnson*, London, 1788, p. 398.

又将“真”阐释为“诚实；美德”。①

在约翰逊看来，真与道德之间存在同一性，互为依存。脱离了概念与事物的一致则完全丧失了道德情操。约翰逊的“真”具体可以分解成两个部分内容。首先是从外部来看，事实作品与作者之间的真实一致，这又直接反映了“概念与事物的一致”；其次从内部来看，作品需要描写客观世界的真实，既不能夸大和扭曲事实，也不得将想象力过于释放。约翰逊不仅厌恶虚构作品、奇幻的游记，同时也痛斥冒名性伪作以及任何形式的抄袭。而且对文学界沿用很久的匿名方式发表作品他都感到是一种罪恶，担心这一方式将会导致道德风险。这方面的例证很多，例如批评家、桂冠诗人托马斯·渥敦的兄长约瑟夫·渥敦(Joseph Warton，1722—1800)在1756年以匿名方式发表了《论蒲伯的作品与才气》(*Essay on the Writings and Genius of Pope*)第一卷。出版后仅一周，约翰逊博士去信给约瑟夫，他抱怨说最近他看到一本八开本的书，尽管读了不超过10页，但是怀疑就是渥敦兄弟俩人的作品。约翰逊认为以这种方式出版，同时又不告知朋友，这是一种“邪恶的伎俩(wicked trick)”。②

1769—1772年间，有人以朱尼厄斯(Junius)的笔名在《公告》(*Public Advertiser*)报上连续发表书信。这些冒名书信强烈抨击政府要员，矛盾直指首相格拉夫顿公爵(3rd Duke of Grafton，1735—1811)以及英王乔治三世。朱尼厄斯书信的文笔犀利，震动了当时整个英国。在长达3年的时间中，人们不断揣测这些书信背后真正的作者，罗列出包含政治家埃德蒙·伯克在内的30多位“嫌疑对象”，然而真实的作者却始终没有办法确定。格拉夫顿的首相继任者诺斯勋爵(Frederick North，1732—1792)将此人比作森林中的大野猪，在猎人的多次追踪下逃走，累坏了众人。

约翰逊对“朱尼厄斯”这种以笔名隐秘真实身份的做法十分反感。

---

① 参见 Samuel Johnson, ed., *A Dictionary of the English Language*, London: W. Strahan, 1755, 下册 truth 词条。

② B. Redford, ed., *The Letters of Samuel Johnson*, vol. 1, pp. 133—4.

他对博斯韦尔说，“如果你确定某人就是朱尼厄斯书信的作者，而他却否认，你以后对他会有好感吗？……我对所有的谎言都憎恶至极”。[①]约翰逊认为朱尼厄斯的出现就像妖怪现形，然后吸引了一大批群氓，“用瞒天过海的方式来保全自己身份万无一失，他等于和真理与正义背道而驰”。[②]

约翰逊并不懂得盖尔语，但是他认为“真”就是客观现实的“存在”，如若证明《奥西恩诗集》的真实性，麦克弗森只需要展示奥西恩的古抄本足矣，拿不出抄本只能说明这些诗集为麦克弗森本人所作，根本没有任何价值。约翰逊多次质问麦克弗森的抄本在哪里。对于那么些抱着如火热情，欢呼《芬格尔》的苏格兰人，约翰逊甚至斥责他们的爱国激情，认为他们“热爱苏格兰甚过热爱真理”。[③]

一些作家甚至学者尚不理解约翰逊博士等人的这种文学追求。约翰·辛克莱(Sir John Sinclair)曾发文断言道：“当《奥西恩诗集》第一次出版时，在英国大部分地区都有一种非常浓烈的、对苏格兰的偏见，既有政治上的，也有文学上的。只要任何人与这个国家有关，只要任何作品来自这个国家，一定会遭遇到最激烈的反对。”或许辛克莱仍感到意犹未尽，便在该文脚注中斥责说，“在苏格兰的文学敌人当中，领头的就是那个著名的塞缪尔·约翰逊博士，他从不允许有任何荣耀落在苏格兰作家头上，无论是古代的还是现代的”。[④] 辛克莱的思想并不完全正确。约翰逊对《奥西恩诗集》的偏见根源来自他复杂的批评思想。这种对“真”与“道德”的追求包含着多层次内容，而且受培根以来实证思想影响颇深。加上理性的束缚，约翰逊反对幻想、虚构以及异教神话成为必然。

作家考利(Abraham Cowley, 1618—1667)在《致皇家学会》一诗

---

① G. B. Hill, *Boswell's "Life of Johnson"*, vol. 4, 1934, p. 306.

② Samuel Johnson, "Falkland's Islands," *The Works of Samuel Johnson, LL. D. with an Essay on His Life and Genius*, ed., A. Murphy, vol. 7, p. 197, p. 129.

③ G. B. Hill, *Boswell's "Life of Johnson"*, vol. 2, 1934, p. 311.

④ John Sinclair, *A Dissertation on the Authenticity of "Poems of Ossian"*, London: William Bulmer and Co., 1806, pp. x, xi.

中说：

> 培根已经打碎了那个稻草人样的神：
> 来，进来吧，所有愿意的人，
> 看看成熟的果实，来让你摘个够。
> 我想，我们还愿意
> 去攀爬那禁果之树；
> 当我们不需要自己的感觉帮助
> 就能辩明真理与虚假，善与恶，
> 我们自己就会像神一样。
> ……①

培根在写《学术的推进》时并无“打碎那个稻草人样的神”之意图，而他却留下了实证主义的方法论，该遗产被十八世纪文学批评家所继承。有了科学的武器，一部分文学批评家认为所有古代神话都缺乏本真性。以史诗或悲剧中引入超自然因素（machinery）为例，新古典主义批评家约翰·丹尼斯（John Dennis，1657—1734）就曾经认为超自然因素有悖于自然，“我一直疑惑自己为何对基督教诗歌中的超自然因素不快，最后我想已经找到了原因：诗歌因为摹仿自然而取悦于读者，而基督教超自然因素有悖于自然，结果无法令人愉悦”。② 所谓的“有悖于自然”中的“自然”是指理性思想指引下的艺术法则。诗歌必须通过自然哲学的方式才能拯救自己，应该更加关注现实事件，使用真实的、物质的意象进行创作，反对不切实际的虚幻，以及任何不可靠的想象。

① Hugh Maclean，ed.，*Ben Jonson and the Cavalier Poets*，New York，Norton，1974，p. 345.

② Edward Niles Hooker，ed.，*The Critical Works of John Dennis*，vol. 1，Baltmore：Johns Hopkins Press，1939，p. 105.

4. 真伪之争下的想象力美

约翰逊博士并不完全排斥想象力，而认为想象力的发挥需要前提条件，即必须建立在事实真理与道德真理基础之上。他在《英国诗人评传》之《巴特勒传》中谈道："缺乏知识的想象毫无用处，而自然无法提供把二者结合在一起的能力，人们只有通过研究和观察才能提供合二为一的素材……，每个读者都会感到古代诗人笔下的神话压抑而乏味。"[①]

《奥西恩诗集》中充溢的鬼魂、幽情与经验主义所宣扬的事实真理背道而驰，自然成为约翰逊等批评家鄙视的另一个方面。詹姆斯·彼蒂(James Beattie, 1735—1803)在《论诗歌与音乐》中定义了诗歌的功用，"诗歌，以及任何以取悦于人为目标的艺术必须自然；为此必须展现真实而无可辩驳的事实(real matter of fact)。换言之，要么忠实于真理，要么接近真实"。[②]很明显，文学真理性的追求已经是十八世纪中后期约翰逊时代一些批评家的普遍倾向。苏格兰批评家亨利·凯姆斯(Lord Henry Kames, 1696—1782)虽出于爱国热情赞赏《奥西恩诗集》中的叙事方式和语言，然而他同样认为，自我的品味应该受理性调节，超自然因素这些想象的东西可能会因为新奇而让人开心，但是无法打动激情，"因为它们不可能在脑海中留下真实的印象"。[③]

与此相反，麦克弗森的《芬格尔》中存在相当数量的超自然描写，芬格尔的武士视死如归，希望带着荣誉进入另一个世界，芬格尔对这些幽魂说：

哦，你们这些幽魂，战死的英雄们！克罗姆拉山脉风暴的驾

---

① A. Murphy, ed., *The Works of Samuel Johnson, LL. D. with an Essay on His Life and Genius*, vol. 9, pp. 197—198.

② James Beattie, *The Works of James Beattie*, 1779, London: Routledge/Thoemmes Press, 1996, p. 33.

③ Lord Kames, *Elements of Criticism*, 1785, Indianapolis: Liberty Fund, 2005, p. 76.

驭者，带着喜悦来迎接我手下那些殒命者，将他们带到你们的群山。请勒纳的狂风送他们飞过我统治的海洋，将他们带进我寂寞的梦中，慰藉我安静的灵魂。[①]

许多当代批评家在肯定约翰逊历史成就的同时，也提出了其批评原则的内在缺陷。比较文学专家韦勒克就认为约翰逊基本上不理解艺术的本质，"他分不清艺术与生活的区别，将艺术看成是生活的一个片断，这种思想将艺术视为多余的，或者说仅仅是传播道德或心理真理的简单工具"。[②] 约翰逊强调"真理"，所以在其批评作品中的确很少谈到文学作品的"美"。在他眼里，美具有相对性和比较性，经不起理性的检验："在目前人类知识状态下，作品的美既无法通过证据唤起，也无法体现，因此完全受想象力的支配。"[③]而想象力更加危险，约翰逊曾经写过一本《拉瑟勒斯》(*The History of Rasselas, Prince of Abyssinia*)的哲理小说，靠后的一个章节题目就是"想象力的危险泛滥"，他借助小说中的老哲人伊姆莱克之口断言："思想不受虚幻观念左右的人不可能存在，而虚幻观念迫使人不切实际地担忧或期待；超越理性的幻想是一种精神不正常的状态……沉迷于虚构，头脑不时闪现想象，这纯属痴迷于玄想之人的消遣游戏。"[④]

在约翰逊看来，虚构与想象之间有因果关系。而没有理性的束缚，所有的幻想都是精神不正常的表现。如果文学中有美的话，那应该是语言的美，即音和意的和谐，以及韵脚的整齐。他在《英国诗人评传》中反复提到，诗歌所带来的巨大愉悦来源于诗行既定的韵律和诗节工整的结构。而弥尔顿的悼亡诗《利西达斯》(*Lycidas*)不被约翰逊博士看好也是因为该诗采用了田园曲的结构。弥尔顿这样的诗歌既

① J. Macpherson, *"The Poems of Ossian" and Related Works*, p. 85.

② René Wellek, *A History of Modern Criticism*: 1750—1950, vol. 1, New Haven: Yale University Press, 1955, p. 79.

③ Samuel Johnson, *Essays from the "Rambler, Adventurer, and Idler"*, ed. W. J. Bate, New Haven: Yale University Press, 1968, p. 156.

④ A. Murphy, ed., *The Works of Samuel Johnson, LL. D. with an Essay on His Life and Genius*, vol. 3, p. 420.

远离现实生活，又缺乏音和意的和谐。与美相比，约翰逊认为宗教与道德上的是非感才是第一位的，他晚年在《英国诗人评传》的《弥尔顿传》一章中总结道：

> 无论[获得]知识是为了指导日常行为或仅为提供谈资，无论我们希望知识是为了实用抑或怡情，首要获得的知识必须是在宗教和道德上对、错的知识；其次是对人类历史的了解，以及对包含着真理的生活真谛的掌控，……诗歌是在理性指导下，通过唤起想象力将真理糅合于愉悦的艺术；而史诗则通过最容易令人接受的规训传达最重要的真理，用最能打动的方式讲述某些重大事件。①

受自然科学的影响，十八世纪一些新古典主义批评家认为，所有的艺术首先要服务于现实生活，其中对错和是非属于艺术首先需要传达的知识。约翰逊对诗歌的定义（在理性指导下，通过唤起想象力将真理糅合于愉悦的艺术）与麦克弗森以及布莱尔的创作思想有明显差别。布莱尔赞赏《奥西恩诗集》，早在 1763 年 1 月专门为此写了《论〈奥西恩诗集〉》，认为这些荒蛮时代的作品虽然粗糙不规则，但是“充满了火一般的热情和激情，这就是诗歌的灵魂”。②

浪漫主义并不对抗真理，但是更强调情感与想象力。例如十九世纪批评家黑兹利特认为：“诗歌是想象与激情的语言，其讲述的内容在人的心绪中留下即时的快乐或痛苦。”③ 亨特（Leigh Hunt，1784—1859）也同样认为，诗歌是对真理、美以及力量的一种激情表达，要“通过想象力和幻想体现并证明诗的构想”。④

对浪漫主义而言，想象力不仅是诗歌表达的重要手段，而且贯穿创作的始终，其结果可能是愉悦，也可能是痛苦。想象力是将既有情

---

① A. Murphy, ed., *The Works of Samuel Johnson, LL. D. with an Essay on His Life and Genius*, vol. 3, pp. 96—97, 159—160.

② J. Macpherson, *"The Poems of Ossian" and Related Works*, p. 345.

③ W. Hazlitt, *The Complete Works of William Hazlitt*, vol. 5, p. 1.

④ Leigh Hunt, *Imagination and Fancy*, London: Gresham Publishing Company, undated, p. 5.

感移植于其他场景的一种力量。在这种陌生的结合中，诗歌的效果靠心灵共鸣和灵犀，而不是靠约翰逊博士所谓的真理、法则。这就要求作者不仅需要有同情心，更需要想象力和独创性。《奥西恩诗集》的可贵之处在于，它所展现的想象力是在严肃主题之下的美。正如布莱尔在评论该作时所认为：

> 我们在其中感受的不是想象力在炫耀，也不是让花俏的细节去讨好人们的幻想。他的诗远胜于其他作家，配得上'心坎的诗歌'之称；这颗心洋溢着高贵的感伤情绪，充盈着时而崇高时而柔情的诗焰；这颗心在燃烧，点燃了幻想；这颗心烈焰满怀，所以喷薄而出。[①]

想象力在约翰逊的文学批评中基于次要地位，是一种散乱、游离不定的能力。它让逻辑清晰的人困惑，同时混淆了界限的差别。因此，想象力必须在理性的控制之下慎重发挥，而恒定的真理才是诗歌传达的目的。

杨格在《论独创性作品》中反复强调想象力与独创性都具有藤蔓属性，是从天才的根系中自然地生长出来，不是做成的，而是长成的。了解想象力的形成机制继而可以认定《奥西恩诗集》这部伪作完全是想象力之作。苏格兰神甫威廉·达夫（William Duff，1732—1815）的《论独创性天赋》是一部对以后浪漫主义有重大影响的作品，而作为《奥西恩诗集》同时代的理论著作，两者在理论和实践上相互印证。达夫认为，在所有品质中，想象力是天赋存在的最基本和必要的条件。这一点会得到普遍认同。

杨格和达夫都强调心灵要素在作品形成中的作用，人类首先通过感知渠道形成观念和思想，而"想象力将感知后形成的不同思想和储存在记忆中的思想组合起来，任意拆分或结合。想象力依靠创造新联想的形成力，把关联概念千变万化地结合在一起，产生独特的艺术作品，展示出从未有过的场景和事物"[②]。将存储的既有观念与不同思想

---

① J. Macpherson, *"The Poems of Ossian" and Related Works*, p. 356.

② William Duff, *An Essay on Original Genius*, 1767, London: Routledge/Thoemmes Press, 1994, pp. 6—7.

结合，并且任意拆分、组合是想象力作品形成的重要方式之一。

《奥西恩诗集》恰恰就是在部分民间文学基础上，经过删改、重新创作的独特作品。首先，在文体上《奥西恩诗集》是继钦定版《圣经》之后"自由体诗歌(free verse)"最主要的推动之作。① 而且已故凯尔特文学史学家墨菲不仅认为麦克弗森的史诗"主要是他自我想象力的虚构之作。角色姓名、刻画的部分事件有真实的盖尔语民谣基础"；墨菲还进一步肯定了麦克弗森的历史贡献，他认为《奥西恩诗集》唤起了世人对凯尔特研究的热情，"其结果不仅是否定了麦克弗森的译者身份这么简单，而且令整个欧洲的学人如今更加了解爱尔兰文学和奥西恩民谣的真实内容"。② 我们认为，"否定麦克弗森的译者身份"并非贬低麦克弗森的历史地位和文学贡献，而是肯定他的原创地位，其后的评价更客观地体现这部伪作的贡献。

5.《奥西恩诗集》与抄本

如果说麦克弗森完全凭空杜撰《奥西恩诗集》，这未免有失公正，麦克弗森不缺民间抄本。早在出版 1760 年的《片段》之前，他手里估计已经拥有一些零散的古盖尔语抄本，而大面积地使用这些真实抄本是在《芬格尔》中。当然麦克弗森更多地倚重了口语体的民谣传统。这方面与珀西主教有所不同，后者仅仅是依靠了印刷本和少量抄本。麦克弗森长期生活在苏格兰高地，熟悉那里的生活风貌和吟唱这些歌谣的村民。当代学者经过考证发现，《片段》中部分内容的确来自真实的民谣，例如格拉斯哥大学凯尔特研究中心德里克·汤姆森教授认为，《片段》第二版 16 篇所谓译作中，绝大多数至今找不到相应的盖尔

---

① 学者 E. H. W. Meyerstein 语，参见 John Dunn, "The Role of Macpherson's *Ossian* in the Development of British Romanticism," PhD Diss., Duke University, 1965, p. 253。另，克劳福德认为，麦克弗森是散文诗的先驱，参见 Robert Crawford, *Scotland's Books*, Oxford: Oxford University Press, 2009, p. 313。

② Gerard Murphy, *The Ossianic Lore and Romantic Tales of Medieval Ireland*, Dublin: Three Candles, 1961, p. 6.

语版本，只有零星的几篇是例外，例如第 6 篇中讲到的少女在后面《芬格尔》中称为克拉卡（Craca），该诗作是在民谣“索卡王之战”（*Cath Righ na Sorcha*）以及“情人”（*An Ionmhuinn*）基础上改编而来的。第 14 篇也是部分基于民谣“施戴恩之子伽博”进行改编而成。[①]

为了满足读者对原作抄本的好奇，麦克弗森曾经将一些抄本放在伦敦一出版商的书店中公开展示。布莱尔就曾经作证说，抄本“在那里展示了很长时间，但是没有人去看”。[②] 为此，出版商托马斯·贝克特（Thomas Becket）专门给报社发去一份申明，其中有如下内容：

> 我特此说明，《芬格尔》和其他奥西恩诗的原件在 1762 年放于我书店好几个月，供好奇者查阅。我们不仅告知了公众，而且建议出版原文并在整个王国发行。这消息在多家报纸上刊登，但是由于没有足够的订户，无法支付开销，所以我最后把抄本退给了它们的所有人，现在还在他那里。[③]

然而这里所说的原件抄本是否为单一的奥西恩诗集，还是指零散的民谣抄本已经无从查证。目前可以断定，麦克弗森确实依靠了一些真实的抄本素材，然后在此基础上进行大面积改编。对《奥西恩诗集》的系统考证经历了两个重要阶段，一是苏格兰高地委员会进行的全面调查，二是当代学者汤姆森于 1951 年出版的《麦克弗森的“奥西恩”中的盖尔语素材来源》。第一个阶段始于 1796 年麦克弗森去世后。苏格兰高地委员会组成专门调查委员会参与调查，他们发放大量问卷调查表，询问认识麦克弗森的当事人，其中不乏如布莱尔，费格森这样的名人。最后由专门委员会主席、著名作家亨利·麦肯济（Henry Mackenzie，1745—1831）于 1805 年出版了 343 页的《调查报告》，该《调查报告》提供了大量当事人的书信作为附录证据，但是并没有得出

---

① Derick Thomson, introduction, *The Gaelic Sources of Macpherson's 'Ossian'*, Edinburgh: Oliver and Boyd., 1951, p. 11.

② H. Mackenzie, *Report of the Committee of the Highland Society of Scotland*, p. 60.

③ T. B. Saunders, *The Life and Letters of James Macpherson*, p. 249.

满意的结论。只是说，在苏格兰高原是否存在大量关于奥西恩的诗歌这一问题上，结论是肯定的。然而报告并没有明确指出，麦克弗森搜集的诗歌究竟在多大程度上是真实的。① 1951 年，专门从事苏格兰盖尔语研究的学者德里克·汤姆森教授在研究了大量民谣基础上，认定麦克弗森所使用的手稿抄本并不都存在，但是他确实利用了一些真实的民谣抄本，进行自己的创作。②

麦克弗森及其伪作与现存最古老的苏格兰民谣古抄本《利斯莫教长抄本》(*Book of the Dean of Lismore*)存在着种种重要联系。《利斯莫教长抄本》是 311 页的小四开纸质抄本，大约有 311 页，抄写于十六世纪前 30 年，由利斯莫教长詹姆士·麦格雷戈(James MacGregor, 1480? —1551)以及其兄弟邓肯抄写、搜集而成。该抄本的特色之一是民谣部分的文字完全依照口语发音抄录，而非标准盖尔语拼写法。这一奇特的拼写习惯在十六世纪前后的苏格兰部分地区(如马恩岛)比较流行。其发音拼写反映出中世纪后期盖尔语发展成现代盖尔语的转型过程，《利斯莫教长抄本》是苏格兰西部高原盖尔语发音的忠实写照。该抄本的灵感估计起源于一位叫芬利·麦克纳布(Finlay Macnab)的人。他在十五世纪末写诗给詹姆士·麦格雷戈的父亲，建议他从巴德诗人和流动货郎那里搜集歌谣，编写一本诗集(*duannaire*)。麦克纳布的短诗被收录在抄本前面，其中前四行大意为：掠夺者的诗集，您应该尽情去创作，我自己也愿意，将得到的巴德材料相托。③

《利斯莫教长抄本》除了收录宫廷情诗、讽刺诗之外，还收录了 28 首约 2500 行关于奥西恩的英雄体民谣诗。在主题上与麦克弗森的伪作有类似之处，仅仅在诗歌的形式和内容稍有不同。《利斯莫教长抄本》完全可以证明，在十六世纪之前苏格兰不仅存在书面语记录，这根本否定了约翰逊博士在《苏格兰西部诸岛纪游》中所认为的，“苏格兰

① H. Mackenzie, *Report of the Committee of the Highland Society of Scotland*, p. 151.

② D. Thomson, *The Gaelic Sources of Macpherson's 'Ossian'*, pp. 79—80.

③ William Watson, ed, *Scottish Verse from "The Book of the Dean of Lismore"*, Edinburgh: Scottish Gaelic Texts Society, 1937, p. 2.

语从来不是书面语，该语言的抄本没有一件超过一百年”，[①]而且也同时明确表明，在十六世纪之前奥西恩诗歌的内容早已在民间流传了很久。因为从抄本奇特的口语体拼写方式，以及一个单词不同的拼写；抄本多处涂改等可以看出，这些奥西恩民谣不是起源于某一单一、或者更古老的抄本，而是通过口授现场记录下来的。在真实的口语体英雄体民谣中，主题关于民族英雄芬和奥西恩的部分，其场景通常发生于公元三世纪，这与麦克弗森宣扬的时代基本一致。

在口语文学中，每个巴德诗人都是独立的个体，对于同样题材的讲述根本不可能形成一个统一的书面文本。无论在宫廷还是市场，巴德诗人对吟唱内容和形式的修改一直处于动态变化之中。麦克弗森依据这些主题进行大量自我改编、创作，也符合民谣文学的传统，这种行为本无可非议。其次，在这些真实的《利斯莫教长抄本》中，相当数量的诗歌在开头都被假托奥西恩所作，如“该诗作者是芬之子奥西恩”，盖尔语原文是 *A Ughdar Oisean Mac Finn* 或 *A Ughdar So Oisean* 以及拉丁文 *Auctor Huius Oisean*，如第 3、4、5、8、17 等 9 首。[②]这足以说明，将这些诗歌归于奥西恩所作并非麦克弗森的首创，而是古老口头民间文学的传统之一。至少在 1512—1527 年间，担任利斯莫教长的詹姆士·麦格雷戈已经这么做了。我们甚至还可以推测，在更久远的年代，苏格兰高地的历代巴德诗人都保持着这一活生生的创作习俗。那么，麦克弗森将基于民谣基础之上的《奥西恩诗集》归入奥西恩所作，也不能简单地将其定性为欺骗。可以看出，伪作中作为本质特征的托名方式是一种传统创作的模式，具有一定的历史因循性。正如爱丁堡大学唐纳德·米克所认为，“麦克弗森尽管有缺点（这一点毋庸置疑），但他不是文学的绑架者，而是在很大程度上依照植根于苏

① Samuel Johnson, *A Journey to the Western Islands of Scotland*, ed. J. D. Fleeman, Oxford: Clarendon Press, 1985, p. 95.

② 参见 Neil Ross, ed., *Heroic Poetry from "The Book of the Dean of Lismore"*, Edinburgh: Scottish Gaelic Texts Society, 1939, pp. 6, 8, 12 等。

格兰的传统中创作”。[1]

麦克弗森早在1760年的苏格兰高原之行远比威廉·肖18年后的旅行成果丰硕。1762年麦克弗森将一批抄本放在出版商托马斯·贝克特的书店中，供世人参观，其中就有这件珍贵的《利斯莫教长抄本》。[2] 该抄本没有像其他大量古抄本一样沦落为充当引火之物，这一切都要归功于这位伟大的伪作家。《利斯莫教长抄本》连同其他19件抄本一道，于1803年集中到伦敦高地学会秘书长约翰·麦肯齐(John MacKenzie)手中，后来存于苏格兰律师公会(Faculty of Advocates)图书馆 。

《帖莫拉》出版的同年5月，对其真伪的争议越来越激烈。博斯韦尔在《约翰逊传》中记载说，约翰逊不仅一开始就否认其真实性，甚至让那些奥西恩崇拜者更加恼火的是，他断然否定这些作品有任何文学价值。当有人问他现代人是否能写出这样的诗歌时，他肯定地答复道：“当然，许多男男女女，甚至很多孩子都可以写出来。”[3]在约翰逊博士看来，如果该作品确为公元3世纪奥西恩所做，首先就应该拿出真实的抄本展示给读者。约翰逊在书信中不止一次地强调手稿：“手稿在哪？如果有，那就能够拿出来，可是从来没有看见过手稿。我们的法律说，拿不出的东西就可以当作不存在。”[4]

重实物证据是十七世纪以来经验主义哲学家的重要特点，特别是外部证据。对作品而言，外部证据指手稿的物理形态，如字迹、墨和纸张等；而内部证据指作品的风格、遣词，以及内容是否与历史事实相吻合等。手稿的物理形态是最直接、最简便的真实性指证，也是奥西恩诗集真实性的唯一可靠证据，这种外部证据是自然科学工作者、博物

---

① Donald Meek, “The Gaelic Ballads of Sctoland: Creativity and Adapation,” *Ossian Revisited*, ed. Howard Gaskill, Edinburgh: Edinburgh University Press, 1991, p. 19.

② D. Thomson, *The Gaelic Sources of Macpherson's 'Ossian'*, p. 74.

③ G. B. Hill, *Boswell's "Life of Johnson"*, vol. 1, 1934, p. 458; and K. Balderston, *Thraliana: The Diary of Mrs. Hester Lynch Thrale (Later Mrs. Piozzi)*, vol. 1, 1951, p. 166.

④ B. Redford, ed., *The Letters of Samuel Johnson*, vol. 2, p. 177.

学家的直接追求。从十七世纪后开始，这一做法在很大程度上也渐渐被文学批评家所广泛接受与采用。与其他新古典主义批评家一样，约翰逊信不过神话、传说，更不相信口头文学。只有展示手稿才能令其信服，从而判定麦克弗森到底是“编者”、“译者”还是“作者”。

手稿的另一功用是取得作品与作家之间的客观联系。十八世纪起，传统的匿名创作受到一部分批评家的抨击。格雷给沃波尔的那封信中有：“您对这位作者（抑或是几位）是否有所了解？”作为剑桥大学近代史的皇家钦定教授，格雷下意识首先想到的是以个体存在的作者。这意味着作品与作者之间是一对一的对应关系。当然，格雷毕竟是当时欧洲一流的学问家，潜心研究英国早期作品以及凯尔特文学，他也意识到早期传统作品中多位作家合作的问题，特别是口头文学的创作过程。而对于十八世纪其他一些批评家来说，由于民谣等口头文学属于历代口头传承，缺乏作家与作品一一对应的对应要素，故而被视为不可靠，甚至根本谈不上文学。

批评界强调作家与作品的客观对应关系是文学商业化的大背景下逐渐发展起来的，这使得沿袭数百年的阅读习惯有了彻底改观。抄本文化走向没落，取而代之的是大量发行的印刷品。读者或批评家迫不及待翻开的第一页不再是内容页，而是浓缩了大量信息的扉页。在原本就非常拥挤的扉页，作家的姓名不再像过去那样显得微不足道。内容完整的扉页（包含出版地、出版商、年代和作品）首先出现在 1476 年的威尼斯，从 1520 年开始全面发展起来。[①]

自十六世纪初期开始，扉页页脚处固定出现出版地（或购买处），年代信息；其余页面部位要么是内容简介、装饰性木刻画，或者是拉丁文警句。除非是古希腊、罗马经典作品，扉页一般不会出现作者姓名。十六世纪后期，作者姓名的重要性逐渐显现，扉页中作者姓名的首字母缩写占了一定比例，例如著名戏剧家克里斯托弗·马洛

① Henry Hoesen and Frank Walter, *Bibliography*, New York: Charles Scribner's Sons, 1929, p. 383. 另见 Alfred Pollard, *Last Words on the History of Title-page*, London: John W. Nimmo, 1891, p. 14。

(Christopher Marlowe,1564—1593)在1604年版本的《浮士德博士的悲剧》中,姓名缩写为Ch. Marl;本·琼森(Ben Jonson,1572—1637)在其喜剧作品《人人扫兴》(*Every Man out of His Humor*)1600年版本中缩写成B. I.,而且还注明了"作者"。1616年,琼森出版了自己的作品集,扉页上赫然写着《本杰明·琼森作品集》(*The Works of Beniamin Jonson*),琼森的这般做法很少有先例。

十七世纪中期前,扉页出现作者全名通常有两种情况,一是较为通俗的戏剧作品中,为了显示权威性。这些扉页印刷出来后一般会贴在街道的柱子上,或者是一些地方的醒目位置以吸引图书购买者。[①]另一种情况是地位显赫的贵族过世后出版的作品,例如菲利普·锡德尼爵士过世后,1590年、1598年版的《阿卡迪亚》(*The Countesse of Pembrokes Arcadia*),以及1595年版本《诗辩》中,扉页同样出现完整的作者姓名。

从扉页作者姓名的发展,我们至少可以得出这样一个结论:"作品与作者之间不再背离,而且受到抽象艺术法则的左右;阐释者的目的是在作品中寻找作者本人,去揭示人物和环境的影响。"[②]一方面,扉页中完整出现作者姓名是社会对知识产权的认可;而从文学创作来看,作者的创作范围被压缩在真实感受和真实经历的较小范围。那些规模宏大,想象力丰富的素材和作品则受到一定抑制。个人要为作品的所有内容与形式负责,无论是真实的,还是虚构的。

不管如何,《奥西恩诗集》在文学史上的重要作用无法忽视。它的合理性、突破性需要与整个十八世纪结合起来观察,同时也要考虑文学传统的因袭。这个世纪的重要困境在于首先诗人对想象力的释放,特别是超自然力,异域环境的描写必定要回到久远的过去,从历史的过去寻找适合的素材。但是这种想象力的释放却遭遇了机械性怀疑论的束缚。十七、十八世纪自然科学的发展基础是理性思维,伴随着

① H. S. Bennett, *English Books & Readers*: 1558—1603, Cambridge: The University Press, 1965, p. 291.

② J. S. Smart, *James Macpherson*: *An Episode in Literature*, London: David Nutt, Long Acre, 1905, p. 20.

理性思维的强势地位，人类的感性和想象或者逐渐脱离诗歌，或者被科学的批评家从诗歌中剥离开来。从以上出发，浪漫主义研究学者麦根在《感性的诗艺：文学风格的革命》一书中坚持，“不管围绕奥西恩的素材真实性的争议有多大，这个作品对整个十八世纪后期文学图景的影响力掩映了其他所有作品”。[①]

当英国为抄本是否真实存在而纷争不断时，《奥西恩诗集》这部伪作在欧洲取得了难以匹敌的成功。以浪漫主义发源地的德国为例，在《搜集于苏格兰高地的古诗片段，译自苏格兰盖尔语》出版后的第二年，原刊于《君子杂志》的两篇片段就已经被翻译成德语，并出现在德国的杂志上。此后，这些所谓奥西恩的作品不断被介绍到德国。与英国经验主义批评家不同，或许是“在相当长的时间内，德国批评家质疑这些诗歌的真实性被认为是不雅之举”，[②]德国文学界往往更加注重《奥西恩诗集》所传达的思想情感，特别是诗歌中表现出的“悲伤之喜(joy of grief)”。德国思想家赫尔德(Johann Herder, 1744—1803)就是其中典型的例子。他是最早迷恋这些诗歌的文人之一，于1771年撰写了《论奥西恩与远古民族的歌谣》(1772)一文。而其文学至交、德国狂飙运动的代表歌德(Johann Goethe, 1749—1832)至少在20岁时就已经对这部作品充满兴趣。两人多次通过各种方式交流对《奥西恩诗集》的体会，歌德对此诗集的熟悉程度可以从其书信体半自传小说《少年维特之烦恼》(1774)中窥见一斑。在小说中，维特写道：“在我的心中，奥西恩已经取代了荷马，这位神圣的诗人将我引入了如何奇幻的世界：踯躅于泣风冷雨的荒原，头顶幽暗的月光，仿佛在迷雾中能唤起我们祖先的幽灵。”

歌德并非否定荷马史诗，而是对长期占据文坛主导思想的反叛。与恭维古典文学的理性思想不同，歌德不再将自然等同于法则或理性，转而热情歌颂纯朴之人和未受世俗侵扰的大自然。《少年维特之

① Jerome McGann, *The Poetics of Sensibility: A Revolution in Literary Style*, Oxford: Clarendon Press, 1996, p. 33.

② Rudolf Tombo, *Ossian in Germany*, New York: The Columbia University Press, 1901, p. 73.

烦恼》从《奥西恩诗集》中得到的就是感性体验，以及人与自然相处中得到的情愫。歌德在自传中解释了引用奥西恩的目的是，“为了避免所有忧郁的表现缺乏合适的场景。只有让奥西恩引领我们到达极限之地，在他的领地，我们可以穿越灰暗而无垠的荒原、嶙峋而长满苔藓的墓碑、风中阴森扭动的荒草，而空中是沉甸甸的乌云。这种苏格兰的夜晚只有在月光下才成为昼”。

不仅如此，维特在离别人世前曾大段吟诵过《奥西恩诗集》中“萨尔玛之歌”的内容。维特手里接过这些翻译成德语的诗稿，“他全身战栗，眼望诗稿，噙着泪花，他坐下念道：黄昏之星呀！你在西方美丽地闪耀，你从云里抬起明亮的头，壮丽地移步山峦……奥西恩之光灿烂地映现了。我看见故逝的友人，犹如在那业已逝去的日子一样，他们聚首在洛拉平原上。——芬格尔！像潮湿的雾柱，簇拥他的是他手下的英雄……”①

加拿大文学理论家弗莱在其学术著作中多次提及《奥西恩诗集》。他在《试定义感性时代》一文中提醒我们，在阅读《奥西恩诗集》以及斯特恩的《项狄传》（*Tristram Shandy*）时，读者得到的感受与阅读其他作品时完全不同。在后一类小说或者其他形式作品中，读者期待故事的悬念，而悬念的解决就是故事的结束。在此过程中，读者能够感知作者下面会说什么，作者也会按部就班地叙述。《奥西恩诗集》却反映了人的下意识，这些作品中读者的目标不是感觉的集中，而是感觉的断裂，读者甚至能够观察作者正在创作。弗莱将这一类诗歌定义为神喻性的诗歌（Oracular Poetry），认为它具有类似《圣经》的韵律。

这一区别在于西方文学历来存在着两种对立的文学观，“在文学史上，我们不仅要意识到周期性，同时还要注意到不断出现的两种对立的文学观，分别是亚里士多德的文学观和朗吉努斯的文学观，前者

① 歌德的内容引自 Johann Goethe, “*The Sorrows of Young Werther*” *and Selected Writings*, trans. Catherine Hutter, Harmondsworth: Penguin Books, 1962, p. 90, p. 144, p. 113。

是美学性的，而后者是心理性的”。[1] 弗莱的提醒具有一定启发意义。对《奥西恩诗集》真伪的辩论不仅反映了十八世纪批评与文学创作之间的冲突，同时也是不同文学观的矛盾，进而让我们深入理解《奥西恩诗集》的历史贡献。

英国十八世纪新古典主义在延续亚里士多德以及贺拉斯的文学观。在亚里士多德的模仿论中，作品应该模仿自然，模仿人类行为的情节是作品的灵魂。古罗马诗人贺拉斯在尊重这一传统的基础上，认为诗歌还需要服务于现实生活。“寓教于乐”才是诗歌的目的。德莱顿、蒲伯以及约翰逊博士等英国批评家正是这一创作思想的继承和发扬者。麦克弗森的《奥西恩诗集》却抛弃了亚里士多德的情节中心论，在创作思想上符合朗吉努斯倡导的崇高论。

在十八世纪中期英国重新抬头的这一崇高论思想中，作品不求情节曲折或完整，也不求悬念的惊心动魄。崇高首先是具有庄严而伟大的思想，以及强烈的激情。在创作技巧的帮助下，整个篇章融合为一体时所表现出的高贵品质。激发这种激情和高贵品质往往是外部世界，如火山喷发、地震以及暴风雨。《奥西恩诗集》这部伪作无疑是自然与激情的崇高结合。

新古典主义者蒲伯也谈自然，不过在《论批评》中，自然首先是古人的规约，等同于古希腊诗人荷马——模仿自然就是模仿古人的规约。哪怕是人类外部生活环境，那也是次序井然的宇宙机器，与牛顿设想的一样。约翰逊博士也不例外，他在编辑莎士比亚戏剧时，称赞这位戏剧大师为“自然诗人”。这当然不是说莎翁的戏剧中充满了自然风光的灵动，而是说他的创作符合亚里士多德的标准，在读者面前举起了一面镜子，忠实地反映了生活风貌。汤姆逊的《四季》诗富有想象，却并不狂野。由于精雕细琢，其中的自然风光与绘画无异。《奥西恩诗集》中的自然意象远非条理化宇宙次序，麦克弗森不会停留在汤姆逊的装饰画前。《帖莫拉》第 8 卷的自然是自由奔放的：

---

① Nothrop Frye, “Towards Defining an Age of Sensibliity,” *Fables of Identity: Studies in Poetic Mythology*, New York: Harcourt Brace Jovanovich, 1963, p. 133.

> 冬天的风盘踞在山中的湖水之上，在风暴的夜晚冻僵了波浪。又在波浪上覆盖了冰；霜白色！在猎人早期的眼前，波涛似乎还在翻滚。

不仅《帖莫拉》，几乎所有《奥西恩诗集》中，自然与人同样具有灵气。无论是皑皑雾气，绵绵群山还是风暴凛冽的荒原。这些奇幻的自然之灵表现得时而忧郁，时而阴森。如果朗吉努斯的崇高是心灵上的恐惧，哪部之前的作品能比《奥西恩诗集》中的幽魂更可怕？如果是雄壮，更有哪些作品中有如此雄壮的部落军团以及战争的残酷与壮丽？如果是高贵，这些原始部落中的英雄燃烧着激情的火焰。因此，约翰逊对《奥西恩诗集》的批判不仅是真伪之辨，也存在着不同文学观念的差异。

弗莱正是沿着这个思路详细探讨了前浪漫主义诗人威廉·布莱克（William Blake，1757—1827）与麦克弗森这部伪作之间的相互关系和契合。而令读者惊讶的是，无论是《可怕的对称：威廉·布莱克研究》一书，还是其他学术论文，只要谈到奥西恩诗歌时弗莱基本不提其作者麦克弗森，甚至连斜体的书名都没有，频繁出现的却是“奥西恩”（Ossian）或者是“奥西恩的诗歌”（Ossianic poems）。弗莱的做法令人感慨，他避开纠缠于其真伪，而是将其当作客观存在的作品进行研究，这种对文本的开放态度也令其他学者回味。

6. 苏格兰的巴德—麦克弗森与彭斯

《奥西恩诗集》对英国前浪漫主义诗人布莱克的影响，加拿大批评家弗莱已经阐释得比较明确；这部伪作对浪漫主义诗人柯尔律治、拜伦勋爵的启发作用，美国杜克大学的约翰·邓恩在其提交的博士论文中也做了一些细致分析。[①] 然而对于另外两位重要的浪漫主义作家：苏格兰诗人彭斯以及华兹华斯，学术界却很少将此二人与《奥西恩诗

① See John Dunn, “The Role of Macpherson’s *Ossian* in the Development of British Romanticism,” PhD Diss., Duke University, 1965, pp. 140—252.

集》联系起来。

从表面来看,彭斯与麦克弗森的诗作风格有很大不同。《奥西恩诗集》哀婉而壮美,以史诗的宽广讴歌部族英雄。彭斯的歌谣和诗作中许多属于讽刺诗,既有俏皮的,也有情色内容,两者似乎缺乏共同之处。从韵律来看,《奥西恩诗集》属于散文诗,部分属于早期的自由体诗歌;而彭斯的多数诗歌遵循音韵,且韵脚丰富。

麦克弗森对彭斯的影响不能单纯从诗作本身出发,而应注意两者扎根于苏格兰文学传统之上的契合,然后再探讨前者对后者在作品上的启迪作用。麦克弗森与彭斯均是苏格兰农民之子。前者出生在苏格兰高原北部的因弗内斯(Inverness),而后者出生于西南部的埃尔郡(Ayrshire),他们受到的民族文化熏陶基本一致。尽管出生于苏格兰低地,但是彭斯却向往着奥西恩部落追逐鹿群的高原,他在诗歌中说:

> 我的心呀在高原,这儿没有我的心,
> 我的心呀在高原,追赶着鹿群,
> 追赶着野鹿,跟踪着小鹿,
> 我的心呀在高原,别处没有我的心!
> ……①

麦克弗森曾辗转于阿伯丁大学和爱丁堡大学,最终未取得任何学位。彭斯没有上过大学,然而他的基础教育并不差。彭斯的启蒙教师约翰·默多克(John Murdoch)刚到乡村教授这群孩子时年仅18岁。他教学方式比较古板,充满老学究气,然而默多克传统的教学手段对6、7岁的彭斯以及弟弟吉尔伯特来说却受益匪浅。默多克除了要求学生背诵《圣经》之外,还要求背诵亚瑟·马森(Arthur Masson)的《英语诗文集》(*Collection of English Prose and Verse*)。马森的《诗文集》未收录苏格兰文学素材,却有英国文豪莎士比亚、弥尔顿的作品,更重要的是也将当代作家格雷、申斯通等的诗歌作为经典。默多克选用

① 王佐良译文。参见彭斯:《彭斯诗选》,王佐良译,北京:人民文学出版社,1985年,第34页。

《诗文集》作为教材与其个人文学趣味有关。他是希望培养学生通过古今对比提高对当代作品的分析、解读能力。对于这种教学方式，默多克曾经回忆说，彭斯和几个小伙伴“能够非常娴熟地背诵选集中的那些颂歌和诗文，这部分得益于他们的父亲和我坚持要求这么做，让他们彻底掌握背诵下来的每个句子中每个单词的意思。总的来说，在幼年时，孩子们这样背诵比我们预期的更加容易”。[①]

彭斯的母亲及亲属文化程度均不高，但讲起苏格兰民谣以及传说却滔滔不绝。不难想象，彭斯的启蒙文化与麦克弗森类似，混杂着英格兰和苏格兰两种文化，这对他们之后的诗歌创作都具有一定影响。如果说麦克弗森的伪作以其崇高、雄壮之美以及感伤情绪打动柯尔律治以及前浪漫主义诗人布莱克，那么对彭斯的影响恐怕是对苏格兰传统文学的引领。

从彭斯早年的书信看，他确实研读过《奥西恩诗集》，这一点毋庸置疑。1783年1月，24岁的彭斯去信默多克。信中的内容已经显露出彭斯对当代作品的熟知：

> 在书方面，我真的读得很多。最喜爱的是感伤主义作家，比如申斯通，特别是他的挽歌；汤姆逊；《有情人》，这是本仅次于《圣经》的佳作；《世故的人》；斯特恩，特别是他的《感伤之旅》；麦克弗森的《奥西恩》等等。这些都是杰出的典范之作，我将以此立身处世。[②]

此时的彭斯尚在田间务农。他比不上申斯通的牛津背景，更无法设想汤姆逊受贵人庇护的好运，但麦克弗森所唤起的凯尔特思想已经渐入人心，他需要面对现实。缺乏大学教育就基本谈不上拉丁语，彭斯最多懂点法语。格雷典雅的诗作风格在彭斯那里行不通，彭斯只有借助麦克弗森等人掀起的凯尔特文艺复兴潮流，去打开自己的局面。

上封信发出后的第三年，彭斯以凯尔特游吟诗人“巴德”的姿态面对

---

① Robert Crawford, *The Bard: Robert Burns, A Biography*, Princeton: Princeton University Press, 2009, p. 38.

② J. De Ferguson and G. Roy, eds., *The Letters of Robert Burns*, vo. 1, Oxford: Oxford University Press, 1985, p. 17.

读者。他在《苏格兰方言诗集》(*Poems, Chiefly in the Scottish Dialect*)第一版——即科尔马诺克版的序言中再次提到了申斯通,以及苏格兰诗人兰姆齐(Allan Ramsay, 1684[①]—1758)、佛格松(Robert Fergusson, 1750—1774),却没有谈到苏格兰的英雄麦克弗森,而事实上彭斯在1784年8月的文学笔记中就有记载,说"白天的使命完成之余,剩下时间与精力就放在奥西恩、莎士比亚、汤姆逊、申斯通等作品之上"。[②] 这足以说明,彭斯在诗歌创作的培养时期就已经认真阅读过《奥西恩诗集》。

彭斯的《苏格兰方言诗集》发行于1786年7月31日。同年11月13日彭斯曾将一套两卷本《奥西恩诗集》连同另一本书邮寄给阿奇博尔德·劳里。后者是苏格兰学者劳里牧师在爱丁堡大学攻读神学的儿子。从所附书信内容判断,这套诗集是彭斯自己多年收藏,仅仅是借给阿奇博尔德·劳里阅读,并无赠与后者的意图。彭斯对麦克弗森的作品已经非常熟悉,所以一时不需要对方马上归还,信中有句话:"《奥西恩》,我不很着急;但是苏格兰诗人的歌曲集,请在方便的时候尽快归还"。[③] 这进一步表明,在彭斯的主要诗作发表之前,《奥西恩诗集》的内容早就成竹在胸,且能够在《苏格兰方言诗集》中刻意模仿麦克弗森的风格。

翻阅这本240页的《苏格兰方言诗集》,可以看到几处麦克弗森生平与诗作的烙印。在一共44首诗歌中,第一首名为《两只狗》。该叙事诗通过两条狗的对话,揭露十八世纪苏格兰社会贫富间的巨大差

---

① 国内的两本著作:陆谷孙编《英汉大词典》2版,以及刘意青主编《英国十八世纪文学史》(增补版)将兰姆齐的出生定为1686年。这估计受到国内影响较大的 Margaret Drabble, *The Oxford Companion to English Literature*, Oxford: Oxford University Press, 1985 左右。而早在上世纪三十年代学界考证出,兰姆齐出生年代为1684年。See Burns Martin, *Allan Ramsay*, Cambridge: Harvard University Press, 1931, p. 9以及 Alexander Kinghorn, ed., *The Works of Allan Ramsay*, vol. 4, Edinburgh: Scottish Text Society, 1970, p. 4. 目前国外已经普遍接受这一观点,见 Robert Crawford, *Scotland's Books*, Oxford: Oxford University Press, 2009, p. 244。

② See David Daiches, ed., *Robert Burns's Commonplace Book*: 1783—1785, London: Centaur Press Limited, 1965, p. 17.

③ J. De Ferguson and G. Roy, eds., *The Letters of Robert Burns*, vo. 1, p. 61.

距。诗歌用埃尔郡的低地词汇创作，以虚构的场景，控诉真实社会的不平等。这两条狗中，一条是老爷、太太家的，虽然项颈上挂着铜圈，上面刻着金字，可它毫不自傲，常常与穷人的杂种狗厮混。另一条狗虽为穷人所有，它的名字却映射出高贵忠诚的历史渊源：

另一条是庄稼汉的看家狗，
庄稼汉爱胡说八道，爱吟诗饮酒，
他把这条狗看成朋友和伙伴，
把狗取名乐斯是为了一时喜欢，
他记得高原古歌里有狗也叫此名，
那歌儿年代多久，上帝也难弄清。[①]
……

生活中，彭斯的确有条名叫乐斯(Luath)的爱犬，在彭斯父亲去世的前夜被人莫名宰杀。据彭斯弟弟回忆，彭斯原本想创作一首诗，纪念这位四条腿的朋友，而最终在诗集出版前写成上述内容。“乐斯”并非普通的名字，原见于《奥西恩诗集》中的《芬格尔》部分。出生于苏格兰的凯尔特英雄库丘林有条急如风暴的猎犬，名字就是乐斯。库丘林战死后，它的爱犬也与其一起安葬。诗中写道：

晦暗的乐高湖水在翻卷，人们在湖边堆起了英雄的坟冢。不远处安葬着乐斯，库丘林追猎的伙伴。[②]

另一首名曰《幻象》(*The Vision*)的诗歌描写了一个冬夜。年轻的诗人意识到自己除了为穷人创作一些押韵诗外，目前悲哀的生活一事无成。此时，身披苏格兰斗篷的缪斯神登门造访。诗人在缪斯神科伊拉的斗篷上看到了苏格兰埃尔郡壮美的山川、河流以及高贵的民族。诗歌第二部分，科伊拉女神赐予诗人巴德的头衔和地位：

欢呼吧，巴德！你是我亲自点化，

① 彭斯：《彭斯诗选》，王佐良译，北京：人民文学出版社，1985 年，第 140 页。
② J. Macpherson, “*The Poems of Ossian*” *and Related Works*, p. 138.

在我看来，你就是当地的缪斯，
不要再哀叹命途艰难，
悲哀低微，
我给你如此的地位，
这是我们的赏赐。
……①

这首诗估计早在1784年春季就已经有了初稿，诗歌共分为两个部分。彭斯使用了“duan”（诗段）这个词来表示两个部分的分割，而duan一词最早为麦克弗森所使用。他在《帖莫拉》中，对duan有如下脚注说明：

巴德诗人需要将诗作进行区分。在叙事时，经常需要有插入或离题的内容打断叙事，这个插入部分就叫“诗段（duan）”。随着巴德等级的消亡，这个词用来统称古代的诗歌。②

我们无法断定古苏格兰巴德诗人是否真正将史诗的游离部分称为“duan”，但是彭斯对此恐怕深信不疑，否则不会将此移植到自己的诗作。翻阅《牛津英语大辞典》中单词duan的义项，历史上第一个使用该词的作者就是麦克弗森，词义同样依据其自己的说明为基础，而第二个例子则是彭斯在《幻象》中的使用。这时我们可以对彭斯的诗歌创作下一个不同于亨利·麦肯济等人的判断：所谓“神授的耕田汉”的称号实则存在大量传统继承的要素。彭斯在诗歌中显示出天才的技巧，并没有太多对文学技巧的突破与创新，相反他是站在了巨人的肩膀，这个巨人可以是兰姆齐，而更可能是麦克弗森。

《苏格兰方言诗集》出版的第一个月内就卖光了全部612本，诗集的卖点恐怕是“苏格兰方言”。然而，这本《诗集》实则一个大杂烩。彭斯虽然使用了部分盖尔语词汇，但是诗集中句法和格律却仿效了十八

---

① Robert Burns, *The Kilmarnock Poems*, ed. Donald A. Low, London: J. M. Dent & Sons Ltd, 1985, p. 50.

② J. Macpherson, *"The Poems of Ossian" and Related Works*, p. 534.

世纪英格兰新古典主义风格。睿智的读者并非没有注意到这一特点。1787 年 8 月的《新城乡杂志》(*New Town and Country Magazine*)上有人说："据称罗伯特·彭斯是位庄稼汉，却天赐奇才。其主题并非人们期盼那样，围绕作者生活的一情一景——他有讽刺诗，又有田园诗；有幽默的也有哀伤的。这些诗歌冠以'主要以苏格兰方言'，原本将其艺术之美展现于小范围的读者，然而作者具有娴熟的英语技巧。"

彭斯的成功并不偶然。《苏格兰方言诗集》头版序言中宣称的"原本展现于小范围读者"绝非彭斯的初衷，而倘若没有麦克弗森在整个欧洲掀起的苏格兰热，很难想象彭斯能够如此迅速征服英格兰和整个爱丁堡。使用苏格兰词汇创作诗歌，彭斯算不上是第一人。1724 年兰姆齐已经在这方面做过实验，不过未取得彭斯那样的轰动效果。这当然要归功于麦克弗森让整个英国，乃至欧洲注意到了苏格兰古老文化的存在，这其中彭斯是最大的受益者之一，也是继麦克弗森之后最有影响力的苏格兰诗人之一。

彭斯有着自己的雄心壮志。他从麦克弗森那里学到了素材，但也与这位风云人物出版方式划清了界线。彭斯在 1786 年的科尔马诺克版《苏格兰方言诗集》的封面上小心翼翼地署了自己的真名，并以低姿态为自己画地为牢。他在序言中写道，自己虽以作家的公众角色出现，但仍感惴惴不安，"声名对于诗歌部族来说异常珍贵，而他仅仅是个默默无闻的巴德，畏惧被冠以文不对题的傻瓜"。[①]

诚实总为上策，也是最好的诗歌形式。在创作策略上，彭斯不再如麦克弗森使用托名的技巧。但是借助于麦克弗森掀起的"巴德"意象，彭斯在诗歌创作上走得更远。在欧洲文化中，游吟诗人扮演着重要的文化传播角色，各民族都有自己独特而具有文化意象的称谓。"游吟诗人"这一概念最常用的单词是 minstrel，这个单词来自拉丁语，后来进入法语。古英语中则使用 gleeman。英国民族史诗《贝奥武甫》中就使用了 glēomann 这个早期拼写(1160 行)。北欧一些民族则使

① William Henley and Thomas Henderson, eds., *The Poetry of Robert Burns*, vol. 1, London: T. C. & E. C. Jack, 1896, p. 3.

用 scop 一词,含有“嘲弄”、“模仿”之意。

巴德(bard)原是凯尔特民族独特的社会阶层。在缺乏文字的社会中,巴德通过口口相授的方式,不仅大量保存着民间文学,还通过赞美诗、叙事诗等传递着社会惯例和法律条文。巴德与苏格兰的宗族制社会休戚相关,他们依靠宗族首领的赏赐生活,这些赠品包括生活用品或者耕种的土地。在彭斯之前,苏格兰的巴德阶层在高地区域已经开始逐渐消失。牛津大学历史学罗珀教授认为:“十八世纪初期,封闭的高地社会开始瓦解;1746 年之后则完全垮塌。高地部族首领的小朝廷不复存在后,部族制巴德也淡出人们视野。只有一些古诗爱好或研究者开始搜集濒临消失的诗词。”[①]在十八世纪中后期,尽管退出历史舞台的个别巴德诗人仍然存在,甚至延续到十九世纪初,但是他们往往生活在偏远的乡村,而且已经不是职业巴德,而是靠从事其他手艺或者耕作养活自己。

虽然彭斯在《苏格兰方言诗集》的序言中提到了兰姆齐和佛格松,不过在这两位前辈的作品中,bard 这个词的出现频率并不高,[②]更谈不上细致的文化阐释。只有麦克弗森和布莱尔在《奥西恩诗集》以及《论〈奥西恩诗集〉》对此的叙述最为详细,让英格兰文学界了解到巴德文化的古老渊源。彭斯在他的诗集序言中没有提到麦克弗森的影响,如果是有意,这种做法完全可以理解。令苏格兰文人头痛的约翰逊博士刚刚去世两年,其支持者仍然具有影响力。同时,麦克弗森所谓译作的真伪之争尚未尘埃落定。作为尚无任何文学资历新人、地区性的乡土作家,彭斯只能在书信中私下表达对《奥西恩诗集》的崇敬。

在麦克弗森笔下,苏格兰巴德诗人对整个社会贡献巨大。他认为古代的巴德是仅次于凯尔特智者德鲁伊特(druid)的一个阶层。这些

① Hugh Trevor-Roper, *The Invention of Scotland: Myth and History*, New Haven: Yale University Press, 2008, p. 111.

② 兰姆齐诗作最权威的版本为苏格兰文本学会的 6 卷本作品集,然而索引中找不到巴德这一单词。参见 *The Works of Allan Ramsay*, eds., Alexander Kinghorn and Alexander Law, Edinburgh: Scottish Text Society, 1940—1974 第 6 卷索引。搜索 Robert Fergusson, *Poems of Robert Fergusson*, edited by James Gray, Edinburgh: John Fairbairn, 1821 电子版,bard 一词仅出现 9 次;搜寻《奥西恩诗集》,bard(s)的使用高达 326 次。

诗人跟随国王作战，通过歌曲赞颂国王的统治以及其美德，借以巩固王权。其间，人们逐渐培养了在荒蛮时代无法想象的感伤之情。巴德诗人原本是德鲁伊特一派的门徒，在这个伟大阶层的熏陶下，这些巴德诗人开拓了视野，净化了思想，自然能够在脑海中形成完美的英雄形象，然后将这些英雄的优秀品质渲染在君主身上。一些小部落首领会为之而感动，将这些理想化的英雄人格作为自己的行为典范，朝着诗歌所表现的宽宏气度靠拢。君王受到这些勇士们的美德压力，同时在巴德诗人的赞颂下，要做出与其地位相称的杰出事迹，以超越自己的子民。布莱尔在《论〈奥西恩诗集〉》一书中也有类似论述。他认为古苏格兰人属于正统的凯尔特人，这一点毫无疑问。历史上，凯尔特这个伟大的民族曾经统治过整个欧洲西部，因此无人不知德鲁伊特和巴德；前者是凯尔特的贤哲，而巴德是民族的诗人和英雄事迹的记载者。凯尔特民族文化与他们的诗歌以及巴德诗人密不可分。无论政权如何更迭，习俗如何变化，甚至德鲁伊特阶层消失，民族宗教剧变，巴德诗人的成长却仍然兴盛不衰。在所有重大事件中，巴德诗人成为纷争首领间的调停人，通常被认为是圣人。引布莱尔引用了《奥西恩诗集》中的描述：袋人首领“凯巴不敢将利剑刺向巴德，尽管他的心灵阴暗，……放过这些巴德诗人吧，他的兄弟如此劝道，他们是未来之子，他们的声音会在以后的时代听到，哪怕帖莫拉历代国王全部灭绝”。①

凯尔特复兴运动发轫期是十八世纪中叶。以格雷的《巴德》、埃文斯《古威尔士巴德诗歌实例，译成英语》以及麦克弗森的《奥西恩诗集》为标志。然而格雷的作品在第一次出版时鲜有赞赏者。事实上在英格兰当时没有人知道什么是巴德，以及政治影响如何。② 埃文斯的译作具有较强的学术性，所译的数量总共不到10首，因此彭斯恐怕受麦克弗森的影响更多一些。在彭斯以后的书信、诗作中均可以看出他对奥西恩作为巴德诗人的崇敬之情。

① J. Macpherson, “*The Poems of Ossian*” *and Related Works*, pp. 349—351.

② Edward Snyder, *The Celtic Revival in English Literature, 1760—1800*, Gloucester: Peter Smith, 1965, pp. 4, 194.

1787 年，彭斯甩掉了卑微的帽子。在第二版《苏格兰方言诗集》（爱丁堡版）序言中他宣称："作为一名苏格兰巴德诗人，他自豪于这个称号。他的崇高理想就是为他的祖国而歌唱。"在彭斯眼中，奥西恩是位充满忧郁，而又有自豪感的民族主义者。彭斯完成了早在 4 年前给启蒙教师默多克信中的誓言——"我将以此立身处世"。同年 9 月，彭斯完成了 22 天的苏格兰西北部游历，甚至来到麦克弗森的故乡，探访位于因弗内斯的奥西恩之墓。在给弟弟的书信中，彭斯说自己非常激动（warm as I was from Ossian's country where I had seen his very grave）。

这种激动在彭斯以后的日子中并没有淡忘。奥西恩特有的"悲伤之喜"成为他生活和诗作中最贴切的表达和灵感。就在这年岁末冬天，彭斯遇到了少年维特同样的烦恼。一位多愁善感的已婚女性走入彭斯的生活。这位麦克尔霍斯太太（Ms James McLehose）的优雅令彭斯始终处于悲伤之喜当中。迫于世俗的压力，比彭斯长一岁的麦克尔霍斯太太说："假如我是你的姐姐，我肯定会去看你，可这是个四处充满挑剔眼神的世界"。[①] 此时，再没有什么比奥西恩的诗作更能贴切地表达这番痛苦了，其中的诗句再次勾起彭斯"悲伤之喜"的思绪。彭斯真切地感受到《奥西恩诗集》的魅力所在，不禁将奥西恩赞颂为"诗王"（prince of Poets）。[②]

歌德笔下的维特大声诵读《奥西恩诗集》片段后自杀。彭斯的内心在 1788 年 3 月经历了与维特一样的煎熬。他给麦克尔霍斯太太去

---

① Robert Chambers, ed., *The Life and Works of Robert Burns*, vol. 2, Edinburgh: W. & R. Chambers, 1896, p. 219. 麦克尔霍斯太太的出生时间过去一直认为是 1759 年。来源是其孙 W. C. McLehose 于 1843 年出版的 *Correspondence between Burns and Clarinda with a Memoir of Mrs M'Lehose* 一书。1992 年，学者 James Mackay 经过考察历史文献，认为此说法有误，应为 1758 年 4 月 26 日。见其著作 *A Biography of Robert Burns*, Edinburgh: Mainstream, 1992, p. 369。另见 Gerard Carruthers, ed., *The Edinburgh Companion to Robert Burns*, Edinburgh: Edinburgh University Press, 2009, p. 20 以及 Robert Crawford, *Scotland's Books*, Oxford: Oxford University Press, 2009, p. 279。

② J. De Ferguson and G. Roy, eds., *The Letters of Robert Burns*, vo. 1, Oxford: Oxford University Press, 1985, p. 265.

信说:"今天我精神好多了,我度过了一个完全不同的夜晚——担心、焦虑压在我的心头。这个早晨的欢愉是经过认真而严肃思考的结果,这些思绪已经超越这'黑暗而狭小的坟墓'(the dark and the narrow house),正如诗王奥西恩所说。"[①]

彭斯引用了'黑暗而狭小的坟墓',这个意象出现在《芬格尔》第一卷。爱尔兰国王库丘林哀伤战死的英雄,责问"是什么将克罗姆拉山脉的首领们囚禁于这黑暗而狭小的坟墓"?[②] 原文是:"Or what confines the chiefs of Cromla to the dark and narrow house?" 彭斯似乎对这一意象情有独钟。1791 年他创作了《哀苏格兰玛丽女王》一诗,其中有类似的表述,"在这狭小的死亡之屋,/让冬天在四周咆哮;下一年点缀春天的鲜花/将盛放于我宁静的坟墓"。[③]

这些原属于麦克弗森笔下的表达风格,时而穿插在彭斯的优美诗作中,用以寄托其忧郁情感。再如,在献给艾利森·贝格比(Elison Begbie)的诗作《塞斯诺克河岸的少女》第 6 诗节中,彭斯使用苏格兰高原的雾来描绘女性秀发:"她的秀发像盘绕的云雾,在傍晚围绕着山峦。"(Her hair is like the curling mist,/That climes the mountain-sides at e'en.)无疑,这一意象源自《芬格尔》中"克莫拉:戏剧诗"部分的内容,描写少女克莫拉等待未婚夫凯旋时的情景。只不过彭斯将用于修饰男性的长发嫁接到了女性头上。麦克弗森的原作是:"Was his hair like the mist of the hill, soft and curling in the day of the sun?"[④]

不错,彭斯是苏格兰乃至整个英国伟大的诗人。但我们必须看到,从来没有任何个体化的诗人本人就已经具备了完整意义。无论他

---

① J. De Ferguson and G. Roy, eds., *The Letters of Robert Burns*, vo. 1, Oxford: Oxford University Press, 1985, p. 265.

② Macpherson, James. "*The Poems of Ossian*" *and Related Works*. Ed. Howard Gaskill, p. 57.

③ William Henley and Thomas Henderson, eds., *The Poetry of Robert Burns*, vol. 1, London: T. C. & E. C. Jack, 1896, p. 270.

④ 比较 William Henley and Thomas Henderson, eds., *The Poetry of Robert Burns*, vol. 4, London: T. C. & E. C. Jack, 1896, p. 3. 内容与 Macpherson, James. "*The Poems of Ossian*" *and Related Works*. Ed. Howard Gaskill, 106 页内容。

多么优秀,多么重要,这个重要性的评价实际就是对他与已故前辈诗人之间关系的分析。我们最好不要孤立地对诗人本身做出评估,而应该将其放在已故的先驱当中进行对照和比较,这样对作品的意思会更加清晰、可靠。这也是英国诗人、批评家艾略特的《传统与个人才能》一文中对我们的启示。

7. 华兹华斯的言不由衷

英国浪漫主义诗人华兹华斯在提及麦克弗森的伪作《奥西恩诗集》时,不仅语气充满讽刺,而且似乎难抑内心愤懑。从他洋洋万言的《序言补充》(*Essay, Supplementary to the Preface*, 1815)中我们可以深味此种浓烈的情绪,在此不妨撷取其中一段文字:

> 万福,麦克弗森!祝福你,奥西恩的始作俑者!奥西恩这个幽魂脱胎于一位无耻的高地人,他温情地拥抱传统的阴暗面。幽魂南移,那里的人们却为之欢呼喝彩。同样的状况一路发展到欧洲,受到广泛赞许。《英诗辑古》的编者并不掩饰他曾经增补过大量内容,但是他躲躲闪闪,宁愿接受人们赞许他的独辟蹊径。与那无私的盖尔人相比,他的行为多么的自私!那盖尔人就像李尔王一样出让自己的王国,满足于依靠自己女儿那点微薄的施舍。……尽管这些伪装的古诗广得泛赞誉,却丝毫没有影响这个国家的文学。其后的作家似乎没有从中得到一丝灵感。没有哪位作家胆敢涉险在形式上去模仿这些诗歌,哪怕以最不起眼的方式,只有那个孩子——查特顿例外。①

"万福,麦克弗森!"一句套用了莎翁悲剧《麦克白》中的台词。在荒原上,女巫预言麦克白将篡夺邓肯的王位,吐露出一句意味深长的对白:万福,麦克白!祝福你,葛莱密斯爵士。华氏借此讽刺伪作家麦

① William Wordsworth, *The Prose Works of William Wordsworth*, vol. 3, Oxford: Clarendon Press, 1974, pp. 77—78.

克弗森为了成功不择手段。他不仅认为《奥西恩诗集》毫无文学价值，甚至评价麦克弗森本人不知廉耻(impudent)。

华兹华斯虽是英国浪漫主义时期最具创新思想的诗人之一，但上述论断与事实不符，例如，他断言"[麦克弗森]丝毫没有影响这个国家的文学"，这不仅毫无佐证根据，而且该文的部分内容也有悖于华兹华斯自己过去的诗学理论，表现得言不由衷。华氏1815年的《序言补充》有其特殊的创作背景，这也是其言不由衷的根本原因。该文发表后，华氏的密友亨利·鲁滨逊(Henry Crabb Robinson，1775—1867)就明确表示对其中的一些说法持保留意见，因为这篇文章颇有泄私愤之嫌，且缺乏客观性。华氏承认这对其文学死敌弗朗西斯·杰弗里的一种蔑视。[①] 如此创作背景至少意味着《序言补充》的部分内容并非这位英国浪漫主义旗手长期思索的理论结晶，而是一种愤怒状态下的自我辩护。在怒火中烧的背景下，麦克弗森不过是无意被殃及的池鱼罢了。

华氏的言不由衷在《序言补充》另一段文字中显得尤为突出："我有幸出生并成长在山野农村。从孩提时代起我就感到，这几卷刻意托奥西恩之名所描绘的世界中充斥了虚假。以我亲眼所历，我认为其意象均系伪造。"[②]华兹华斯自认为从孩提时代就能够鉴别出《奥西恩诗集》中的意象为伪造，其中的描述都为虚假之辞。华氏的此番言论如果属实，那他绝对是一个空前绝后的"神童"。事实上，对《奥西恩诗集》真伪的初步全面调查是在1805年。当年著名作家亨利·麦肯济担任主要负责人，调查了大量与麦克弗森相关的作家、当事人以及知晓奥西恩传说的普通民众，最后苏格兰高地委员会形成了一个《调查报告》。即便华氏当年阅读过这部报告，他已经年满35岁，绝非自称的孩提时代。更为重要的是，这本343页的《调查报告》并未作出真伪

---

① See Edith J. Morley, ed., *Henry Crabb Robinson on Books and Their Writers*, vol. 1, New York: AMS Press, 1967, p. 166; and Mary Moorman, *William Wordsworth: A Biography, the Later Years: 1803—1850*, Oxford: Clarendon Press, 1965, p. 277; and Stephen Gill, *William Wordsworth: A Life*, Oxford: Clarendon Press, 1989, p. 306.

② Wordsworth, *Prose Works*, vol. 3, p. 77.

的直接结论，更没有华氏所谓的其中意象属于伪造；只是说，在苏格兰高原是否存在大量关于奥西恩的诗歌这一问题上，结论是肯定的。《奥西恩诗集》的真伪之争一直到1951年才基本尘埃落定。盖尔语学者德里克·汤姆森教授在研究了现存的口头以及抄本民谣基础上，认为麦克弗森所使用的手稿抄本并不都存在，但是他确实利用了一些真实的民谣抄本，进行自己的创作。

从华兹华斯中学时代的习作来看，华氏不仅没有认为《奥西恩诗集》中的意象为伪造，还大量采用《奥西恩诗集》中相类似的表达。处于青春期的诗人崇拜这部伪作，并在其作品中做出了积极响应，《埃斯威特湖谷》(*The Vale of Estwaite*)就是一个较为明显的例证。这是华氏十七岁时完成的一部长诗，部分内容可以与其最伟大的自传性作品《序曲：或一位诗人心灵的成长》相互印证。它不仅可以帮助我们了解诗人生平，同时能够探索诗艺发展过程。《埃斯威特湖谷》分为两个部分，总数超过1000行，还包括一些插入的片断。

华兹华斯的母亲于1778年去世；5年后的岁末，父亲也撒手人寰，失去双亲后的诗人便一直寄人篱下。华氏年幼的妹妹多萝西于1787年7月在信中怅然道："多少次，我和哥哥一起抱头痛哭，那是多么辛酸的泪水。日复一日，地我们更加强烈地感受到失去双亲意味着什么"。[①] 创作《埃斯威特湖谷》时，华氏正体验着生活带来的无助、伤感。正如麦克弗森笔下那些部落的唯一幸存者，华兹华斯心中同样涌动着失去亲人、无依无靠的悲伤。约翰逊博士曾赞赏过格雷《墓园挽歌》所体现的感伤，认为诗中"充满了能在人头脑中引起反响的意象，还能使每个人产生发自心底的回应"。[②] 同样道理，《奥西恩诗集》的意境对年少的华氏也具有不可替代的魅力。

《埃斯威特湖谷》作于1787春夏间，是一部触景生情的哀伤之诗，以诗人多年早夕相伴的埃斯威特湖谷自然风光为线，哀伤双亲过世后

① Ernest De Selincourt, ed., *The Letters of William and Dorothy Wordsworth: The Middle Years*, vol. 1, Oxford: Clarendon Press, 1937, p. 3.

② 刘意青译文。转引自刘意青《浪漫主义诗歌端倪和哥特小说》，见刘意青主编：《英国18世纪文学史》增补版，外语教学与研究出版社，2006年，第249页。

的无助之情；而即将背井离乡去剑桥求学，就意味着又要被迫离开相依为命的妹妹，此番情愫华兹华斯在该诗的 272 行起有如下表述：

这景色无处不唤起热切的记忆，
唤起柔肠百转之泪，喜悦或是哀凄。
一个冬天的傍晚，寒风呼啸，
掠过巍峨的山楂树枝条，
可怜的羊群，冻得畏缩在一起取暖，
落寞沮丧，长久地寻找山中的羊栏。
坐在远方那块裸露的山石上，
我独自承受着辛酸的哀伤。
久久地，我饱含泪花的双眼，期遐
有一匹小马带我回家。
……

这首诗歌的英语原文如下 ：

No spot but claims the tender tear
By joy or grief to memory dear.
One evening when the wintry blast
Through the sharp Hawthorn whistling pass'd
And the poor flocks all pinch'd with cold
Sad drooping sought the mountain fold
Long long upon yon naked rock
Alone, I born the bitter shock;
Long, long, my swimming eyes did roam
For little Horse to bear me home,
. . . ①

① William Wordsworth, *Early Poems and Fragments*, 1785—1797, eds. Carol Landon, Jared Curtis, Ithaca: Cornell University Press, 1997, p. 164. 抄本 278 行原为 steepy rock，后来在 steepy 词上修改为 naked。

根据当代浪漫主义学者邓肯·吴的研究，诗歌中“裸露的岩石”象征着少年的脆弱，易受到伤害；在《序曲》1805年版12卷中同样出现的寒风“掠过山楂树枝条”则表现出少年渴望得到他人陪伴。[①] 吴对此的解读令人信服，以山野之风掠过山楂树与先人亡灵的呼唤之间产生联想，有助于深入分析了华兹华斯创作时的心境，体现怙恃俱失的年少诗人过早失去了父母双亲而渴望亲情的陪伴。从文字所表述的意象可以推测，估计华氏阅读了麦克弗森在《帖莫拉》第4章后做的注释，这里就有上述联想的最初表达。麦克弗森在谈到苏格兰高原未开化部落时有如下一段文字的描述：

> ……，人们的工作就是在沉闷、辽阔的沙漠放牧牲口，他们的足迹遍布一望无垠、人迹罕至的荒漠。在呼啸的风中，在咆哮的瀑布旁，他们露宿于野外。周围环境的阴郁造就了忧郁的情愫，很容易产生奇特以及超自然力的迷信。环境因素发出种种声响会惊扰睡梦，他们以为听到了先人亡灵的呼唤(voice of the dead)也就不足为怪了。‘亡灵的呼唤’或许不过是风掠过大树的尖啸，也许是从邻近的山石缝中(in the chinks of a neighbouring rock)发出的响声。……[②]

仅凭《埃斯威特湖谷》一诗中以“寒风呼啸，掠过巍峨的山楂树枝条”表达幻觉中诗人对先人的思念之情，这似乎还有点牵强。但该诗另一处意象与《奥西恩诗集》再次出现契合，这绝非偶然。《埃斯威特湖谷》222行中诗人说，一个瘦高的幽灵(spectre)矗立在自己眼前，双眼似惨白枯萎的花瓣：

> 透过他的肌肤，他的骨骼看起来阴森，
> 如惨淡的月光穿过山石之缝，
> 我们仅瞥见稀疏，淡淡的光

---

① Duncan Wu, "Wordsworth's Poetry of Grief," *Wordsworth Circle* Summer (1990), p. 115.

② Macpherson, James. "*The Poems of Ossian*" *and Related Works*. Ed. Howard Gaskill, p. 502.

飘泻在一棵孤零零,破败的紫杉上。
……"

Black were his bones seen through his skin
As the pale moonbeam wan and thin
Which through a chink of rock we view
On a lone sable blasted eugh;[①]

以"山石之缝"(chink of rock)的意象凸显荒凉、哀伤之情原本是《奥西恩诗集》中较为独特之处,在《芬格尔》第2卷中有:"我叹息,如幽风吹过山石之缝。"[②]华兹华斯应该非常熟悉《奥西恩诗集》的措词,不仅如此,《埃斯威特湖谷》还有其他与这部伪作的契合之处,如211行"一群群风暴的幽魂/目视着四散的流云"中,风暴的幽魂是对《芬格尔》,"幽魂今夜骑行在风暴之上,在山风的呜咽中,幽魂的歌声如此甜美,这歌曲来自异域之城"[③]的延伸。这已充分说明,不仅华兹华斯没有办法认定这些《奥西恩诗集》的意象均系伪造,相反还刻意进行模仿和改动,以适合自己的哀戚之情。

即便在1803年夏秋之际,年近而立之年的华氏仍然没有对《奥西恩诗集》中的意象产生过任何动摇。当年8月中旬,诗人偕妹妹及好友柯尔律治游历了苏格兰高原,途经苏格兰中部港口城市佩思。在传说中,奥西恩的墓地就坐落于该城郊外那景色秀丽的格莱蒙河谷(Glenalmond)。或许兄妹两人在司各特(Walter Scott, 1771—1832)家做客时向其打听过墓地的方位,而后又忘记了格莱蒙河谷的英文拼写;据多萝西日记记载,两人于1803年9月9日参观了这个墓地。[④]1805年4—5月间,华氏创作了《格莱蒙河谷》(*Glen-Almain, or the*

---

① William Wordsworth, *Early Poems and Fragments, 1785—1797*, eds. Carol Landon, Jared Curtis, Ithaca: Cornell University Press, 1997, p. 161.

② Macpherson, James. "*The Poems of Ossian" and Related Works*. Ed. Howard Gaskill, p. 69.

③ Ibid., p. 190.

④ Dorothy Wordsworth, *Recollections of a Tour Made in Scotland*, New Haven: Yale University Press, 1997, p. 176.

Narrow Glen)这首32行的诗歌,诗歌起首部分如下:

这个幽静之地,远离人烟,
奥西恩长眠于这狭长的河谷;
这个幽静之地,喃喃不断的
只有那和缓的一泓小溪,别无其他:
他曾吟唱过拼杀,殊死的鏖战
以及那惨烈的诀别;①

从后两行的内容判别,华兹华斯对麦克弗森的伪作主题完全了解。《奥西恩诗集》中生死搏杀的场景,以及凄婉的离别哀愁都深深印在华氏的脑海中。在同一时期,华氏创作了脍炙人口的诗作《孤独的割麦女》,其中第3节内容可看作《格莱蒙河谷》起首部分的进一步延伸,与《奥西恩诗集》的主题相呼应:

谁能告诉我她唱些什么?
也许这凄婉的歌声是咏叹
古老的、遥远的悲欢离合,
往昔年代的征战?②

《奥西恩诗集》的思想情感被华兹华斯部分移植到了这首优美的诗歌,使华氏苏格兰之行的所有诗作形成了一个有机系统。我们不妨大胆推测,在整个高原旅程前后,奥西恩及其作品产生的联想并没有被华兹华斯排斥而是铭记在心中。华兹华斯本人并不通晓盖尔语,在他的社交圈内也没有盖尔语学者。1807年1月20日,他还特地去信苏格兰历史小说家沃尔特·司各特,讨教是否在苏格兰盖尔语中有一个发音类似lega的单词,意思是否大致为"注意;走开"。③ 既然华兹

① William Wordsworth, "*Poems, in Two Volumes*" *and Other Poems*, *1800—1807*, ed. Jared Curtis, Ithaca: Cornell University Press, 1983, p. 187.

② 杨德豫译文。转引自《华兹华斯、柯尔律治诗选》,杨德豫译,北京:人民文学出版社,2001年,第171—172页。

③ Ernest De Selincourt, ed., *The Letters of William and Dorothy Wordsworth*: *The Middle Years*, vol. 1, Oxford: Clarendon Press, 1937, pp. 106—107.

华斯并没有盖尔语基础，那么如果说他对奥西恩传说有所了解的话，恐怕只可能从“这些伪装的古诗”中获得。

华氏早期以及晚年对《奥西恩诗集》的态度与1815年完全不同。透过华兹华斯自传性的伟大作品《序曲：或一位诗人心灵的成长》可以看出一些端倪。《序曲》的修订在华氏一生占据了相当比重，这部长诗分别有1799、1805以及1850三个版本，可谓一段相当漫长的时间。从1805年到1850年间，华氏经历了一些重要的思想变化，从青年时代的激昂满怀到晚年的谦卑反思。无论思想和社会背景如何变幻，后两个版本中对奥西恩的评价基本保持不变。华兹华斯承认自己年轻时听说或者阅读过《奥西恩诗集》，而且在第七卷的寄居伦敦一章中，他认为这是“纯正的事实”：

> 而且，在他布道的过程中，
> 福音书的作者、以赛亚、约伯、摩西、
> 那年写出《亚伯之死》的作者、
> 莎士比亚，还有从莫尔文招来的
> 欧西安（别不相信，这可是纯正的
> 事实），以及那天才的诗人——他在
> 阴郁的主题上缀满晶莹的幻景，
> ——
> ……①

上述译文的依据是1850年的版本，其中的英文原文如下：

> Meanwhile the Evangelists, Isaiah, Job,
> Moses, and he who penned, the other day,
> The Death of Abel, Shakespear, and the Bard
> Whose genius spangled o'er a gloomy theme

---

① 译文为丁宏为先生所作，见华兹华斯，《序曲：或一位诗人心灵的成长》，丁宏为译，北京：中国对外翻译出版公司，1999，第12页。本文的“奥西恩”，在丁先生译文中翻译成“欧西安”；而“巴德”在译文中简单化处理为“诗人”。Bard（巴德诗人）意译为“诗人”仅仅是权宜之计，损失了强烈的凯尔特文化内涵。

With fancies thick as his inspiring stars,
And Ossian (doubt not, 'tis the naked truth)
Summoned from the streamy Morven—
. . . ①

而1805年的早期版本却有不同：

Meanwhile the Evangelists, Isaiah, Job,
Moses, and he who penned the other day
The Death of Abel, Shakespear, Doctor Young,
And Ossian—doubt not, 'tis the naked truth—
Summoned from the streamy Morven,
. . .

从1805年到1850年的改动可以看出，1850年版本单独列出了奥西恩，中间插入两行修饰语。华兹华斯晚年有意将奥西恩与其他作家分隔开来，并用括号评注的方式把"别不相信，这可是纯正的事实"一句严格限定在奥西恩上。这样有别于1805年版本用破折号所带来的歧义，以免读者误以为同时修饰《亚伯之死》的作者、莎士比亚以及杨格博士。此外，只有在对照1805年版本后读者才能够推测，1850年中的巴德称号可能是对应着1805年版本中的杨格博士。倘若缺乏这种比较，由于语言上含混，难免让人浮想联翩，"阴郁的主题上缀满晶莹的幻景，犹如曾给他灵感的繁星"这些溢美之词很容易与奥西恩的史诗联系起来。这是因为将巴德诗人与杨格对应起来既令人诧异，又非常牵强。虽然所创《哀怨，或关于生命、死亡和永生的夜思》(1742)引起轰动，杨格本人却并不具有凯尔特巴德诗人的传统。

何谓"纯正的事实"？这一措词语意仍然含糊。"纯正"(naked)有"明白无误；不加掩饰"之意。仅凭这一句"纯正的事实"尚不能完全判

---

① William Wordsworth, *Prelude*: 1799, 1805, 1850, eds. Jonathan Wordsworth, M. H. Abrams, New York: W. W. Norton, 1979, p. 257. 本文中所有《序曲》英文均选用此版本。

断华氏是否认可《奥西恩诗集》的真实性。即便该诗为虚假之作，在华兹华斯的诗学理论中仍然有存在的合理之处。我们从《序曲》第五章可以追寻华氏幼年时期读书的经历。他曾经说，大约 10 岁时，他的心灵开始有意识地享受如歌的语言织体，追恋文字本身的甜美。其中，华氏认为我们喜爱的对象虽然虚假不实，但是胸中激荡的仍然是人类最崇高的属性：

……我们喜爱的
对象虽常常虚假不实，或流于
华丽的辞藻，然而，激荡在我们
胸中的绝非庸俗的力量，恰是
人类最崇高的属性——
……①

虚假的对象为何在华氏的创作思想中却成为人类最崇高的属性？因为人类的想象力是生活的精神食粮；而编造这些想象力之作的伪造者恰是人类的良师益友，与他们为敌的正是理性主义的批评家：

于是我们感受，我们感受，
知道友人于何方。你们那些梦想者，
冒险故事的伪造者！我们感谢汝等，
骗子、呆子、昏言的老伯；尽管愚蠢的
理性如此斥责，但是我们仍能感受
你们联合了何等伟大的神力，
使我们的希望、力量、思绪化为行动，
成为一个帝国，化成一种财富……②

原文使用了 forgers 一词，蕴含着“伪造”和“创作”双重意义。尽管理性主义的批评家斥责他们为“骗子”，华氏却对他们心存感念；恰

① 见华兹华斯：《序曲：或一位诗人心灵的成长》，丁宏为译，北京：中国对外翻译出版公司，1999 年，第 122 页。

② 该节诗歌为笔者自译。

是被理性斥责为“骗子”的伪造者促使孩子的心愿最终转化为力量和精神财富，让思想付诸行动。请看原文：

> ... then we feel, we feel,
> We know where we have friends. Ye dreamers, then,
> Forgers of daring tales! We bless you then,
> Imposters, drivellers, dotards, as the ape
> Philosophy will call you: *then* we feel
> With what, and how great might ye are in league,
> Who make our wish, our power, our thought a deed,
> An empire, a possession, ... [①]

此处 philosophy 并非泛指的“哲学”概念，而特指十八世纪英、法两国建立在理性、分析基础之上的怀疑论批评思想。[②] 理性主义批评压制人类的想象力，讥讽那些冒险故事的创作者、富有情感和想象力的作者为“骗子、呆子”；原文中 ape 为形容词，意思为“愚蠢”，修饰下一行的 philosophy。华氏痛斥这些理性主义批评思想为愚蠢之举。虽然麦克弗森没有如此明确、激烈的反理性思想，但是在创作实践上，华氏已经和麦克弗森站在了“盟友”的立场之上。这不难理解，华兹华斯强调诗歌是“强烈情感的自然流露”，内心的感受和经验远高于平淡的外在事实。在《抒情歌谣集》1800 年版序言的脚注中，华氏认为诗歌与科学（客观事实）完全不同，两者是根本对立的概念；过去批评界混淆了这两者之间的对立关系，结果造成文学批评的混乱局面。[③] 他进

① William Wordsworth, *Prelude*: 1799, 1805, 1850, eds. Jonathan Wordsworth, M. H. Abrams, New York: W. W. Norton, 1979, p. 181.

② 参见《牛津英语大辞典》该词条第 6 意项，以及 Raymond Dexter Havens, *The Mind of a Poet*: *A Study of Wordsworth's Thought*, Baltimore: The Johns Hopkins Press, 1941, p. 400。

③ 华氏的原文为：But much confusion has been introduced into criticism by this contradistinction of Poetry and Prose, instead of the more philosophical one of Poetry and Science. 原文参见 Wordsworth, *Prose Works*, vol. 1, 134。其中 philosophical 意义为“精确”、“准确”，可参见 W. J. B. Owen, ed., *Wordsworth's Preface to "Lyrical Ballads"*, Copenhagen: Rosenkilde and Bagger, 1957, p. 162。

一步引申道:诗的眼泪不是天使的泪,而是人们自然的眼泪。1845年在修订这篇序言时,华氏为自己的诗歌继续辩护说:"是情感给予动作和情节以重要性,而不是动作和情节给予情感以重要性"。[①] 麦克弗森在1763年《帖莫拉》的序言中也有类似的表达,他认为这些翻译的史诗"用质朴和天性表达了失落的爱,以及所带来的淡淡的凄凉之感。这些文字的发音与感伤的情绪结合得异常完美,哪怕不了解这种语言,诗歌的声音也能穿透、打动人心"。[②] 两位作家共同强调了情感在作者和读者中的重要意义,这些文学思想都抛弃了弥尔顿、德莱顿、蒲伯的传统,与十八世纪拉丁文风占主导地位的讽刺诗拉开了距离。

1823年,华氏修正了自己的部分观点。11月底,他在给苏格兰作家艾伦·坎宁安(Allan Cunningham, 1784—1842)的信中写道,自己受益于苏格兰文学,感恩之情无以言表,并且还列举了汤姆逊、司各特等数位边区诗人对自己创作的启发。华兹华斯虽然没有重复"麦克弗森丝毫没有影响这个国家的文学"这种观点,但也未提到自己受益于麦克弗森的伪作。相反,他承认这部伪作获得了"成功",令人费解的是,华氏在名词"成功"前加了形容词"危险"。华氏所谓"危险的成功"(dangerous success)[③]这一措词值得玩味。"危险"固然有"可能造成伤害"之意,英语dangerous的词根danger在早期还有"傲慢"、"怀疑"以及"难以取悦他人"的内涵。无论如何,华氏承认《奥西恩诗集》的成功却是事实。

1829年4月,年近花甲的华兹华斯终于逐渐正视麦克弗森对自己创作的积极影响。他在给古典学家埃德蒙·贝克(Edmund Henry Baker, 1788—1839)的信中说,尽管自己对麦克弗森多有指责,但"我自己受益于麦克弗森颇多,他让英国公众了解到奥西恩以及他本人那个时代的传统。我不会吝啬给他以赞誉,因为他保存了许多盖尔语诗

---

① Wordsworth, *Prose Works*, vol. 1, p. 129.

② Macpherson, James. "*The Poems of Ossian*" *and Related Works*. Ed. Howard Gaskill, p. 214.

③ Ernest De Selincourt, ed., *The Letters of William and Dorothy Wordsworth: The Later Years*, vol. 1, Oxford: Clarendon Press, 1939, p. 128.

歌的片断，假如没有他的关注，这些诗歌恐怕早已消失殆尽”。[1] 在这封关键的信函中，华氏“受益于麦克弗森颇多”显然与《序言补充》中“丝毫没有影响这个国家的文学。其后的作家似乎没有从中得到一丝灵感”一句相悖，这无疑是对《序言补充》的一次公正否定。从这句重回理性情绪下的肺腑之言可以看出，华氏虽然没有具体谈及受益的程度，且对麦克弗森的这份感恩和赞誉也仅在私人信件中表达出来，但是他不仅以积极、客观的心态，充分肯定了《奥西恩诗集》这部伪作对自己创作的现实影响，而且从历史的广度强调了这部伪作在英国浪漫主义形成中的重要作用，以及在整个文化传承中不可忽视的地位。如果没有麦克弗森这些盖尔语片断的保存，如果没有他对自己时代传统的关注，那些真实抄本以及后期的编辑则无法想象，这就是《奥西恩诗集》这部伪作的历史贡献。华氏的这番表白有助于世人公正地了解伪作在前浪漫主义时期的积极意义。

为何在 1815 年的《序言补充》中，华兹华斯如此言不由衷、语言偏激呢？答案需要从这篇文章的创作背景中寻求。《序言补充》是华兹华斯与苏格兰批评家、律师杰弗里长期积怨的一次集中爆发。从 1804 年起，《爱丁堡评论》以及作为该杂志编辑的杰弗里就不断刊发文章，指责华氏的创作题材缺乏品味，造成《抒情歌谣集》难堪的负面社会影响，导致其销量不断下滑，这令华氏本已非常拮据的生活更是雪上加霜。特别是 1814 年华兹华斯的《漫游》发表之后，杰弗里强烈抨击华氏的创作粗俗，指责他将出身卑微的小贩作为诗歌主角荒谬不堪。在杰弗里看来，“用高雅的风格描写一位四处兜售绒布和手帕的小贩，必将吓跑他的客人。他不是被当作是疯子，就是当成装模作样的学究，在嬉戏玩闹时以拙劣的演技假扮而成”。[2] 这段批评文字出现在《爱丁堡评论》1814 年 12 月的版面上，杰弗里的第一句话就是：这行不通(This will never do)。在此后相当长的时间里，这一句开场白成为对

① Ernest De Selincourt, ed., *The Letters of William and Dorothy Wordsworth: The Later Years*, vol. 1, Oxford: Clarendon Press, 1939, p. 377.

② Francis Jeffrey, *Contributions to Edinburgh Review*, Philadelphia: A. Hart, Late Carey & Hart, 1850, p. 469.

华氏诗歌的极大嘲弄。截至1815年3月,500本《漫游》仅仅售出约300本,出现了明显的滞销局面。

与此截然不同,《奥西恩诗集》不仅畅销,而且杰弗里对麦克弗森的伪作评论显得格外宽容。早在1810年8月谈到司各特的长篇叙事诗《湖上夫人》时,这位苛刻的编辑仍不忘在《爱丁堡评论》上顺带对《奥西恩诗集》做出高度评价。尽管杰弗里清楚这部作品是古色古香的仿作,里面充满了幼稚、令人生厌的矫情,但是仍然称其为"出色的译作",并认为麦克弗森的《奥西恩诗集》受到持续的追捧,这就证明如果一位作者文笔有力,思想有见地,他完全可以依靠凯尔特传统,创作出一部迷人的作品;杰弗里最后总结说"[《奥西恩诗集》]依然保持着独创的情调,深受文明世界中各族人民的喜爱。有教养的英格兰文人因为作品中的矫情和抄袭受到惊吓,斥责整部作品丽俗、虚假,但是故乡苏格兰的大部分人、国外的几乎各阶层读者都不太在意这些缺点,仍然景仰它"。[①]

1812年11月的《爱丁堡评论》上,杰弗里再次借评法国文艺理论家斯塔尔夫人(Madame de Stael, 1766—1817)《论文学与社会建制的关系》的机会,将奥西恩提高到与古希腊诗人荷马相提并论的地位。[②]杰弗里完全赞同斯塔尔夫人的文学主张,认为欧洲文学可以分为南方文学(古希腊、罗马、法国、意大利文学)和北方文学(英国、德国文学)两个对立的派别,而北方文学起源于奥西恩的凯尔特文明。杰弗里认为以奥西恩为源头的北方文学具有独特的气质,这些特点包括荡气回肠的忧郁、富有情感和想象。斯塔尔夫人以及杰弗里的这些论断恐难以让华氏和大部分英格兰人接受。具有强大经济实力和璀璨文学传统的英格兰,其文学的起源要归结于偏僻和荒凉的苏格兰,这恐怕对英格兰文人来说不仅是打个问号的问题。

《序言补充》中,华兹华斯认为这些《奥西恩诗集》中的所谓芬格尔

---

① Francis Jeffrey, *Contributions to Edinburgh Review*, Philadelphia: A. Hart, Late Carey & Hart, 1850, p. 375.

② Ibid., p. 56.

特色实际上是“现代的译者将自己的风格强加给了奥西恩”。[①] 虽然针对斯塔尔夫人的观点时，华氏的语言驳斥较为婉转，但是言外之意中对杰弗里的抨击却非常强烈。此外，杰弗里对这部伪作的性质和评论出现了明显的前后矛盾，一会儿将此说成是“古雅的仿作”(memorial of antiquity)，一会儿说成“出色的译作”(celebrated translation)，同时杰弗里又承认作品充满了“幼稚、令人生厌的矫情”。这样的评论模式难免令华兹华斯在愤怒之下将麦克弗森当作匕首，攻击杰弗里对本土的虚假之作视而不见，违背客观公正和缺乏文学品味。

正如鲁滨逊所言，1815 年的《序言补充》有过激之言气话以及言不由衷的论调。该文追溯了 200 年来英国著名诗人声誉的兴衰，以此证明一些具有永恒价值的诗歌并不为世人所欣赏，因为合格的批评家少之又少，甚至根本没有。当代学者欧文曾尖锐地指出，这篇文章不仅犯了判断性错误(wrong-headed)，而且具有偏见(tendentious)。[②] 欧文所说的偏见估计是指华氏对麦克弗森以及查特顿这部分的不公正评价，事实上查特顿对华氏的影响比麦克弗森更加深远。文学史上，查特顿被赞颂为“奇才异禀的少年”(Marvelous Boy)，这一名句就出自华氏的诗作《坚毅与自立》。通观整篇，华兹华斯在《序言补充》基本遵循一个错误的逻辑框架：

(1) 具有永恒价值的诗歌往往被世人所忽视

(2) 我的诗歌被世人所忽视

(3) 因此，我的诗歌具有永恒价值

华兹华斯以《奥西恩诗集》这部伪作为例，认为一些蹩脚诗人往往会取得一时的声名。不难看出，华氏的《序言补充》前面部分逻辑比较混乱，说服力不强。英国前浪漫主义诗人威廉·布莱克在读了华兹华斯的 1815 年《序言补充》后，非常诧异，居然无法相信这是华兹华斯的文字。布莱克情不自禁在自己的书上做了如下注释：“我不知道究竟

① Wordsworth, *Prose Works*, vol. 3, p. 78.

② W. J. B. Owen, *Wordsworth as Critic*, Toronto: University of Toronto Press, 1969, p. 229.

是谁写了这些序言，内容非常具有恶作剧的意思，而且这与华兹华斯自己的实际相悖。”[①]

透过华兹华斯这番言不由衷的言论，可以从一个侧面正确反映其诗学观、技艺发展的真实过程。如果没有认清这些过激论断的历史背景，孤立地理解《序言补充》中对《奥西恩诗集》抨击的字面意义，则容易得出危险的结论，例如法国学者埃米尔·勒古伊深受《序言补充》的影响。他以华兹华斯这番充满个人情绪的论断为证据，在《威廉·华兹华斯的早年生平》一书中想当然地得出以下结论：“在那一辈的诗人中，唯独华兹华斯没有模仿麦克弗森。”[②]比较文学专家雷纳·韦勒克在《近代文学批评史》中也曾非常困惑，误认为华兹华斯对待原生态和民间诗歌上的态度摇摆不定。在华氏诗歌的实践中，韦勒克敏感地觉察到华兹华斯与赫尔德都有尚古主义倾向，这两位浪漫主义诗人强调诗歌中强烈的情感和史诗场景，并且都倾向于借鉴巴德诗人的隐喻性语言。然而《序言补充》中的过激论断令韦勒克误以为华兹华斯并未坚定不移地贯彻这一思想。一方面华兹华斯被罗伯特·彭斯和托马斯·珀西的民间诗歌所打动，称赞他们的诗作挽救了英国诗歌；韦勒克认为，另一方面华兹华斯却与此类作品的内涵保持距离，就是因为华兹华斯“怀疑并讥讽了当下对奥西恩的热情”。[③] 事实上，华兹华斯对民谣这类民间文学的热情并没有动摇，《序言补充》对麦克弗森的斥责仅仅是孤立事件中的一时之辞。

故此，倘若选择《序言补充》作为今天的通俗读本时，目前国外的做法是略去前面这部分言不由衷且逻辑性差的内容，而选择后一部分较为出彩的论述，如另一位国际华兹华斯的权威斯蒂芬·吉尔在编撰二十一世纪牛津作家系列丛书之《威廉·华兹华斯作品选》就是以此

---

① William Blake, *The Complete Poetry and Prose of William Blake*, ed. David V. Erdman, Berkeley: University of California Press, 1982, p. 665.

② Émile Legouis, *The Early Life of William Wordsworth*, tans. J. W. Matthews, London: J. M. Dent & Sons, 1921, p. 123.

③ René Wellek, *A History of Modern Criticism*: 1750—1950, vol. 2, New Haven: Yale University Press, 1955, p. 135.

标准。[1] 不管如何,《奥西恩诗集》在文学史上的重要作用无法忽视,特别是对英国浪漫主义诗人的巨大启发意义,其合理性、突破性需要与整个十八世纪结合起来观察。这个世纪的重要困境在于首先诗人对想象力的释放,特别是超自然力,异域环境的描写必定要回到久远的过去,从历史的过去寻找适合的素材,但是这种想象力的释放却遭遇了机械性怀疑论的束缚。十七、十八世纪自然科学的发展基础是理性思维,伴随着理性思维的强势地位,人类的感性和想象或者逐渐脱离诗歌,或者被科学的批评家从诗歌中剥离开来。华兹华斯在强调情感以及情感的追溯性上具有重大历史意义,他与柯尔律治在民谣体上的探索深化了诗作内涵,然而这种突破性的一部分却来自麦克弗森的启发。

① See Stephen Gill, ed., *William Wordsworth*, Oxford: Oxford University Press, 2010, pp. 615—619.

后　记

回顾曾在英国十八世纪轰动欧洲的伪作家，我们不难发现假如中世纪伪作以数量取胜，那么英国十八世纪的几部伪作则以其内在因素影响了文学发展的方向。其中最有争议的当数麦克弗森的《奥西恩诗集》以及天才诗人查特顿。而后者的争议更加复杂，这不仅包括查特顿的诗作，而且还涉及其本人谜一般的生平。浪漫主义批评家林多普在修订《查特顿诗歌选》时一针见血地指出，“假如没有查特顿这个先驱，雪莱和济慈的写作也许会是另一种风格”。[①] 但是，对伪作的看法并非都是这样积极。斯蒂芬爵士在论述十八世纪文学的重要性和复杂性时强调，这个时期的作家“在另一块广阔的领域耕耘，他们在人物塑造的原创性上做了很多工作，具有永恒的价值。如果说十七世纪是一个戏剧家和神学家的伟大年代，那么在十八世纪中期，文学批评家、散文家、讽刺作家、小说家以及伦理学家首次崭露头角，而且达到了艺术最高峰”。

虽然斯蒂芬对文学主流的把握比较正确，然而在谈到伪作时，他似乎并没有意识到伪作本身的成就，认为查特顿的作品“没有多少永恒的价值”，而他的伪作“毫无疑问地证明人们对古英语文学日益增长的兴趣”。[②] 事实上，十八世纪英国伪作成就是多方面的，并不仅仅是激起了人们对中世纪的兴趣，也为主流文学作家提供了大量素材和可以借鉴的创作方式，同时伪作中奇幻的想象为浪漫主义铺垫了道路。十八世纪后期，学者对于查特顿仿冒中世纪英语写成的罗利诗篇进行了语言考证，从词汇、词缀、词性变位、外来语、发音等各个方面分析这些

---

① See Grevel Lindop, ed., *Selected Poems: Thomas Chatterton*, Manchester: Carcanet Press Ltd., 2006, p. 21.

② Leslie Stephen, *History of English Thought in the Eighteenth Century*, vol. 2, London: John Murray, 1902, p. 379.

伪作诗，同时促进了学术界对中世纪文学作品的进一步认识，特别是中世纪英国诗人杰弗里·乔叟的作品。正如文学批评家韦勒克所论：

> 在文学史中，伪作或者是宗教性伪作的真实性问题一直都显得尤 为重要，这一问题对考证起了极有价值的推动作用。对《奥西恩》的争论促进了盖尔语诗歌的研究；围绕着查特顿问题的讨论激发了对中世纪历史、文学的深入研究；艾尔兰伪造莎士比亚的戏剧文献推动了人们对莎翁以及伊丽莎白戏剧史的探讨。在讨论查特顿时，托马斯·渥敦，托马斯·蒂里特，埃德蒙·马隆以历史和文的论据说明罗利诗篇属于现代伪作。六十年后，斯基特系统地研究了中世纪语法，指出这些作品违反了最基本的语法规则，这一点轻易而又彻底地暴露出了伪作的本质。[1]

查特顿的伪造具有一定的家庭条件。其父亲是英国海港城市布里斯托尔一所小学的教师，藏有 100 枚左右的罗马硬币，以及 150 本图书。[2] 从十八世纪英国社会条件看，150 本图书也说明查特顿父亲有较高的知识素养。此外，这位父亲还担任古老的圣玛丽红崖教堂(St. Mary Redcliff)司事(sexton)。估计这些硬币图案对查特顿伪造作品中的盾徽有一定启发意义。

优秀的诗人可以被尊称为预言家，查特顿或许真能为自己预言。1770 年他创作了一首《幸福》(Happiness)，其中有：

> 既然幸福并非命中注定
> 让我们一切都顺其自然
> 无论拥有声名、财富，抑或友人与妓女
> 不过我们不再需要幸福
> ……

---

① René Wellek & Austin Warren, *Theory of Literature*, London: Lowe & Brydone Ltd., 1949, pp. 60—61.

② Basil Cottle, *Thomas Chatterton*, Bristol: Britstol Branch of the Historical Association, 1963, p. 1.

从中可以探知，查特顿自小就有一定的反叛意识。他 11 岁起就以十八世纪通行的格律创作一些讽刺诗。无论是其伪作还是其他诗歌，他不无例外地受到十八世纪文学进程的影响。不过查特顿并没有过多地停留在文学的漩涡，而是时不时地表现独特的韵律和诗歌形式。有专家认为，查特顿“直接从乔叟作品中进行引用；从当时笔名为朱尼厄斯的政治讽刺文中模仿、抄袭；同时他也借鉴莎士比亚、蒲伯、丘吉尔(Charles Churchill, 1732—1764)以及麦克弗森的作品”①。这正是“查特顿之谜”的核心。人们无法相信这一切：一个遗腹子在缺乏大学教育的 16 岁前，是否真的能够现实地接触到如此众多，包括中世纪和现当代的文学作品。即便此番推论成立，我们不禁感慨，很少有类似查特顿的天才能够在短暂的生活内，从如此低微、幼小的年龄，创作出如此丰富的作品。唐纳德·泰勒(Donald Taylor)于 1971 年编订出版的《查特顿作品集》竟然是厚达 1265 页的上下两卷。

从查特顿罗利诗篇的韵律也比较容易窥视出他诗歌的独特之处。罗利诗篇系列本身蕴含着丰富的韵律变化，例如《布里斯托悲剧》中，每诗节 4 行，其中仅仅 2 行与 4 行押韵，能够产生意想不到的效果。不断的重复让读者/听众将注意力集中于悲剧性的对立。以《坎宁诗章》为例，4，18，23 节描述了他最后祈求宽恕的内心痛苦。56 与 57 节则为处死之人的诀别之语，而回答的却是“甜美的佛罗伦斯”。这就造成了义务与忠诚；宽恕与爱之间的对立。在《圣职中的界限》一诗中尾韵形式为 aabccb；更加复杂的格式是诗歌《决战》一诗中他采用了 4 拍以及 aabbbacc 这样的韵脚，这都是前人未曾使用过的新形式。

查特顿在一定程度上比萨曼纳扎大胆，而比麦克弗森精妙。大胆是指萨曼纳扎虚构的“台湾语”属空中楼阁的人造语言，在当时历史条件下，由于缺乏真实台湾语对照，对其真伪的鉴别较为困难；另一方面在《台湾历史地理见闻》中，台湾语仅是介绍性的一个章节，成为点缀。查特顿不同，在其伪作中，伪造的中世纪语言完全成为作品表达的媒

① Georges Lamoine, "The Originality of Chatterton's Art," *Thomas Chatterton and Romantic Culture*, ed. Nick Groom, New York: St. Martin's Press, Inc, 1999, p. 34.

介；同时十八世纪后期，学术界对英国中世纪语言本身已经有了一定了解，但是并不精深，故此，虽然格雷等人在伪作的初期就已经下了初步的判断，却很难提供证据；大约 100 年后，英国中古英语权威沃尔特·斯基特在充分掌握中世纪作家杰弗里·乔叟（Geoffrey Chaucer），约翰·高尔（John Gower，1330？—1408）以及约翰·利德盖特（John Lydgate，1370—1450）等的作品全貌之后，才利用丰富的中世纪语言特征找出令人信服的证据，即便如此，此举并非容易，斯基特坦承他对诗歌本身经过"艰辛而又穷尽性"的调查分析。此外，他小心翼翼地再三说明，"指出查特顿许多情有可原（natural）的错误是有必要的，但目的绝非贬低这位少年天才，他只不过不巧使用了低端材料"。[①] 言外之意，倘若当时查特顿有机会接触更多真实的中世纪大家作品，对其伪作的研究恐怕是另一局面，至少需要更漫长的时间。

查特顿比麦柯弗森精妙，不仅是指《奥西恩诗集》仅仅以"译作"形式面世，终究隔了一层，而罗利诗篇是以中世纪语言的"真实"面目出现。查特顿还伪造了貌似古老的羊皮卷手稿，插图，纹章、盾徽（coat of arms），书信、传记，甚至一位画家的账单，这些物品总共超过 70 件。查特顿的虚构远比麦克弗森更加彻底，更加触手可及。奥西恩属于公元 3 世纪的部落社会初期，麦克弗森仅仅需要传递口头文学的信息；查特顿虚构的托马斯·罗利（Thomas Rowley）为十五世纪，恰巧处于印刷文明的前期，已经跨越了麦克弗森的话语者（speaker）时代，进入到作者（author），需要更多的权威辅助材料。不仅如此，查特顿在利用文字创作英国海港城市布里斯托尔的历史。布里斯托尔的教士罗利既是学者，也是诗人，在查特顿的笔下，罗利撰写了其恩主、市长威廉·坎宁（William Canynge）的传记；再如，读者从"论布里斯托尔"一文中初步了解到撒克逊英雄埃拉（Aella），而其更详细的戏剧化人生则出现在"罗利"的悲剧《埃拉》中。这种相互间的参考具有全方位、彻底的翔实性，不仅在真实的历史中注入了虚构，如查特顿虚构了罗利，

① Walt Skeat, Essay on the Rowley Poems, *The Poetical Works of Thomas Chatterton*, vol. 2, London: George Bell and Sons, 1875, p. viii.

而坎宁却是布里斯托尔5次连任的真正市长，而且利用了玫瑰战争，中世纪教堂建筑等素材，使得这些虚构中具有很强的文学性。

从1768年9月起，查特顿开始模仿中世纪英语进行文学创作。此前，这位早熟的孩子已经创作了《罗利诗篇》系列中的《布里斯托悲剧》(*Brisowe Tragedie*)、《哈斯丁战役》(*Battle of Hastings*)部分内容；到当年底，他已经完成了假托为罗利所作的1234行伪作作品，以及196行的当代诗歌。截至1770年7月，查特顿又完成了2600行罗利诗篇的其余部分。这些简单数字的陈述既单调，似乎又无足轻重，但是我们必须知道，查特顿在以自己伪造的中世纪英语创作，这不仅仅是大量对当时读者甚至学者完全陌生的词汇，而且这些词汇绝对不是随意组合而成，他必须按照诗歌的节奏、韵律以及结构进行叙事，进而表达他对英国海港城市布里斯托尔的历史虚构。

查特顿的影响力首先通过浪漫主义诗人柯尔律治传播出去。打动后者的不仅是查特顿多舛的命途，这位天才以其不足17岁的灵魂抵押给多变的文坛，还包括罗利诗篇中精妙的诗性语言。柯尔律治从读书起一直到去世，不断地修改着《悲查特顿之死》，从最初的90行增加到165行，其中写道：

> Thee, CHATTERTON! Yon unblest stones protect
> From Want, and the bleakFreezings of neglect!
> Escap'd the sore wounds of Affliction's rod
> Meek at the Throne of Mercy, and of God,
> Perchance, thou raisest high th'enraptur'd hymn
> Amid the blaze of Seraphim! [①]

此后，英国浪漫主义重要诗人约翰·济慈曾经在《恩底弥昂》的前言中说要将此诗献给查特顿(To the memory of Thomas Chatterton)。不仅如此，济慈对这位天才的生平和诗作充满崇敬之

① Samuel Taylor Coleridge, *Poetical Works*, vol. 1, ed. J. C. C. Mays, Princeton: Princeton University Press, 2001, p. 140.

情，他在给友人的信中曾多次提到过查特顿，并深情地赞颂了查特顿伪作诗的魅力：

> 我总是将秋季与查特顿联想在一起，他是英国语言中最纯洁的作家，丝毫没有使用乔叟那样的法国习语，或词缀；他的语言是英语中最真实地道的……；查特顿的语言是纯北方式的，我喜爱他的本土音乐性，而弥尔顿韵脚的缩减让我最近对此有所警惕。弥尔顿之生就是我之死，他的诗歌要人工雕琢才能写出来，而我宁愿追求另一种风格……①

柯尔律治的友人华兹华斯也是查特顿的崇拜者。1819年初，一些学人曾提议捐资建造彭斯纪念碑，缅怀这位伟大的浪漫主义先驱。为此，有人特意去信浪漫主义的旗手华兹华斯，希望他也能尽一份自己的力量。华兹华斯婉拒了这个提议，他认为，彭斯生前自己出资建了罗伯特·佛格松的纪念碑，这是彭斯对其抱有一份感激之情，同时也因为他英年早逝；而华兹华斯个人理解，该纪念碑实际与佛格松的成就并不相符。彭斯虽然早逝，但是他早已声名远播，并在他的同胞心中深深扎下了根，与此相比，纪念碑则显得微不足道。

华兹华斯并非吝啬出资捐助这份心意。在这封回信中，他对建造查特顿纪念碑似乎显得格外热情。按照信的内容进行推断，彭斯对佛格松的感激之情，完全可以类比华兹华斯从查特顿伪作那里得到的文学灵感。他在信中说，"我会以自己的能力，非常愿意帮助建造一个纪念碑，怀念查特顿。这位超凡的天才正处于风华正茂的年代，却过早扼杀了自己。假如他期待这份人们对他的感激，希望此举能让他命途多舛的灵魂有所慰藉，同时也表达对他才气的公认，可惜他缺乏耐心，不愿意继续展示给我们"。②

---

① 参见济慈于1819年9月21日给John Hamilton Reynolds的信。引自John Keats, *The Selected Letters of John Keats*, edited with an introduction by Lionel Trilling, New York: Farrar, Straus and Young, Inc., 1951, p. 239。

② Ernest De Selincourt, ed., *The Letters of William and Dorothy Wordsworth: The Middle Years*, Oxford: Clarendon Press, 1937, pp. 844—845.

如果说华兹华斯在《奥西恩诗集》上多少有些言不由衷，那么他对于查特顿的文学贡献是公允的。这份公允来自主要来自华兹华斯青年时代对查特顿伪作的熟知，查特顿伪作的种子是在其中学时代深深扎根下去的。1779 年起华兹华斯被父亲送至霍克斯海德文法学校(Hawkshead Grammar School)就读。这是令诗人终身难忘的生活，他在长诗《序曲》中回忆到：

我的灵魂有美妙的播种季节，
大自然的秀美与震撼共同育我
长成：它们偏爱我——在我的出生地，
也在不久后我们迁居的那可爱的
山谷，那里我们可无拘无束地
投入更多的户外活动。①

诗中“可爱的山谷”附近就有华兹华斯的母校——霍克斯海德文法学校。虽然《序曲》这部分描写了诗人童真时代沉浸于大自然的欢愉，然而这所文法学校的培养却对华兹华斯奠定了基础，在 1799 年诗人回忆往事时，仍动情地称之为“挚爱的霍克斯海德”(Beloved Hawkshead)。这所学校成立于十六世纪末，主要教授拉丁文、希腊文和自然科学，尤其偏重古典文学。虽然如此，华兹华斯的启蒙教师威廉·泰勒(William Taylor, 1754—1786)却并不忽视当代文学，特别是诗歌的教授。他以及其他一些教师时常将自己收藏的图书借给学生阅读，让他们了解格雷、申斯通、彭斯以及查特顿的作品。华兹华斯通过《序曲》回忆说，自己曾经在泰勒去世 8 年后凭吊其墓地，细说其平时“热爱诗人，当我/依从他的意志，开始辛勤地/编织我最初的歌谣，他对我产生/殷切的希望；今天他若活着，/定会喜欢我，认定我并非没有/出息，也未违背他的意愿。”②

① 华兹华斯，《序曲：或一位诗人心灵的成长》，丁宏为译，北京：中国对外翻译出版公司，1999 年，第 12 页。

② William Wordsworth, *Prelude*: 1799, 1805, 1850, eds. Jonathan Wordsworth, M. H. Abrams, New York: W. W. Norton, 1979, p. 386.

泰勒热爱十八世纪当代诗人可以从其藏书中看出端倪。埃德蒙·艾尔顿(Edmund Irton)赠送给泰勒一本查特顿的《诗文杂集》(*Miscellanies in Prose and Verse*, 1778),其中扉页上写有如下文字:

> 赠霍克斯海德文法学校校长——威廉·泰勒牧师大人。感谢他对我们这个时代诗人充满睿智的相关思索,特别是这个不幸的孩子,其才智在这本薄薄书中的许多诗歌中已得到充分证明。[①]

据此,当代浪漫主义学者邓肯·吴推断认为,华兹华斯至少在1787年之前就已经阅读过查特顿的作品,[②]其中一个重要原因在于泰勒阅读习惯对其学生造成的影响。这一细节不可忽视,华兹华斯的《坚毅与自立》(*Resolution and Independence*)不仅在韵律上模仿查特顿的《仁爱的完美民谣》(*Excellent Ballade of Charitie*),采用7行为一个诗节的模式,而且在诗歌中哀叹道:

> 我想到奇才异秉的少年,查特顿,
> 他心神劳瘁,盛年便匆匆凋谢;
> 还想到那位躬耕陇亩的诗人,
> 他在山坡下犁地,豪迈而欢悦;
> 我们的心智使我们超越凡界;
> 我们诗人,年少时心欢意畅;
> 到头来衰退老大,只剩下沮丧癫狂。[③]

由于时间和篇幅的影响,对查特顿的探讨只能遗憾的到此。笔者深知,这位天才诗人的作品博大精深,需要更多的时间才能够窥探其部分风貌。然而令我们欣喜的是,查特顿的诗作基本没有受到忽视。在1885年出版的多卷本《英国诗人》中,查特顿的4首诗歌作为十八

① Ben Schneider, *Wordsworth's Cambridge Education*, Cambridge: Cambridge University Press, 1957, p. 77.

② Duncan Wu, *Wordsworth's Reading: 1770—1799*, Cambridge: Cambridge University Press, 1993, p. 27.

③ 杨德豫译文。转引自《华兹华斯、柯尔律治诗选》,杨德豫译,北京:人民文学出版社,2001年,第112页。

世纪诗歌经典入选，包括长诗《仁爱的完美民谣》。著名评论家西奥多·瓦茨(Theodore Watts)还对其生平和诗歌做了7页的长篇介绍。唯一遗憾的是该书却没有收录麦克弗森的《奥西恩诗集》。时过境迁，2008年布莱克威尔出版集团出版了广受欢迎的《英国文学选集：1640—1789》第三版。书中自然也选了查特顿的《仁爱的完美民谣》，并盛赞此诗为"心灵的呐喊"(*cri de cœur*)。更加令人赞叹的是，该经典性选集同样收录了麦克弗森《芬格尔》第四卷内容全部。这正说明，文学的经典是一个不断修正的过程，开放而科学的评价体系将会展现更加精彩纷呈的文学。不过，《英国文学选集：1640—1789》也有缺乏全面的一面，该书认为："麦克弗森对民族的、浪漫主义民间文学传统的追求，以及这些传统的广受欢迎，这造成了约翰逊博士的恶语相加。"①

通过本文的分析，麦克弗森与约翰逊的对立不仅是两种文学观念的矛盾，也是十八世纪文学与批评角逐的大环境所造成。《奥西恩诗集》不是在追逐浪漫主义，而是引领了浪漫主义，其自身的成就是巨大的。通过对两部主要伪作的分析，给我们留下了很多启示。十九世纪批评家马修·阿诺德在牛津大学的一番演讲可以作为本文的结论之语：

> 上个世纪，那本著名的书籍——麦克弗森的《奥西恩诗集》像一股雄壮的火山流席卷欧洲。我在这里不打算评价麦克弗森的《奥西恩诗集》。你可以说它是伪造的、假的、花俏的、现代的，但是还有没有总结的，那就是凯尔特才气的精神存在其中……，这种傲人的特点将凯尔特才气的精髓与现代欧洲各民族的才气互动起来，通过它丰富了我们的诗歌。②

① Robert Demaria, *British Literature 1640—1789: An Anthology*, Malden: Blackwell, 2008, p. 955.

② Matthew Arnold, *Lectures and Essays in Criticism*, Ann Arbor: The University of Michigan Press, 1962, p. 370.

主要参考书目

巴特勒，玛里琳：《浪漫派、叛逆者及反动派》，黄梅，陆建德译，沈阳：辽宁教育出版社，1998 年。

华兹华斯：《序曲：或一位诗人心灵的成长》，丁宏为译，北京：中国对外翻译出版公司，1999 年。

刘意青（主编）：《英国十八世纪文学史》增补版，北京：外语教学与研究出版社，2006 年。

吕大年：《瓦拉和"君士坦丁赠礼"》，《国外文学》2002 年 4 期。

撒玛纳札：《福尔摩啥》，薛绚译，台北：大快文化出版股份有限公司，1996 年。

宋光宇：《台湾史》，北京：人民出版社，2007 年。

俞兆鹏（主编）：《中国伪书大观》，南昌：江西教育出版社，1998 年。

Adams, Percy G. *Travelers and Travel Liars*: 1660—1800. New York: Dover Publications, Inc., 1980.

Appleton, William W. *A Cycle of Cathay*: *The Chinese Vogue in England during the Seventeenth and Eighteenth Centuries*. New York: Octagon Books, 1979.

Arnold, Matthew. *The Complete Prose Works of Matthew Arnold*. Michigan: University of Michigan Press, 1962.

Atkinson, Geoffroy. *The Extraordinary Voyage in French Literature*. New York: Columbia University Press, 1920.

Bacon, Francis. *The Major Works*. Edited by Brian Vickers. Oxford: Oxford University Press, 2002.

Baines, Paul. *The House of Forgery in Eighteenth-Century Britain*. Aldershot: Ashgate, 1999.

Balderston, Katharine, ed. *Thraliana*: *The Diary of Mrs. Hester Lynch Thrale* (*Later Mrs. Piozzi*). Vol. 1. Oxford: Clarendon Press, 1951.

Barnes, Linda. *Needles, Herbs, Gods, and Ghosts*: *China, Healing, and the West to* 1848. Cambridge: Harvard University Press, 2007.

Bentley, Richard. *The Works of Richard Bentley, D. D.* Collected and edited by Alexander Dyce. 3 Vols. 1836. New York: AMS Press, Inc., 1966.

Blair, Hugh. *Lectures on Rhetoric and Belles Letters.* Carbondale: Southern Illinois University Press, 2005.

Boxer, C. R. *South China in the Sixteenth Century.* Bangkok: Orchid Press, 2004.

Boyle, Charles. *Dr. Bentley's "Dissertations on the Epistles of Phalaris and the Fables of Aesop" Examin'd.* London: Tho. Bennet, 1698.

Bracey, Robert. *Eighteenth Century Studies and Other Papers.* New York: D. Appleton and Company, 1925.

Breisach, Ernst. *Historiography Ancient, Medieval, & Modern.* Chicago: University of Chicago Press, 1983.

Brink, C. O. *English Classical Scholarship.* Cambridge: James Clarke & Co., Ltd., 1985.

Brooke, Christopher. *Medieval Church and Society: Collected Essays.* New York: New York University Press, 1971.

——. "Geoffrey of Monmouth as a Historian." *Church and Government in the Middle Ages.* Eds. Christopher Brooke, David Luscombe et al. Cambridge: Cambridge University Press, 1976. 77—91.

Browning, Robert. *Essay on Chatterton.* Ed. Donald Smalley. Westport: Greenwood Press, 1948.

Burlingame, Anne. *"The Battle of the Books" in its Historical Setting.* 1920. New York: Biblo and Tannen, 1969.

Burrow, J. A. *Medieval Writers and Their Work.* Oxford: Oxford University Press, 1982.

Bysveen, Josef. *Epic Tradition and Innovation in James Macpherson's "Fingal".* Uppsala: Uppsala University, 1982.

Campbell, William. *Formosa under the Dutch.* London: Kegan Paul, Trench, Trubner & Co., Ltd., 1903.

Chambers, Edmund K. *The History and Motives of Literary Forgery.* New York: Burt Franklin, 1970.

Chatterton, Thomas. *The Complete Works of Thomas Chatterton.* Eds. Donald Taylor and Benjamin Hoover. Oxford: Clarendon Press, 1971.

Clanchy, M. T. *From Memory to Written Record: England* 1066—1307. Cambridge: Harvard University Press, 1979.

Coleridge, Samuel. *Coleridge's Poetry and Prose*. Edited by Nicholas Halmi et al. New York: Norton, 2004.

Collingwood, R. G. *The Idea of History*. Oxford: Clarendon Press, 1946.

Conant, Martha Pike. *The Oriental Tale in England in the Eighteenth Century*. New York: The Columbia University Press, 1908.

Degategno, Paul. *James Macpherson*. Boston: Twayne Publishers, 1989.

Dunn, John. "The Role of Macpherson's *Ossian* in the Development of British Romanticism." PhD Diss., Duke University, 1965.

Durham, Willard Higley. *Critical Essays of the Eighteenth Century* 1700—1725. New Haven: Yale University Press, 1915.

Eagleton, Terry. *The Function of Criticism*. London: Verso, 2005.

Farrer, J. A. *Literary Forgeries*. London: Longman, Green, and Co., 1907.

Foley, Frederic J. *The Great Formosan Impostor*. St. Louis: St. Louis University, 1968.

Foucault, Michel. *Language, Counter-memory, Practice: Selected Essays and Interviews*. Ithaca: Cornell University Press, 1977.

Frye, Northrop. *The Great Code: The Bible and Literature*. London: Routledge & Kegan Paul, 1982.

Gaskill, Howard, ed. *Ossian Revisited*. Edinburgh: Edinburgh University Press, 1991.

——, ed. *From Gaelic to Romantic: Ossianic Translations*. Amsterdan: Rodopi B. V., 1998.

Gay, Peter. *The Enlightenment: The Rise of Modern Paganism*. New York: W. W. Norton, 1995.

Graham, Patrick. *Essay on the Authenticity of "The Poems of Ossian": In which the Objections of Malcolm Laing are Particularly Considered and Refuted*. Edinburgh: Ballantyne, 1807.

Gray, Thomas. *Correspondence of Thomas Gray*. Edited by the late Paget Toynbee & Leonard Whibley, with correstions and additions by H. W. Starr. Oxford: Oxford University Press, 1935.

Groom, Nick, ed. *Thomas Chatterton and Romantic Culture*. New York: St.

Martin's Press, 1999.

——. *The Making of Percy's "Reliques"*. Oxford: Clarendon Press, 1999.

Guthrie, Donald. "The Development of the Idea of Canonical Pseudepigrapha in New Testament Criticism." *Vox Evangelica*. Ed. Ralph P. Martin. London: The Epworth Press, 1962.

Haywood, Ian. *The Making of History: A Study of the Literary Forgeries of James Macpherson and Thomas Chatterton in Relation to Eighteenth-Century Ideas of History and Fiction*. Cranbury: Associated Universit Presses, 1986.

Hazlitt, William. *The Complete Works of William Hazlitt*. Edited by P. P. Howe. Vol. 8. London: J. M. Dent and Sons, Ltd., 1931.

Hiatt, Alfred. *The Making of Medieval Forgeries: False Documents in Fifteenth-century England*. London: British Library, 2004.

Hill, Christopher. *Intellectual Origins of the English Revolution Revisited*. Oxford: Clarendon Press, 1997.

Hill, George Birkbeck. *Boswell's "Life of Johnson"*. Revised and Enlarged by L. P. Powell. 6 vols. Oxford: Clarendon Press, 1934—1950.

Hohendahl, Peter Uwe. *The Institution of Criticism*. Ithaca: Cornell University Press, 1982.

Hume, David. *A Treatise of Human Nature*. Edited by David Fate Norton & Mary J. Norton. Oxford: Oxford University Press, 2000.

Ingram, John. *The True Chatterton*. London: T. Fisher Unwin, 1910.

Jebb, R. C. *Bentley*. London: Macmillan and Co., Limited, 1909.

Jeffrey, Francis. *Contributions to Edinburgh Review*. Philadelphia: A. Hart, Late Carey & Hart, 1850.

Jones, Richard Foster. *Ancients and Moderns: A Study of the Background of the "Battle of the Books"*. St. Louis: Washington University Studies, 1936.

Keats, John. *The Letters of John Keats*. 2 vols. Edited by Hyder Edward Rollins. Cambridge: Cambridge University Press, 1958.

Keevak, Michael. *The Pretended Asian: George Psalmanazar's Eighteenth-Century Formosan Hoax*. Detroit: Wayne Sate University Press, 2004.

Kennedy, George. *The Cambridge History of Literary Criticism: Classical Criticism*. Cambridge: Cambridge University Press, 1989.

Knachel, Philip A., ed., *Eikon Basilike: The Portraiture of His Sacred*

Majesty in His Solitudes and Sufferings. Ithaca: Cornell University Press, 1996.

Knight, Peter and Jonathan Long, eds. *Fakes and Forgeries*. Amersham: Cambridge Scholars Press, 2004.

Knight, William, ed., *Prose Works of William Wordsworth*. Vol. 2. London: Macmillan and Co., Ltd., 1896.

Levine, Joseph M. *Humanism and History: Origins of Modern English Historiography*. Ithaca: Cornell University Press, 1987.

——. *The Battle of the Books: History and Literature in the Augustan Age*. Ithaca: Cornell University Press, 1991.

Lewis, Gwyneth. "Eighteenth-Century Literary Forgeries with Special Reference to the Work of Iolo Morganwg." PhD Diss. Oxford University. 1991.

Lewis, Jayne Elizabeth. *The English Fable: Aesop and Literary Culture*, 1651—1740. Cambridge: Cambridge University Press, 1996.

Love, Harold. *Attributing Authorship: An Introduction*. Cambridge: Cambridge University Press, 2002.

Lynch, Jack. *Deception and Detection in Eighteenth-Century Britain*. Hampshire: Ashgate Publishing Ltd., 2008.

Mackenzie, Henry. *Report of the Committee of the Highland Society of Scotland*. Edinburgh: University Press, 1805.

MacNeill, Archibald. *Notes on the Authenticity of Ossian's Poems*. Edinburgh, 1868.

Macpherson, James. "*The Poems of Ossian*" *and Related Works*. Ed. Howard Gaskill. Edinburgh: Edinburgh University Press, 1996.

Mandrou, Robert. *From Humanism to Science*: 1480—1700. Trans. Brian Peace. Middlesex: Penguin Books, 1978.

Marburg, Clara. *Sir William Temple: A Seventeenth Century "Libertin"*. New Haven: Yale University Press, 1932.

Marincola, John. *Authority and Tradition in Ancient Historiography*. Cambridge: Cambridge University Press, 1997.

Markley, Robert. *The Far East and the English Imagination*, 1600—1730. Cambridge: Cambridge University Press, 2006.

Martin, Peter. *Edmond Malone: Shakespeare Scholar*. Cambridge: Cambridge

University Press, 1995.

Metzger, Bruce and Michael Coogan, eds., *Oxford Companion to the Bible*. Oxford: Oxford University Press, 1993.

Meyerstein, E. H. W. *A Life of Thomas Chatterton*. New York: Russell & Russell, 1972.

Monk, James Henry. *The Life of Richard Bentley, D. D.* 1833. 2 Vols. Osnabruck: Biblio Verlag, 1969.

Murphy, Arthur, ed. *The Works of Samuel Johnson, LL. D. with an Essay on His Life and Genius*. 12 Vols. London: Thomas Tegg, 1824.

Needham, Rodney. *Exemplars*. Berkeley: University of California Press, 1985.

Nelson, William. *Fact or Fiction: The Dilemma of the Renaissance Storyteller*. Cambridge: Harvard University Press, 1973.

Nevill, John. *Thomas Chatterton*. London: Frederick Muller Ltd., 1948.

Nutt, Alfred. *Ossian and Ossianic Literature*. London: David Nutt, 1910.

Paul, H. M. *Literary Ethics*. New York: E. P. Dutton & Co., Inc., 1929.

Pearsall, Derek. "Forging Truth in Medieval England." *Cultures of Forgery: Making Nations, Making Selves*. Eds. Judith Ryan and Alfred Thomas. New York: Routledge, 2003.

Pfeiffer, Rudolf. *History of Classical Scholarship from* 1300 *to* 1850. Oxford: Clarendon Press, 1976.

Psalmanaazaar, George. *An Historical and Geographical Description of Formosa*. 1704. London: Robert Holden & Co., Ltd. 1926.

Quintana, Ricardo. *The Mind and Art of Jonathan Swift*. London: Methuen & Co., Ltd., 1953.

Rawson, Claude and Ian Higgins, eds. *The Essential Writings of Jonathan Swift*. New York: W. W. Norton, 2010.

Rhodes, Henry. *The Craft of Forgery*. London: John Murray, 1934.

Rose, Mark. *Authors and Owners: The Invention of Copyright*. Cambridge: Harvard University Press, 1993.

Ruthven, K. K. *Faking Literature*. Cambridge: Cambridge University Press, 2001.

Rymer, Thomas. *A Short View of Tragedy*. 1693. London: Routledge/Thoemmes Press, 1994.

Saunders, T. B. *The Life and Letters of James Macpherson*. London: Swan

Sonnenschein & Co. , 1894.

Sinclair, John. *A Dissertation on the Authenticity of "Poems of Ossian"*. London, 1806.

Smart, J. S. *James Macpherson: An Episode in Literature*. London: David Nutt, Long Acre, 1905.

Spence, Jonathan. *Chinese Roundabout: Essays in History and Culture*. New York: W. W. Norton & Company, Inc. , 1993.

Spenser, Edmund. *The Works of Edmund Spenser: A Variorum Edition*. Vol. 8. Edited by Edwin Greenlaw, Charles Osgood et al. Baltimore: The John Hopkins Press, 1947.

Spingarn, J. E. , ed. *Critical Essays of the Seventeenth Century*. 3 Vols. Oxford: Clarendon Press, 1908.

Sprat, Thomas. *The History of the Royal Society of London for the Improving of Natural Knowledge*. 1722. Boston: Adamant Media Corporation, 2005.

Stafford, Fiona. *The Sublime Savage: A Study of James Macpherson and "The Poems of Ossian"*. Edinburgh: Edinburgh University Press, 1988.

Stagl, Justin. *A History of Curiosity: The Theory of Travel* 1550—1800. London: Routledge, 1995.

Starnes, De Witt and Gertrude Noyes. *The English Dictionary from Cawdrey to Johnson* 1604—1755. Chapel Hill: The University of North Carolina Press, 1946.

Stephen, Leslie. *History of English Thought in the Eighteenth Century*. 2 Vols. London: John Murray, 1902.

Stewart, Susan. *Crimes of Writing: Problems in the Containment of Representation*. New York: Oxford University Press, 1991.

Swanson, R. N. *The Twelfth-century Renaissance*. Manchester: Manchester University Press, 1999.

Swiderski, Richard M. *The False Formosan: George Psalmanazar and the Eighteenth-Century Experiment of Identity*. San Francisco: Mellen Research University Press, 1991.

Swift, Jonathan. *Gulliver's Travels*. Ed. Claude Rawson. Oxford: Oxford University Press, 2005.

——. *"A Tale of a Tub" and Other Works*. Ed. Marcus Walsh. Cambridge:

Cambridge University Press, 2010.

Taylor, Donald. *Thomas Chatterton's Art: Experiments in Imagined History*. Princeton: Princeton University Press, 1978.

Temple, William. *Five Miscellaneous Essays*. Edited, with an Introduction by Samuel Holt Monk. Ann Arbor: University of Michigan Press, 1963.

Thomson, Derick. *The Gaelic Sources of Macpherson's 'Ossian'*. Edinburgh: Oliver and Boyd, 1951.

Tinkler, John F. "The Splitting of Humanism: Bentley, Swift, and the English Battle of the Books". *Journal of the History of Ideas*, Vol. 49, No. 3 (Jul. —Sep., 1988), pp. 453—472.

Tombo, Rudolf. *Ossian in Germany*. New York: Columbia University Press, 1901.

Tout, T. F. *Mediaeval Forgers and Forgeries*. London: Longmans, Green & Co., 1920.

Vico, Giambattista. *The New Science of Giambattista Vico*. Translated from the third edition (1744) by Thomas Goddard Bergin and Max Harold Fisch. Ithaca, N. Y.: Cornell University Press, 1948.

Walpole, Horace. *The Castle of Otranto: A Gothic Story*. Ed. W. S. Lewis. Oxford: Oxford University Press, 1982.

Watson, Rowland, ed. *Some Letters of E. H. W. Meyerstein*. London: Neville Spearman, 1969.

Weinbrot, Howard D. *Britannia's Issue: The Rise of British Literature from Dryden to Ossian*. Cambridge: Cambridge University Press, 1993.

Wellek, René & Austin Warren. *Theory of Literature*. London: Lowe & Brydone Ltd., 1949.

——. *Concepts of Criticism*. New Haven: Yale University Press, 1963.

White, Harold Ogden. *Plagiarism and Imitation during the English Renaissance: A Study in Critical Distinctions*. Cambridge: Harvard University Press, 1935.

Williams, Kathleen. *Jonathan Swift: The Critical Heritage*. London: Routledge, 1970.

Wimsatt, W. K. *Day of the Leopards: Essays in Defense of Poems*. New Haven: Yale University Press, 1976.

Worcester, Thomas, ed. *The Cambridge Companion to the Jesuits*. Cambridge:

Cambridge University Press, 2008.

Wordsworth, William. *The Prose Works of William Wordsworth*. 3 Vols. Eds. W. J. B. Owen and Hane Worthington Smyser. Oxford: Oxford University Press, 1974.

——. *Prelude*: 1799, 1805, 1850. Eds. Jonathan Wordsworth, M. H. Abrams. New York: W. W. Norton, 1979.

——. *"Poems, in Two Volumes" and Other Poems*, 1800—1807. Ed. Jared Curtis. Ithaca: Cornell University Press, 1983

——. *Early Poems and Fragments*, 1785—1797. Eds. Carol Landon, Jared Curtis. Ithaca: Cornell University Press, 1997.

——. *Sonnet Series and Itinerary Poems*, 1820—1845. Ed. Geoffrey Jackson. Ithaca: Cornell University Press, 2004.

Wotton, William. *Reflections upon Ancient and Modern Learning*. 1694. Hildesheim: Georg Olms Verlagsbuchhandlung, 1968.

Young, Edward. *Conjectures on Original Composition*. London: A. Millar, and R. and J. Dodsley, 1759.

致　谢

文学中的伪作在英国浪漫主义之后是被边缘化的创作形式，而对其进行研究的相关文献如凤毛麟角。在长达七八年的时间内，本文作者能够搜集到的相关博士论文仅有三篇，它们分别是1965年John Dunn向美国杜克大学提交的博士论文《英国浪漫主义发展进程中麦克弗森"奥西恩诗集"的作用》(未发表)，1982年Josef Bysveen向瑞典乌普萨拉大学提交的论文《麦克弗森"芬格尔"的史诗传统与创新性》，以及1991年Gwyneth Lewis向牛津大学提交的《十八世纪伪作：以巴德爱德华为例》(未发表)。以上论文为本文作者提供了部分思想上的启示和精神上的动力，令本人对伪作研究暂时有了信心。

当然，更多的信心来自我的导师刘意青教授，如果不是她的鼓励和帮助，所有的研究不可能走到现在。写到这里，足足在电脑前发呆了很久，右手边就是她在过去四年用红笔前后改过三遍的厚厚一摞原稿，过去的点滴不断在脑海中浮现，却一时不知如何表达才不至于流于俗套。从我的刘老师，又不由去想到韩加明教授。他是一位极普通又极善良的学者，自始至终与刘老师一道把关我这篇论文，指出了我一些荒谬而幼稚的错误。他们本身受到的严格学术规范，进一步以言传身教的模式影响到我对学术的方法和态度。引领我的还有沈弘教授，没有他恐怕我只能在各种各种"主义"的门外徘徊。在本人中期考核、开题报告以及预答辩的过程中，同样得到了北京大学英语系很多老师的指点，一一指出他们的姓名怕有托大的嫌疑，这份感激一样只能藏在心里。

在笔者成长过程中，黄源深教授和王立新教授始终以关爱的目光注视着每一步成长，令我不敢懈怠。在长达六年的时间里，很多友人在资料和信息上提供了广泛帮助，没有他们一切都不会有如此结果，感谢师兄郝田虎、晏奎博士、王雪迎师妹、冯伟博士，以及哈佛大学英语系 Daniel Donoghue 和 Lucky Bao 博士。

无法忘怀,但又必须感谢的还有北京大学图书馆、英语系资料室以及外国语学院教务处的三位老师,在过去的六年间,他们提供了极大帮助。另外我还需要感谢我的父母和妻子,以及孩子,没有他们的支持,我不可能购买几百万的图书完成目前学业。

本研究属 2010 年浙江省哲学社会科学后期资助项目(10HQWW08),以及教育部人文社科研究规划基金项目成果(10YJA752035),同时承蒙浙江大学董氏文史哲研究奖励基金提供出版资助,感谢匿名评审专家对这个论题的兴趣,能够和我一同分享这一论述的快乐。

最后,需要特别申明的是:本文中的所有疏漏和错误都是本人承担。

徐晓东

2013 年 8 月修改于浙江大学沈弘工作室

2013 年 9 月哈佛大学